MICHAEL GERWIEN

Isarblues

Dez. 2017

MORDSMELODIEN Mitte August. Ganz München stöhnt unter einer unerträglichen Hitzewelle. Nur die schattigen Biergärten können hier noch Abhilfe schaffen. Dieser Meinung ist auch der Münchner Exkommissar und Teilzeitdetektiv Max Raintaler. Doch er bekommt Arbeit, denn sein Tennispartner Heinz Brummer, ein erfolgreicher Komponist volkstümlicher Schlager, bittet ihn um Hilfe. Heinz wurden die Rechte an fünf seiner Lieder gestohlen. Max soll sie wieder herbeischaffen. Es geht dabei um Millionen. Dauerschwitzend macht sich Max, als Journalist getarnt, auf die Suche nach den Tätern. Dabei stößt er auf Verdächtige in den Reihen der Münchner Musik- und Medienszene. Dann geschieht ein Mord … und noch einer. Oder waren es gar keine Morde? Hatten die Toten dennoch etwas mit Heinz' geklauten Liedern zu tun? Gott sei Dank bekommt Max Verstärkung bei diesem kniffligen Fall. Sein alter Schulfreund und Exkollege bei der Kripo, der kleine dicke Hauptkommissar Franz Wurmdobler, ermittelt ab jetzt gemeinsam mit ihm …

Foto © Beate Winter

Michael Gerwien, geboren 1957 in Biberach an der Riß, aufgewachsen in Mittenwald, lebt seit 1972 in München Untergiesing, dem Nachbarviertel seines Thalkirchner Exkommissars Max Raintaler. Er arbeitet als Texter für diverse Fernsehformate und verfasst Artikel für Fachzeitschriften. Zudem steht er seit seiner Schulzeit immer wieder als Sänger und Gitarrist auf diversen Bühnen und hat zahlreiche CDs veröffentlicht. 2006 hat ihn seine musikalische Leidenschaft bis an die Ostküste der USA geführt, wo er unter dem Künstlernamen Big Jake erfolgreich einige Clubauftritte absolvierte

Bisherige Veröffentlichungen im Gmeiner-Verlag:
Isarhaie (2013)
Isarbrodeln (2012)
Alpengrollen (2011)

MICHAEL GERWIEN

Isarblues

Der dritte Fall für Max Raintaler

GMEINER *Original*

Personen und Handlung sind frei erfunden.
Ähnlichkeiten mit lebenden oder toten Personen
sind rein zufällig und nicht beabsichtigt.

Besuchen Sie uns im Internet:
www.gmeiner-verlag.de

Im Ehnried 5, 88605 Meßkirch
Telefon 07575/2095-0
info@gmeiner-verlag.de

2. Auflage 2013

Lektorat: Claudia Senghaas, Kirchardt
Herstellung: Christoph Neubert
Umschlaggestaltung: U.O.R.G. Lutz Eberle, Stuttgart
unter Verwendung eines Fotos von: © DOC RABE Media – Fotolia.com
Druck: GGP Media GmbH, Pößneck
Printed in Germany
ISBN 978-3-8392-1307-0

Sakrischen Dank an
Lilli und Patrick,
Johan de Blank
und vor allem an Claudia Senghaas,
die beste Lektorin von allen.

1

Englischer Garten, Tennisanlage im Grünen unweit des mittleren Rings, später Sonntagnachmittag, Mitte August. Exkommissar Max Raintaler konzentrierte sich auf den Ballwurf. Sein nächster Aufschlag durfte auf keinen Fall daneben gehen. Er musste jetzt unbedingt punkten, sonst wäre das Match gleich aus und vorbei. Sein Gegner und alter Freund, der Musikproduzent Heinz Brummer lag zwei zu eins in Sätzen vorne. Im vierten Satz stand es sechs zu sechs und im vielleicht schon alles entscheidenden Tiebreak führte Heinz sechs zu fünf. Er hatte also Satzball und gleichzeitig Matchball. Im Grunde genommen eine aussichtslose Situation für Max, rein statistisch gesehen. Doch manchmal wurde der Gegner so kurz vor Schluss auch nervös und konnte den Sack einfach nicht zumachen. Das stärkte dann wiederum den Zurückliegenden, und am Ende drehte der das gesamte Spiel sogar noch völlig um. Und gewann sogar. Der Australier Lleyton Hewitt zum Beispiel hatte das schon einige Male eindrucksvoll demonstriert.

Max hatte so gesehen den Vorteil des nächsten Aufschlags auf seiner Seite. Aber auch gleichzeitig den Druck, diesen unbedingt durchbringen zu müssen. Knifflige Sache. Egal, konzentrier dich. Wird schon schief gehen, Raintaler. Am besten versuchst du es hart durch die Mitte. Er wusste, dass sein Gegner auf der Vorhand schwächer war als auf der Rückhand. Langsam ließ er die gelbe Filzkugel ein paar Mal vor sich auf dem Boden auftippen. Jetzt bloß nichts falsch machen. Den Ball aus der fließenden Bewegung heraus nach oben werfen, sodass er sich knapp vor seiner vertikalen Körperachse geradewegs ins Blau über der bayrischen Metropole schraubte. Dann den Schläger von ganz hinten über den Kopf hinweg kommen lassen und dabei gleichmäßig schwungvoll durchziehen. Mit einem kurzen Blick kontrollierte er noch einmal den Punkt in Heinz' Aufschlagfeld, den es zu treffen galt. Wie ein Bogenschütze versuchte er dabei, eins mit seinem Ziel zu werden. Er atmete langsam aus, um seinen Puls zu senken. Dann war er soweit. Er zog voll durch und traf genau auf das Kreuz der gegenüberliegenden T-Linie. Ass!

»Ja! Ja, ja, ja!« Die Hand zur Beckerfaust geballt, ließ Max die ganze Spannung aus sich heraus. »Ja, Raintaler, so ist es richtig. So ist es gut. Ja, Herrschaftszeiten! Geil!«

»Six all!«, hörte man es vom Schiedsrichterstuhl. »Super, Max! Häng dich rein! Du schaffst es noch!« Obwohl sie an diesem herrlichen Sonntagnachmittag eigentlich lieber zum Baden an den Starnberger See gefahren wäre, hatte sich Max' hübsche Teilzeitfreundin Monika bereit erklärt, als Unparteiische zu fungieren. Sonst hätte es nur wieder Streit zwischen ihm und Heinz gegeben. Und bisher hatte die dunkelhaarige Thalkirchener Kneipenwirtin das seit gut zwei Stunden andauernde Match auch souverän im Griff. Nur heiß war ihr. Da half auch der großrandige hellbraune Sonnenhut aus Stroh, den sie aufgesetzt hatte, nicht viel. Sechs zu sechs, also. Max hatte noch einen Aufschlag. Wenn er den genauso lässig durchbrachte wie den vorherigen, waren die Karten völlig neu gemischt. Er zog noch einmal mit aller Kraft durch – und – noch ein Ass! Sieben zu sechs, Raintaler. Dann legte er bei Aufschlag Brummer noch einen klaren Returnwinner dank einer flach über das Netz gepeitschten Longline-Vorhand nach. Acht zu sechs für Max. Er entschied damit den vierten Satz für sich. Spielstand zwei zu zwei in Sätzen. Jetzt war es erst einmal höchste Zeit für eine längere Pause. Schließlich standen hier zwei Freizeitspieler auf dem Platz und keine austrainierten Superprofis.

»Wahnsinn! Holt der Bursche sich doch noch den Satz! Das hätte ich ja nicht gedacht«, staunte Heinz, der sich schon als Gewinner gesehen hatte, als sie erschöpft nebeneinander auf der kleinen weißen Bank am Spielfeldrand saßen. Wenn er sich gerade durchgesetzt hätte, wäre es sein erster Sieg gegen den deutlich schlankeren Max gewesen.

»Tja, das Spiel ist erst zu Ende, wenn es zu Ende ist, Heinz«, philosophierte der, zufrieden grinsend. »Sollen wir den fünften Satz noch spielen oder lassen wir es für heute gut sein, bevor wir noch einen Hitzschlag kriegen und tot umfallen? Es ist wirklich verdammt heiß.«

»Von mir aus können wir gerne aufhören! Ich bin völlig fertig. Lass uns den letzten Satz das nächste Mal spielen. Außerdem ist es fünf vorbei und ich habe Durst.« Der korpulente, großgewachsene Heinz trocknete mit einem kleinen Handtuch sein rot angelaufenes Gesicht und die spärlichen Haare auf seinem Kopf.

»Dann nichts wie ab unter die Dusche und danach auf ein kühles Bierchen«, schlug Max vor und sah zu seiner Freundin auf dem Schiedsrichterstuhl hinauf.

»Du kannst runterkommen, Moni. Wir hören auf.«

»Gott sei Dank. Ich krieg nämlich gleich einen Hitzschlag.«

»Siehst du. Und genau das wollen wir verhindern. Schließlich haben wir alle nur dieses eine Leben.« Max war froh, dass Heinz nicht weiterspielen wollte. Er hatte nicht die geringste Lust, sich zu überanstrengen. Das mit dem Hitzschlag und dem tot Umfallen hatte er zwar mehr im Spaß gesagt, aber letztlich konnte man nie wissen, ob so etwas wirklich einmal passieren würde. Da war es auf jeden Fall besser, die Vernunft walten zu lassen. Fröhlich pfeifend stand er auf und sammelte seine Bälle ein, während Heinz, der heute an der Reihe war, ächzend und stöhnend den Platz abzog. Dann schnappten sich die beiden Kombattanten ihre geräumigen, bunten Tennistaschen und strebten dem Ausgang entgegen.

»Ich gehe solange schon mal rüber in den Biergarten und halte ein schattiges Plätzchen für euch frei«, meinte Monika, als sie außerhalb des riesigen Drahtkäfigs standen.

»Perfekt. Und vielen Dank noch mal fürs Schiedsrichten, Moni«, erwiderte Max, gab ihr ein schnelles Küsschen auf die Wange und folgte seinem Gegner zu den Umkleidekabinen. Drinnen schlug ihnen die Luft wie eine feuchte Wand entgegen. Es roch nach einer beißenden Mischung aus Deo, Mann und Shampoo. Sie beeilten sich damit, ihre nassgeschwitzten Sportklamotten loszuwerden und unter die Dusche zu kommen.

»Sag mal, Max«, sagte Heinz, als sie kurze Zeit später nackt im kühlen Nass standen. »Übernimmst du eigentlich immer noch Nachforschungen? Du hast dir doch nach deiner Frühpensionierung bei der Kripo so einen Detektivausweis geholt.«

»Selten. Aber prinzipiell schon. Kommt ganz darauf

an, ob es mich interessiert und was ich dabei verdienen kann. Wieso fragst du?«

»Ich brauche deine Hilfe. Man hat mich bestohlen.«

»Wie – bestohlen? Autsch! Mist!« Max versuchte das Shampoo, das ihm gerade in die stahlblauen Augen getropft war und höllisch brannte, mit klarem Wasser wieder auszuspülen. Konnte man von Shampoo eigentlich blind werden? Zu spaßen war mit so was sicher nicht.

»Man hat mir ein Lied geklaut. Und deshalb brauche ich dich. Du sollst es wieder finden.«

»Wie kann man dir ein Lied klauen?«, fragte Max weiter, während er sich vornahm, seine Augen vorsichtig wieder zu öffnen. Seine Lider klappten nach oben. Gott sei Dank, alles funktionierte noch.

»Ganz einfach«, entgegnete ihm Heinz, der über und über mit weißem Schaum bedeckt war. »Wenn du ein Lied komponierst und textest, hast du die Urheberrechte daran. Und wenn das Lied auf CD gepresst oder in der Öffentlichkeit gespielt wird, bekommst du Geld für diese Urheberrechte. Vorausgesetzt, du hast dein Werk bei der GEMA oder einer anderen Verwertungsgesellschaft angemeldet.«

»Logisch. Das weiß ich auch. Aber wie konnte man dir dein Lied klauen? Du als alter Profi meldest doch bestimmt jedes deiner Werke rechtzeitig an.« Max schaute seinem Freund neugierig ins Gesicht.

»In diesem Fall tat ich das leider nicht. Als ich es damals vor fünf Jahren geschrieben hatte, dachte ich, dass es sowieso keine Chancen auf dem Markt hätte, und habe die Noten und die Demobänder davon einfach in meinen Schrank im Studio gelegt.«

»Und wann hast du bemerkt, dass man sie gestohlen hat?« Genug Wasser, Raintaler. Sonst trocknet bloß deine Haut aus. Max drehte seine Dusche zu.

»Gestern Abend. Da hat eine junge Sängerin das Lied im Fernsehen gesungen. Burgl Schäfer heißt das kleine Miststück.« Heinz blickte grimmig unter seinen nassen, roten Locken hervor.

»Dein Lied?«

»Mein Lied. Bis auf die letzte Note und den letzten Buchstaben. Es ist mir ein völliges Rätsel, wie sie dazu kommt.« Heinz drehte ebenfalls das Wasser ab.

»Du kannst dich noch so gut daran erinnern, obwohl es jahrelang in deinem Schrank unbeachtet vor sich hingegammelt hat?« Max machte ein ungläubiges Gesicht.

»Glaube mir, Max. Ich kenne alles, was ich jemals komponiert und getextet habe. Jede Note und jede Silbe. Das vergisst man nicht. Und ich schon gar nicht.« Sie begaben sich gemeinsam in die stickige Garderobe zurück.

»Ach, wirklich? Und was soll ich jetzt konkret für dich tun?«, fragte Max, während er sich neben Heinz zu seiner Tennistasche setzte und seine Klamotten herauszerrte.

»Du sollst mir meine Urheberrechte wieder besorgen. Und am besten auch gleich die geklauten Originalnoten und -bänder. Auf beiden ist ein Datumscode hinterlegt, mit dem ich vor Gericht beweisen kann, dass sie von mir sind. Mensch, Max! Wenn das Lied ein Hit wird, geht es dabei um Millionen.« Heinz kratzte sich am Kopf.

Ganz sicher war er sich bei der Sache mit dem Datumscode nicht. Wenn die Richter nicht ganz blöd waren, würden sie natürlich merken, dass er das Lied auch schon vorher selbst von den jetzigen Produzenten hätte stehlen können. Aber andererseits müssten die in diesem Fall wiederum erst mal beweisen, dass sie bereits vor ihm irgendwelche Noten und Texte verfasst oder Aufnahmen davon gemacht hätten. Und das konnte ja nicht sein. Schließlich war er der Urheber. Überraschend behände für sein stattliches Übergewicht schlüpfte er in seine grobe, weiße Leinenhose und zog ein hellblaues Polohemd über seinen immer noch feucht glänzenden Oberkörper.

»Wie viel bezahlst du?« Max, der gerade sein schwarzes, momentanes Lieblings-T-Shirt mit der Aufschrift ›Popstar‹ in seine Bluejeans steckte, grinste breit. Er wusste, dass der erfolgreiche Musikproduzent mehrfacher Millionär und obendrein geizig wie der sprichwörtliche Schotte war. Ganz selten gab er einmal eine Runde Bier aus. Und auch sonst benahm er sich alles andere als verschwenderisch. So fuhr er zum Beispiel genau wie Max ein uraltes Auto, einen völlig verrosteten Japaner, obwohl er sich locker jedes Jahr den neuesten Mercedes hätte leisten können. Seine Frau Agathe befand sich, was ihr Äußeres betraf, bis heute nicht mal annähernd auf dem aktuellen Stand der Mode. Natürlich nur, weil er sie so knapp hielt. Jeder in ihrem Freundes- und Bekanntenkreis wunderte sich seit langem, wie sie das Leben mit ihm überhaupt aushielt.

»Wie viel verlangst du?« Heinz, als erfahrener Geschäftsmann, schob den schwarzen Peter gleich wieder zurück.

»Also, ich sage mal so«, erwiderte Max, der gerade vor dem mannshohen Spiegel zwischen den Garderobeschränken seine mittellangen, blonden Haare mit den Fingern nach hinten kämmte. »Ich möchte demnächst ein paar Lieder mit meinem Gitarristen Mike Huber aufnehmen.

Wir könnten folgenden Deal machen. Ich übernehme für eine Woche die Nachforschungen nach deinen Noten und Bändern. Also bis nächsten Sonntag. Und du stellst mir im Gegenzug dazu eine Woche lang dein Studio mit dir als Tonmeister zur Verfügung. Dasselbe gilt auch, wenn ich vor Ablauf der Woche erfolgreich bin. Sind wir uns einig?«

»Na ja …« Heinz schürzte nachdenklich seine dicken feuchten Lippen. »Eine ganze Woche Studio …«, brummte er. »Das ist eine Menge Geld … Ei, ei, ei … Und was, wenn du in dieser Woche meine Originale nicht findest?«

»Dann bekomme ich dein Studio nur drei Tage lang. Als Aufwandsentschädigung sozusagen.« Max reichte ihm die Hand und Heinz schlug ein.

»Na gut. Alles klar, Max. So machen wir's. Wann fängst du mit der Suche an?«

»Gleich morgen.«

»Super. Dann lade ich dich und Monika heute in den Biergarten ein. Okay?«

»Logisch. Absolut okay. Aber Vorsicht! Das kann wirklich teuer werden.«

Was war denn das? Der Berufsgeizhals Heinz und Bier ausgeben? Das grenzte ja fast schon an ein Wunder. Wahrscheinlich war Max mit seiner Woche Studiobenutzung viel zu billig. Vielleicht hätte er besser gleich vier Wochen sagen sollen. Er stieg in seine guten alten Cowboystiefel und wartete draußen, wo zumindest eine winzige Brise für Abkühlung sorgte, auf Heinz.

Als sie an der Rezeption der Tennisanlage standen, staunte Max gleich noch einmal. Heinz bezahlte auch noch die gesamte Platzmiete. Und das völlig freiwillig.

Ja, da schau her, der alte Geizkragen zahlt auch noch für mich mit, das war ja noch nie da. Ein Wunder. Der Song von dieser Burgl Schäfer musste wirklich ein kleines Vermögen wert sein.

Im Biergarten winkte ihnen Monika im weißen Leinenkleid von einem runden Tisch unter den ausladenden Ästen einer alten Kastanie aus zu. Der schattige Platz war nicht weit von der Bühne der fünfköpfigen Jazzband entfernt, die gerade ein Medley altbekannter Stücke zum Besten gab. Wo hat sie sich denn nur so schnell umgezogen, dachte Max. Gerade trug sie doch noch ihre Shorts und das rote T-Shirt. Oder nicht?

»Setz du dich schon mal zu deiner feschen Freundin«, meinte Heinz. »Ich hole uns was zu trinken. Willst du auch eine Maß?«

»Nein, einen Kamillentee!«, antwortete Max grinsend. »Ich trinke im Biergarten grundsätzlich Kamillentee.«

»Man wird ja wohl noch fragen dürfen, Sir Raintaler.« Heinz sprach gekünstelt durch die Nase wie ein englischer Butler im Film.

»Fragen darf man schon. Aber nicht so blöd. Wenn du nicht sowieso schon zahlen würdest, müsstest du es jetzt auf jeden Fall zur Strafe tun.«

»Wieso, Sir Raintaler?«

»Wieso? Weil ich natürlich eine Maß mag. Bin ich etwa krank? Gott sei Dank doch wohl nicht. Bis auf meinen hohen Blutdruck und meine verstauchte Hand vom letzten Aufschlag vielleicht. Und habe ich etwa jemals etwas anderes als Bier nach dem Tennis getrunken? Obwohl wir beide wissen, dass eine Apfelschorle bestimmt gesünder wäre? Vor allem bei einer solchen Affenhitze?«

»Nein. Du warst schon immer mutig und hast mannhaft mit reiner Todesverachtung dein Bier in dich hineingeschüttet.«

»Na also.« Während sich der rothaarige Grizzlybär, Heinz Brummer, lachend in die lange Reihe der Durstigen stellte, die sich vor der Schenke gebildet hatte, stapfte Max durch den hellgrauen Kies hinüber zu Monika an den Tisch.

»Wo hast du denn auf einmal das schöne Kleid her, Frau Schindler«, erkundigte er sich, als er bei ihr ankam. »Steht dir wirklich super.«

»Oh, danke schön. Ich habe mich im Auto schnell noch für euch schick gemacht. Die anderen Sachen waren außerdem total verschwitzt. Verdammte Hitze.« Sie lächelte.

Freut sie sich etwa über mein Kompliment? Bestimmt. Alle Frauen freuen sich über Komplimente. Genau wie wir Männer auch. Komplimente verschönern das Leben.

»Übrigens, Mike hat bei mir angerufen«, fuhr sie fröhlich fort, während er sich neben sie setzte. »Weil dein Handy wie immer ausgeschaltet ist. Er und seine Jane schauen nachher auch noch vorbei.«

»Na super, dann kommt wenigstens richtig Stimmung auf!«

»Das denke ich auch. Kann ja nicht anders sein, wenn drei Musiker am Tisch sitzen.«

»Und nicht zu vergessen, zwei reizende junge Damen.«

»Jetzt ist es aber wieder gut mit dem Süßholzraspeln, Max. Sonst werde ich glatt noch eingebildet.« Monika grinste schief.

»Das dürfen wir natürlich auf keinen Fall zulassen. Eingebildete Frauen sind so schrecklich unnahbar.« Er beugte sich zu ihr hinüber und gab ihr einen kleinen Kuss auf die schön geschwungenen, vollen Lippen.

»Autsch. Deine Stoppeln kratzen. Rasier dich mal wieder.«

»Immer dienstags und freitags, Moni. Das weißt du doch.«

»Na gut. Dann darfst du mich halt erst übermorgen wieder küssen.«

»Ist das dein Ernst?«

»Selbstverständlich.«

»Sauerei.«

»Selber schuld.«

2

Montag Vormittag, Musikstudio Brummer, Harlaching, gleich oberhalb des Tierparks.

»Willst du einen Espresso oder ein Bier?« Heinz stand vor der Anrichte in seiner kleinen Studioküche und rief die Frage in Richtung Regieraum, wo Max gerade eine originale R. Taylor Madagascar Rosewood Westerngitarre von ihrem Ständer gepflückt hatte. Er begann leise ein Bluesriff zu picken, das er sich vor ein paar Tagen neu draufgeschafft hatte.

»Einen Espresso. Danke«, antwortete er, während er auf die Dominante wechselte. »Für Bier ist es noch zu früh. Es ist ja gerade mal elf.«

»Großartiges Instrument, was?«, meinte Heinz, als er sich wenig später mit zwei winzigen Tassen, einer kleinen Zuckerdose und zwei Miniaturlöffeln auf einem kleinen, runden Plastiktablett zu ihm setzte.

»Wahrlich, wahrlich. Der Hammer. Werde ich mir wohl demnächst auch zulegen müssen.« Max hörte auf zu spielen, lehnte die Gitarre neben sich ans Mischpult, nahm zwei Stück Zucker aus der Dose, ließ sie in seine Tasse fallen, rührte um und nahm einen Schluck. Oha, der schmeckt richtig gut, dachte er. Da konnte man über Heinz' sonstigen Geiz sagen, was man wollte, seinen Espresso ließ er sich anscheinend etwas kosten.

»Für deine Liveauftritte? Totaler Schmarrn, Max. Viel zu teuer. Da genügt deine Takamine vollkommen. Über den Verstärker hört man doch eh keinen großen Unterschied.« Heinz schüttelte den Kopf über die überzogenen Ansprüche, die offensichtlich ausnahmslos allen Musikern, die in seinem Studio ein- und ausgingen, zu eigen waren. Selbst einem gestandenen, alten Rock-, Blues-, und Countrybarden wie Max.

»Hört man eben schon. Glaube mir«, entgegnete der ihm prompt. »Das hier ist heiliges Holz. Und das kommt auch über die Verstärkeranlage rüber. Da wette ich meine rechte Hand drauf.«

Er fuhr fast zärtlich mit den Fingern seiner freien Hand über den glatten Hals aus massivem Mahagoni. Dann trank er seinen Kaffee aus und spielte weiter.

»Sei lieber vorsichtig mit solchen Wetten. Sonst gehst du noch als erster einhändiger Gitarrist in die Annalen der Musikgeschichte ein.« Heinz schüttelte lachend seinen erhobenen Zeigefinger.

»Niemals.« Max grinste und kehrte nach einem verzögert gespielten Turnaround zur Tonika zurück. Blues ist und bleibt einfach die ehrlichste Musik, dachte er. Dann fiel ihm der gestrige Nachhauseweg wieder ein und er begann glucksend in sich hinein zu lachen. Er und Monika hatten Heinz noch mit dem Taxi nach Hause gebracht. Der hatte die ganze Fahrt lang in einer Tour wiederholt, wie dankbar er für zwei so gutaussehende und vor allem treue Begleiter sei.

Nach seiner ungefähr vierundzwanzigsten diesbezüglichen Beteuerung hatten sie dann, Gott sei Dank, das Haus gleich neben dem kleinen Studio hier erreicht. Es war nicht einfach gewesen, den schwer torkelnden, übergewichtigen Texter und Komponisten die Treppen zum Eingang hinauf zu schleppen. Max hätte sich fast einen Bruch dabei gehoben, weil er das meiste Gewicht trug. Aber nach zehn Minuten hatten sie es schließlich geschafft, ihm die Tür mit seinem Schlüssel aufgesperrt, und ihn dann in voller Montur auf der Couch in seinem Wohnzimmer abgeladen. Danach hatten sie die Tür hinter sich zugezogen und waren das Hochufer hinunter, am Tierpark vorbei, zu Monika nach Hause gegangen. Nicht ohne dabei immer wieder lauthals über den betrunkenen Heinz losgackern zu müssen, der die Zeche im Biergarten, trotz seines deutlich angeschlagenen Zustandes, wie versprochen, tatsächlich bezahlt hatte. Für Max und Monika, für sich selbst und für Mike und dessen Freundin Jane. Zu fortgeschrittener Stunde hatte er dann auch noch den fünf Österreichern am Nachbartisch ein paar Runden spendiert. Weil man in Österreich so toll Skifahren könne, wie er gemeint hatte.

»Ich finde es schön, dass du so gute Laune hast, Max«, sagte er jetzt. »Aber trotzdem würde ich gerne langsam zur Tagesordnung übergehen. Zu meinem geklauten Lied.« Natürlich konnte er nicht wissen, worüber sich sein Gegenüber gerade so königlich amüsierte.

»Nur zu. Ich bin ganz Ohr.« Max stellte die Gitarre vorsichtig in ihren Ständer zurück.

»Also, pass auf. Es war so. Als ich vorgestern gemütlich mit meiner Agathe vor dem Fernseher sitze und mir die neuesten Schlager reinziehe, tritt auf einmal diese Burgl Schäfer auf. Eine hübsche, junge Nachwuchssängerin, der man allgemein große Erfolgschancen einräumt.«

»Und?«

»Ja, und dann fängt die doch glatt an, mein Lied zu singen. Ich dachte erst, ich hätte mich verhört. Aber sie sang immer weiter. Zeile für Zeile meinen Text, Note für Note meine Musik. Eine unglaubliche Sauerei. Wie kann man anderen bloß ihr geistiges Eigentum stehlen? Ich könnte platzen vor Wut.« Heinz' Stimme wurde, während er sprach, vor Erregung und Ärger immer lauter.

»Und du bist dir ganz sicher, dass du ihr das Lied nicht selbst verkauft hast? Vielleicht an einem ähnlich feuchtfröhlichen Abend wie gestern?« Max musste wieder lachen. Er hatte gerade noch einmal kurz daran gedacht, wie er und Monika Heinz auf seine Couch hatten plumpsen lassen. »Wie ein Wal auf Landgang«, hatten sie sich dabei flüsternd amüsiert.

»Natürlich bin ich mir sicher«, antwortete Heinz ruppig. »Ich mag zwar ab und zu einen Rausch haben. Aber blöd bin ich nicht.«

»Das hat auch niemand behauptet. Und was war dann?«

Um Heinz nicht vollständig auf 180 zu bringen, bemühte sich Max, ernsthafter dreinzublicken. Obwohl es ihm nach wie vor schwerfiel. Die Erinnerungen an den gestrigen Abend wollten ihn immer noch nicht loslassen. Zum Beispiel der Moment, als Heinz den griechischen Taxifahrer zum Abschied unbedingt küssen wollte. Und dessen verlegenes Gesicht dabei. Erzähl es ihm lieber nicht, dachte er. Wir wollen doch nicht, dass das glattgebügelte Selbstbild des erklärten Machos und Frauennarren Brummer am Ende noch Falten und Risse bekommt. Mal ganz abgesehen davon, dass er dir sowieso kein Wort glauben würde.

»Dann sah ich Agathe an und fragte sie, was denn diese Matz da wohl mit meinem Lied macht.«

»Und weiter?«

»Ich lief schnell hier rüber ins Studio, um die Bänder und Noten des Liedes zu suchen. Fand sie aber nirgends, wie du ja bereits weißt.« Heinz blickte betrübt zu Boden.

Er hätte wohl nie geglaubt, dass ausgerechnet ihm jemand etwas stehlen würde, dachte Max. Wo er doch so hundertprozentig davon überzeugt ist, dass er seine Musiker und Freunde immer nur total fair und großzügig behandelt. Tja, so kann man sich täuschen.

»Hast du bei dieser Burgl Schäfer schon mal angerufen, um sie zu fragen, wo sie das Lied her hat?«, fragte er.

»Habe ich. Aber über die zickige Sekretärin ihrer Produzenten bin ich dabei nicht hinausgekommen. Herr Holzer oder Herr Nagel würden mich baldmöglichst zurückrufen, hat sie gesagt. Doch das ist bis heute nicht geschehen.«

»Ruft einen heutzutage überhaupt noch jemand zurück?«

»Eher nicht. Stimmt schon, Max. Und stell dir vor. Die Bänder von vier weiteren Liedern fehlen mir auch. Sie heißen ›Du machst mich glücklich‹, ›Glücklich sein mit dir‹, ›Im Glück ist soviel Wahrheit‹ und ›Dein Herz schlägt für das Glück allein ‹.«

»Vielleicht solltest du mal einen Texter einstellen.« Max musste erneut grinsen. Wie kann man nur so einen hirnlosen Schmarrn produzieren, dachte er. Aber was sollte es. Offensichtlich verdiente Heinz ein Vermögen damit. Und das war auf jeden Fall schon mal mehr, als so manch anderer sogenannter Musiker von sich behaupten konnte.

»Und wie heißt das Lied, das diese Burgl Schäfer gesungen hat?«, fragte er weiter.

»Glück allein macht uns nicht glücklich.«

»Warum habe ich mir nur so was Ähnliches gedacht? Na gut. Dann werde ich mich gleich mal um einen Termin bei den Herren Produzenten der jungen Dame bemühen.« Max grinste nicht mehr. Er reckte sein Kinn entschlossen nach vorne und bekam einen leichten Tunnelblick. Es war soweit. Der Privatschnüffler Raintaler nahm Witterung auf. Und das bedeutete: Schluss mit lustig. »Ist dir sonst noch irgendwas aufgefallen, was mir helfen könnte?«, fügte er hinzu, als er Heinz' schnurloses Telefon vom Mischpult nahm. »Verdächtige Musiker, die hier bei dir im Studio waren? Oder Fremde?« Er zeigte mit der Hand ins Rund des kleinen, bis unter die Decke mit modernster Aufnahmetechnik ausgestatteten Regieraums.

»Hier gehen eine Menge Leute ein und aus. Jeder von

denen könnte die Bänder und die Noten geklaut haben. Aber einen speziellen Verdächtigen wüsste ich nicht.« Heinz legte nachdenklich seine Stirn in Falten.

»Denk genau darüber nach«, beharrte Max. »Jede Kleinigkeit kann wichtig sein.«

»Logisch, Max. Mach ich. Sobald mir was einfällt, melde ich mich bei dir. Und denk du daran, dass es unter Umständen um Millionen geht.«

Um deine Millionen natürlich, dachte Max. Wie dem auch sei. Hauptsache, ich kann eine Woche lang kostenlos in dein Studio. Jetzt werde ich erst mal diese Produzenten anrufen und dann sehen wir weiter.

»Hast du die Telefonnummer von den Typen?«

»Sicher.« Heinz zog ein kleines, zerfleddertes Notizbuch aus seiner Hosentasche und schlug die Seite mit Holzers und Nagels Nummer auf.

Max wählte und wartete, bis sich eine Frau am anderen Ende meldete. Er stellte sich ihr als freier Journalist Raintaler vor und fragte, ob die Herren Holzer und Nagel heute zufällig für ihn Zeit hätten. Es ginge um ihren neuen Hit, mit dem Burgl Schäfer gerade dabei wäre, die Charts zu stürmen. Vielleicht könne er da ja mit einem hübschen, kleinen Presseartikel zum Erfolg beitragen.

»Haben Sie in einer Stunde Zeit?«, fragte sie ihn kurz angebunden, nachdem sie sich bei ihren Chefs wegen eines Termins erkundigt hatte.

»Das kann ich einrichten«, versprach Max, verabschiedete sich und legte auf. »Hast du ein kleines Aufnahmegerät für einen angehenden Musikjournalisten?«, fragte er Heinz grinsend.

»Logisch. Aber Wiedersehen macht Freude.«

»Selbstverständlich, Heinz. Ich verderbe es mir doch nicht mit meinem liebsten Tennispartner.«

»Und pass auf dich auf. Wenn die Typen so rücksichtslos klauen, sind sie bestimmt auch sonst nicht ungefährlich.«

»Logisch pass ich auf, Heinz. Ich mach so was ja nicht zum ersten Mal. Servus, bis dann.« Max nahm das winzige Diktafon entgegen, das Heinz aus einer seiner tausend Schubladen gekramt hatte und trat in die brütende Mittagshitze hinaus. Dort bog er links ab zu dem kleinen, studioeigenen Parkplatz gleich neben dem Haus, stieg eilig in seinen rostbraunen alten R4, der ihm wenigstens minimalen Schatten bot, und startete den Motor.

3

Bevor er endgültig in den Münchener Norden nach Unterföhring aufbrach, wo Holzer und Nagel ihr Studio hatten, machte Max noch einen kleinen Abstecher nach Thalkirchen runter und hielt vor Antons Imbissstube. Der kleine Holzbau lag direkt bei ihm zuhause ums Eck und die Bratwürste schmeckten nirgends in der Stadt so gut wie hier bei dem vollbärtigen Urbayern, der tagein tagaus in seinen speckigen, knielangen Lederhosen und einem abgetragenen, grauen Hausmeisterkittel hinter seinem Verkaufstresen stand. Mindestens dreimal wöchentlich kam Max vorbei und holte sich seine Rote mit Senf, obwohl er längst gehört und gelesen hatte, dass das viele Cholesterin dem Körper schaden sollte. Doch würde er auf diesen Genuss verzichten, litte sein seelisches Gleichgewicht, das wusste er genau. Also war er eines Tages in sich gegangen und hatte eine von da an lebenslang geltende Leitlinie für sich formuliert: Seele kommt vor Cholesterin.

Seit Jahren vollzogen er und Anton immer dasselbe Ritual.

»Servus, Anton, wie immer«, orderte Max.

»Servus, Max. Eine Rote in der Semmel mit viel Senf. Kommt sofort!«, erwiderte Anton und grinste gutgelaunt.

Das war's. Mehr wurde zwischen ihnen nicht gesprochen. Und mehr musste auch nicht gesprochen werden. Max vertilgte seine Wurst wie immer mit großem Appetit. Dann warf er die dazugehörige Papierserviette, nachdem er sie benützt hatte, in den großen Mülleimer neben der kleinen Bude, winkte Anton zum Abschied zu, stieg wieder in sein Auto und fuhr los. Derart gestärkt konnte jetzt kommen was wollte. Er würde jeder Herausforderung gewachsen sein. Sogar zwei schlitzohrigen Volksmusikproduzenten.

Wenig später parkte er direkt vor dem Eingang zu den Studios von Holzer und Nagel in Unterföhring. Das zweistöckige Haus befand sich unweit der privaten Fernsehsender, die sich hier zuhauf mit riesigen modernen Prachtbauten hinter der S-Bahnstation angesiedelt hatten und den kleinen Münchner Vorort so zu einer der reichsten Gemeinden Deutschlands machten. Er läutete.

»Kommen Sie rein«, kommandierte eine leicht verzerrte, weibliche Stimme durch die Gegensprechanlage. Dann ertönte der Türöffner. Max trat durch das großzügige Glasportal und fand sich gleich darauf mitten in einer Art botanischem Garten wieder. Üppige, übermannshohe, tropische Grünpflanzen und prächtige Blumen schmückten den gesamten Empfangsraum. Von irgendwo her kam Vogelgezwitscher, schätzungsweise vom Band, Käfig war keiner zu sehen. Es war unerträglich heiß.

»Aber hallo, das ist ja die reinste Sauna hier«, rief er der blondgelockten Schönheit hinter dem futuristisch anmutenden Empfangstresen aus Plexiglas leutselig zu, während er sich ihr näherte. »Raintaler, grüß Gott. Haben wir miteinander telefoniert?«

»Ja, Herr Raintaler. Haben wir. Meierling ist mein Name. Leider ist die Klimaanlage kaputt. Wird auch erst nächste Woche repariert. Sie wissen aber schon, dass Sie zu früh sind? Der Chef telefoniert gerade. Da werden Sie noch warten müssen. Nehmen Sie solange da drüben Platz.« Sie deutete, ohne ihn anzusehen, gnädig auf einen der großen Besuchersessel aus schwarzem Nappaleder seitlich von ihr.

Ja, da legst dich nieder, dachte Max. Was glaubte denn die, wer sie war? Kein Gruß, kein Bitte, kein Danke. Dabei schaute sie doch eigentlich ganz sympathisch aus, und Beine hatte sie wie ein Toppmodel aus dem Fernsehen. Aber überheblich tat sie, als wäre sie selbst ein Weltstar. Herrschaftszeiten. Waren die heute alle so im Musikbusiness? Damals, als er seine eigenen Schallplatten im Studio aufgenommen hatte, war das noch nicht so gewesen. Oder? Doch, doch. Es war so. Natürlich. Allein, wenn er an die vielen arroganten Deppen bei der Plattenfirma dachte. Nur damals hatte es ihn nicht gejuckt. Da war er der Star gewesen und als Star stand man sowieso über den Dingen. Logisch.

Ob die fesche Frau Meierling wohl einen Freund hatte? Bestimmt nicht. Wer brauchte schon so einen lackierten Drachen um sich herum? Da musste man sich doch bloß ihre arrogante Art anschauen. Nicht ein einziges Mal sah sie zu ihm her. Dabei war er sogar als Journalist avisiert, und zur Presse war doch normalerweise jeder freundlich und zuvorkommend, außer zu diesen lästigen Paparazzis vielleicht. Egal. Auf jeden Fall hatte sie eine Wahnsinnsfigur und ein Gesicht wie ein Filmstar, und ihre blauen Augen waren der Hammer. Aber echt. Ja, Herrschaftszeiten.

»Herr Raintaler. Ich grüße Sie. Matthias Holzer mein Name.« Max' Gedanken wurden lautstark von einem sonnengebräunten, vielleicht etwas über sechzig Jahre alten Mann in Bluejeans und einem knallbunten, fast bis zum Bauchnabel offenen Hawaiihemd unterbrochen. Seine grau behaarte Brust war mit einer dicken Goldkette geschmückt, an deren unterem Ende ein flaches edelsteinbestücktes Platinkreuz baumelte. Seine wenigen dunkel gefärbten Kopfhaare hatte er mit einem guten Pfund Gel zum Stehen gebracht. Er schüttelte Max mit einem selbstgefälligen Lächeln die Hand und forderte ihn auf, ihm in sein Allerheiligstes zu folgen.

Jetzt schau dir bloß diesen Typ an! Ich glaub, ich spinn, staunte Max. Der sieht glatt aus wie seine eigene Karikatur. Wahnsinn, manche Klischees sind tatsächlich lebendig. Nicht zu fassen. Aber wieso macht er als Schlagerproduzent auf Gangsta-Rapper? Weil er genauso kriminell ist wie ein Teil der Jungs aus der Bronx? Oder hat man das jetzt im Schlagerbusiness auch so, mit fetter Goldkette und Riesenkreuz über dem Bauchnabel? Aber vielleicht ist es auch nur seine Arbeitskleidung im Studio. Das ist ja das Irre an unserer Welt heute: Alles ist möglich.

»Mein Partner, Herr Nagel, kommt auch gleich«, verkündete Holzer mit öliger Stimme, nachdem er Max mit einer Handbewegung aufgefordert hatte, vor seinem riesigen Eichenholzschreibtisch Platz zu nehmen. »Möchten Sie einen Kaffee?«

»Hätten Sie vielleicht auch ein Glas Wasser? Kaffee hatte ich heute schon jede Menge. Und bei dieser Hitze ist Wasser einfach das Beste.«

»Aber gerne, Herr Raintaler. Für einen Journalisten, der freundlich über uns schreibt, haben wir natürlich auch ein Glas Wasser.« Er lachte scheppernd.

Herrschaftszeiten, das ist vielleicht eine eingebildete Pfeife, Raintaler. Es stimmt also doch, was alle immer sagen. Im kommerziellen Musikbusiness tummeln sich jede Menge Deppen. Der hier ist auf jeden Fall ein ausgesuchtes Prachtexemplar.

»Das ist ja hier nicht wie bei armen Leuten«, fuhr Holzer immer noch grinsend fort. »Mit Kohlensäure? Oder ohne? Kalt? Warm? Aus dem Vulkangestein? Französisch? Italienisch? Aus Rosenheim? Oder unser berühmtes, gutes Münchner Leitungswasser? Ganz, wie Sie wollen. Wasser und erfolgreiche Lieder haben wir in rauen Mengen.« Wieder schüttelte er sich vor Lachen über den seiner Meinung nach offensichtlich grandios gelungenen Gag.

Max konnte über Holzers lauwarme Sprüche nur müde grinsen. Holzer und Nagel, was für zwei ausgemacht saublöde Namen. So hießen die doch bestimmt nicht in Wirklichkeit. Jetzt hatten die Produzenten also auch schon Künstlernamen. Musste er das verstehen? Nein, musste er nicht.

»Ein Glas umweltfreundliches Leitungswasser wäre optimal«, sagte er.

»Mit Zitrone? Eis?«

»Nein, danke. Nur ein einfaches Glas Wasser. Ohne alles, bitte.«

War dieser Holzer nicht ganz dicht? Was machte der denn für ein Aufhebens um ein albernes Glas Wasser? Wahrscheinlich hatte er irgendwo gehört oder gelesen, dass das heute in Geldkreisen so üblich war. Es sollte ja inzwischen Mineralwässer für mehr als 100 Euro die Flasche geben. Natürlich aus dem Land der Kobe-Rinder und der aufgehenden Sonne. Ja, so ein Wahnsinn. Ging's eigentlich noch?

»Na gut, Herr Raintaler. Kommt sofort.« Holzer orderte das banale Nass über die Gegensprechanlage bei seiner Empfangsdame.

Als die schöne, aber unfreundliche Frau Meierling es kurz darauf in einem kleinen, goldverzierten Weinglas hereinbrachte, hatte sie Holzers Partner Nagel im Schlepptau. Er war genauso braungebrannt wie sein Kompagnon, schätzungsweise genauso alt, genauso pseudojugendlich angezogen und hatte seine schüttere Haarpracht mit genau der gleichen, unnatürlich wirkenden blauschwarzen Tönung gefärbt. Sie hätten glatt eineiige Zwillinge sein können, nur dass er braune Augen hatte, keine blauen wie Holzer. Und er trug keine Goldkette um den Hals. Dafür war seine edelsteinbestückte Platin-Rolex sicher um einiges teurer, als das eher schlichte goldene Exemplar am Handgelenk seines Partners.

»Ja, der Herr Journalist, hallo«, begrüßte er Max leger. »Das freut uns aber, dass Sie ein Interview über unsere

Burgl und ihr neues tolles Lied machen wollen. Welche Zeitung soll es denn drucken? Ich habe hier schon mal zwei Ehrenkarten für Sie. Die sind für die nächste Fernsehaufzeichnung mit der Burgl. Bitte sehr.« Er reichte Max die bunt bedruckten Kartons, als wären sie der heilige Gral höchstpersönlich.

»Oh, ja. Danke. Da schau ich bestimmt vorbei.« Max steckte sie schnell ein, obwohl er genau wusste, dass er natürlich auf gar keinen Fall hingehen würde. Ihr zwei schaut auf jeden Fall schon mal aus wie Ganoven aus dem Bilderbuch, dachte er. Da bin ich mir ja jetzt schon sicher, dass ihr auch welche seid. Aber ganz sicher. »Und zu Ihrer Frage. Ich würde das Interview bei den gängigen Illustrierten anbieten. Bevor wir zum Thema Burgl kommen, würde ich aber gerne noch etwas anderes von Ihnen wissen, meine Herren.« Er sah ernst von einem zum anderen. Sie schauten erwartungsvoll zurück.

»Aha. Na gut. Schießen Sie los, Herr Raintaler. Wir haben nichts zu verbergen«, ermunterte ihn Holzer aufgeräumt. »Ich sage immer, wer Erfolg hat, soll der Welt ruhig offen darüber berichten. Damit sie sich ein Beispiel daran nehmen kann. Nicht wahr?« Er lachte meckernd, vor Selbstgefälligkeit strotzend.

»Aber Sie müssen mir versprechen, dass Sie nicht böse werden. Abgemacht?« Max machte ein geheimnisvolles Gesicht.

»Aber wieso sollten wir denn böse werden? Was wollen Sie wissen, Herr Raintaler? Nur heraus damit.« Holzer blickte immer neugieriger aus seinem riesigen Chefsessel heraus.

»Also gut. Wieso laufen Sie beide eigentlich im Rapperoutfit herum?« Max grinste provozierend. »Nein, war bloß ein Scherz. Was ich wirklich sagen will, ist folgendes: Mir ist zu Ohren gekommen, dass es sich bei Burgls neuem Lied um ein gestohlenes Werk handeln soll.«

»Ja, so ein Scheiß! Da könnte ich doch gleich schon wieder ausrasten«, plärrte Nagel empört los, noch bevor Max sein letztes Wort vollständig ausgesprochen hatte. Der Musikmogul hatte in der Zwischenzeit betont lässig auf Holzers Schreibtischkante Platz genommen. Jetzt sprang er wie von der Tarantel gestochen wieder auf und bedachte Max mit einem giftigen Blick. »Da hat man mal einen kleinen Erfolg und schon melden sich die Neider zu Wort, noch bevor es richtig losgeht. Es ist doch immer dasselbe. Wer hat Ihnen denn diesen Schwachsinn erzählt, Herr Raintaler?«

»Sie werden verstehen, dass ich meine Informanten nicht nennen darf. Das ist bei uns Journalisten ähnlich wie bei der Polizei«, klärte Max ihn auf, der ihm seine Empörung natürlich nicht im Geringsten abnahm. »Mich interessiert eigentlich nur, ob an der Behauptung etwas dran ist oder nicht.«

»Selbstverständlich ist nichts dran, Herr Raintaler«, mischte sich Holzer souverän von oben herab lächelnd ins Gespräch. »Nicht das Geringste. Wir haben dieses Lied selbst komponiert und den Text haben wir auch selbst geschrieben. Wir haben es gar nicht nötig, Lieder zu stehlen. Sie sehen ja selbst, wie erfolgreich wir sind. Seit gut fünf Jahren sind wir die unangefochtenen Marktführer der Branche.« Er zeigte auf die etlichen Goldenen Schallplatten und CDs, die überall im Raum an den Wänden hingen.

Erfolgreich kann man auch mit geklauten Liedern sein, du Großmaul, dachte Max. Oder sollte Heinz ihn etwa angeschwindelt haben? Schmarrn. Erstens kannte er ihn dafür viel zu gut, und zweitens hätte er ihn dann schon hundertmal zuvor beauftragen können, angeblich gestohlene Lieder für ihn wiederzubesorgen. Natürlich verkohlten ihn diese zwei abgehalfterten Surflehrertypen hier nach Strich und Faden. Hm … Mit gezielten Fragen über die Herkunft des Liedes kam er offensichtlich nicht weiter. So, wie es ausschaute, würden sie nicht mal vor Gericht verraten, wo es her war. Egal. Dann halt gleich das Interview. Vielleicht verplapperte sich einer von ihnen dabei. Aber Vorsicht, Raintaler, verplappere dich nicht selbst. Du bist hier ganz alleine mit ihnen, und in vielen Schreibtischschubladen liegen Waffen. Das weißt du noch aus deiner Zeit bei der Kripo.

Er legte das handtellergroße Diktiergerät, das er vorhin bei Heinz mitgenommen hatte, auf Holzers Schreibtisch und schaltete es ein.

»Na gut. Bestens. Dann würde ich jetzt gerne zum eigentlichen Anlass unseres Treffens kommen. Zum Interview. Wie kamen Sie denn auf den Text? Das wird die Leser sicher interessieren«, wandte er sich an Nagel. Er war der Unbeherrschtere von beiden. Ihm würde am ehesten eine unbedachte Bemerkung herausrutschen.

»Na, wie man eben auf so einen Text kommt. Man denkt eine Weile lang nach, lässt sich inspirieren und dann hat man ihn. So einfach ist das. Natürlich nur, wenn man das nötige Talent besitzt.« Nagel tat das Thema ab, indem er, genervt die Augen rollend, mit seinen Händen in der Luft herumwedelte.

»Ach, wirklich?«, fragte Max ironisch grinsend. »Talent braucht man auch? Und weiter?«

»Jetzt werden Sie mal nicht zickig, Herr Journalist. Man fragt natürlich auch mal bei der Interpretin nach, ob sie irgendwelche Themen hat, über die sie besonders gerne singen würde. Aber im Großen und Ganzen läuft es so. Man denkt nach und schreibt. Ganz einfach eben.« Nagel stöhnte kurz ungeduldig auf und errötete leicht. Das Thema schien ihn maßlos aufzuregen. Fragte sich nur, warum.

»Dass ich zickig bin, muss ich mir wirklich nicht von Ihnen sagen lassen, Herr Nagel. Wir können das Ganze hier auch gerne sofort wieder beenden, wenn es Sie zu sehr strapaziert. Kein Problem für mich.« Max spielte seine Rolle als Journalist jetzt absolut perfekt. Ein fachkundiger Vertreter seiner Branche, der nichts auf seine Standesehre kommen ließ. Glaubhafter ging es nicht. Er erhob sich halb aus seinem Sitz und machte Anstalten, das kleine Aufnahmegerät wieder auszuschalten.

»Nein. Machen wir weiter. Entschuldigen Sie, Herr Raintaler«, lenkte Nagel hastig ein. »Ich bin bloß immer noch sauer darüber, dass jemand behauptet hat, wir hätten Burgls Lied gestohlen. Wir sind doch keine Kriminellen.«

»Ja. Lassen Sie uns weitermachen, Herr Raintaler. Wir wollen doch die Presse nicht verärgern, nicht wahr, Daniel«, fügte Holzer mit strengem Blick auf seinen Partner hinzu.

Max zögerte, sah die beiden ernst an und setzte sich wieder.

»Na gut. ›Glück allein macht uns nicht glücklich‹ heißt

der Titel des Liedes«, fuhr er danach ohne zu lächeln fort. »Stecken da persönliche Erfahrungen von Ihnen dahinter? Eine eigene, kleine Geschichte vielleicht?«

»Nein. Keine Geschichte«, erwiderte Nagel etwas freundlicher als zuvor. »Das ist eine Erkenntnis, die man hat, wenn man so erfolgreich ist wie wir. Wir sind und bleiben nun mal die Größten, müssen Sie wissen. Stimmt's, Matthias?«

»Natürlich, Daniel. Die Allergrößten sind wir. Absolut.«

»Das müssen Sie den Lesern näher erklären.« Max wartete gespannt auf ihre Antwort.

»Was?« Nagel bekam einen starren Blick.

»Das mit der Erkenntnis.«

»Wieso müssen wir das?«

»Na gut. Dann lassen Sie es eben, Herr Nagel. Ich will nur das Beste für Ihren neuen Hit. Aber wenn Sie nicht antworten wollen, ist es auch gut. Es ist Ihr Lied. Und Ihr Erfolg. Oder Flop. Je nachdem, nicht wahr?«

»Sehen Sie, Herr Raintaler, es ist doch so.« Holzer kam seinem im Moment erstaunlich unprofessionell wirkenden und offensichtlich völlig überforderten Partner eilig zu Hilfe. »Glück ist eine sehr schnell vergängliche Angelegenheit, wie wir alle wissen. Deshalb macht uns Glück alleine auch nicht glücklich oder zufrieden. Dinge wie Geld, langfristige Sicherheit und immer wiederkehrende Erfolge gehören ebenso dazu. Genau wie die Aussicht auf einen ruhigen und gesicherten Lebensabend und einen verlässlichen Liebespartner natürlich auch. Und eben darüber singt die Burgl in dem Lied. Über ihren Mann fürs Leben. Der …«

»Genau!«, fiel ihm Nagel, der sich anscheinend wieder gefangen hatte, ins Wort. »›Du bist der Mann, der Mann fürs Leben‹ singt die Burgl im Refrain, ›Gut, dass es dich gibt, denn Glück allein macht uns nicht glücklich‹. Verstehen Sie?«

»Natürlich«, antwortete Max, der natürlich nichts verstand. Sind die eigentlich wirklich so bescheuert oder gehört das alles zu der Show, die sie den ganzen Tag lang abziehen?, dachte er. Wohl eher Letzteres. Obwohl sie den Schmarrn, den sie hier verzapften, andererseits tatsächlich selbst zu glauben schienen. Da sollte einer draus schlau werden. »Wer von Ihnen hat Burgl Schäfer denn nun als Sängerin entdeckt?«

»Das war ich«, trompetete Nagel stolz wie ein Gockel auf dem Mist. »Sie ist die Tochter der Cousine einer guten Freundin meiner Frau. Und eines Tages waren wir bei dieser Freundin auf eine Poolparty eingeladen. Die Burgl war auch dort und hat mit ihrer Band gespielt. Irgend so ein wildes, unverkäufliches Rockmusikzeugs. Sie hatte enge Jeans und eine schwarze Lederjacke an und überall Nieten. Grässlich.«

»Das geht ja gar nicht.« Max nickte verständnisheuchelnd, während er innerlich den Kopf schüttelte.

»Ja, eben. Und nach ihrem Auftritt habe ich ihr dann gesagt, dass sie, wenn sie mit dem Singen richtig Geld verdienen will, doch einfach mal bei uns im Studio vorbeischauen soll. Aber sie müsste sich anständig anziehen. Und das hat sie dann auch getan. Nur ein paar Tage später stand sie im Dirndl vor unserer Tür.«

»Und dann?« Max blickte interessiert von einem zum anderen.

»Dann nahmen wir ›Glück allein macht uns nicht glücklich‹ mit ihr auf«, schaltete sich Holzer ein. »Und nun hoffen wir alle zusammen, dass es ein möglichst großer Erfolg wird. Sicher kann man sich da in unserer Branche ja nie sein. Aber hoffen darf man natürlich. Wie überall. Nicht wahr?«

»Natürlich«, stimmte Max ihm zu. »Die Hoffnung stirbt zuletzt. Und ganz bestimmt wird unser kleines Interview hier zu diesem Erfolg beitragen.«

»Hoffentlich«, brummte Nagel, der inzwischen einen Schluckauf bekommen hatte und nervös an seinen Nägeln zu knabbern begann.

»Ja, meine Herren. Ich würde sagen, dass wir damit vorerst auch schon fertig sind. Vielen Dank. Jetzt bräuchte ich bloß noch eine CD und Burgls Presseinformationen von Ihnen. Und dann mache ich mich auch schon ans Schreiben.« Herrschaftszeiten, hat der Nagel ein schlechtes Gewissen, dachte Max. Oder wieso sollte er sonst so unruhig und grantig sein? Ärger mit der Frau daheim? Auch möglich. Trotzdem halten die beiden dicht wie Fugenkitt. Mit banalen Fragen ist ihnen einfach nicht beizukommen. Da wird mir wohl noch etwas anderes einfallen müssen, um Heinz' Lieder von ihnen zurückzubekommen. Er schaltete das winzige Diktiergerät aus und steckte es in seine Hosentasche zu den Autoschlüsseln.

»Unsere Frau Meierling gibt Ihnen alle Unterlagen, die Sie noch brauchen«, informierte ihn Holzer abschließend. »Und falls wir einmal etwas für Sie tun können, lassen Sie es uns wissen, Herr Raintaler. Wir veranstalten ab und zu ein nettes, exklusives Wellnesswochenende in den Bergen für unsere Freunde und Geschäftspartner. Oder wir fliegen auch mal ein paar Tage in die Karibik zum Segeln. Traumhaft, sag ich Ihnen. Wäre schön, Sie da mal dabei zu haben. Als journalistischen Protokollführer sozusagen, nicht wahr?«

»Danke, Herr Holzer. Das klingt wirklich sehr nett. Falls es noch Fragen gibt, melde ich mich.« Max stand auf, schüttelte beiden zum Abschied die Hand, ging hinaus und strebte auf den Empfangsraum zu. Frau Meierling hatte bereits alles für ihn bereitgelegt. »Auf Wiedersehen, schöne Frau«, flötete er, während er die Unterlagen an sich nahm, und lächelte sie freundlich an. Wäre doch gelacht, wenn er ihr nicht wenigstens eine winzige Gefühlsregung entlocken konnte. Und siehe da. Das Wunder geschah. Sie sah kurz von ihrem Computerbildschirm auf und lächelte zurück.

»Wollen Sie mir nicht Ihre Karte dalassen, Herr Raintaler? Falls noch Fragen unsererseits sind!«, rief sie ihm hinterher, als er fast schon zur Tür hinaus war.

»Habe ich nicht dabei. Ich melde mich wieder bei Ihnen«, erwiderte er. Dann trat er ins Freie hinaus.

4

Das lief alles andere als erfolgreich, sagte sich Max, als er in sein gutes altes Auto stieg. Die beiden werden wohl nur reden, wenn ich sie ordentlich unter Druck setze. Fragt sich bloß, mit was. Schauen wir mal. Kommt Zeit, kommt Rat. Die Woche hat ja gerade erst angefangen. Er ließ den Motor an und fuhr heim.

Vor seinem Haus angekommen, stellte er den Wagen auf seinem Parkplatz ab und stieg zu seiner Wohnung im zweiten Stock hinauf. Er schwitzte am ganzen Leib und freute sich schon auf eine Dusche. Wann hatten wir eigentlich zuletzt einen dermaßen heißen Sommer, fragte er sich, während er die Tür aufsperrte. Noch bevor er sich eine Antwort darauf geben konnte, kam die alte Frau Bauer in weißen Ballerinas und einem bunten Sommerkleid unter einer leichten, blauen Wollweste aus ihrer Wohnung gegenüber. Sie wirkte darin wie ein junges Mädchen, das aus einer unerklärlichen Laune der Natur heraus viel zu früh Falten bekommen hatte.

»Ja, der Herr Raintaler. Grüß Gott, junger Mann. Wie geht es Ihnen denn?«

»Grüß Gott, Frau Bauer. Gut geht es. Noch, jedenfalls. Ich sage nur – Kreislaufwetter. Und Ihnen?«

»Ich gehe gerade zum Arzt. Habe jetzt einen neuen. Nur zehn Minuten von hier. Ein ganz reizender junger Mann. Stellen Sie sich nur vor. Letztes Mal hat er gemeint, dass ich 100 Jahre alt werde.« Sie blickte ihn angesichts dieser rosigen Zukunftsaussichten ganz verzückt durch ihre runden Brillengläser an.

»Dann wollen wir mal hoffen, dass er recht behält«, meinte Max grinsend, der die etwas schrullige, grauhaarige Dame gerne mochte. Er kannte sie, seit er ein kleiner Junge war, da sie schon damals die beste Freundin seiner Tante Isolde gewesen war. Als seine Eltern vor fünf Jahren bei einem Unfall gestorben waren, hatte er außer der lebenslustigen Tante keine Verwandten mehr gehabt. Und nachdem sie ihnen dann vor zwei Jahren gefolgt war, hatte er gar keine Familie mehr gehabt. Nur die Wohnung gegenüber der von Frau Bauer, die ihm Isolde nebst einem ansehnlichen Barbetrag vererbt hatte, war ihm geblieben. Und seine nette Nachbarin natürlich, die ihn, seit er hier vor gut einem Jahr endgültig eingezogen war, rührend umsorgte.

»Ach, bestimmt hat er recht, Herr Raintaler«, sagte sie. »Ich fühle mich immer noch fit genug für einen Hundertmeterlauf.«

»Aber nicht zu schnell, Frau Bauer. Vor allem nicht bei dieser Hitze. Also, noch einen schönen Tag. Und grüßen Sie mir Ihren Bertram.«

»Mach ich, Herr Raintaler. Auch einen schönen Tag.« Sie verschwand im Treppenhaus. Max betrat seine Wohnung und zog die Tür hinter sich zu.

»Ist das herrlich kühl hier.« Er stöhnte erleichtert auf und zog sein durchgeschwitztes schwarzes T-Shirt und die Jeans aus. Dabei fielen ihm die Karten für Burgls Konzert aus der Gesäßtasche. Kopfschüttelnd hob er sie auf und warf sie kurzerhand in den Müll. Dann ging er ins Badezimmer und stellte sich so lange unter die eiskalte Dusche, bis er zu frieren begann. Kurz darauf saß er nur in der Unterhose auf der bequemen roten Couch in seinem gemütlichen Wohnzimmer und rief Monika an.

»Hallo, Moni. Alles okay bei dir?«, fragte er, als sie sich meldete.

»Alles gut, Max. Nur der Rollmops von heute morgen kommt mir dauernd hoch. Schön, dass du anrufst. Wie laufen deine Nachforschungen?« Natürlich wusste sie, dass Max sich auf die Suche nach Heinz' Bändern gemacht hatte. Schließlich war deren Diebstahl heute Morgen beim gemeinsamen Frühstück in ihrer kleinen Wohnung über

›Monikas kleiner Kneipe‹ das zentrale Gesprächsthema gewesen.

»Geht so. Ich habe vorhin als Journalist getarnt zwei verdächtige Produzenten befragt. Die Kerle lügen, dass sich die Balken biegen. Eine wahre Zierde für ihren Berufsstand.«

»Dass es nicht einfach wird, hast du ja heute Morgen schon festgestellt.«

»Stimmt. Und das mit dem Rollmops habe ich dir im Übrigen gleich gesagt. So was frühstückt man auch nicht als Münchnerin.«

»Ja, ja. Ist ja halb so wild. Hast du inzwischen deine Blutdruckpille genommen?« Sie klang wie eine strenge Krankenschwester.

»Selbstverständlich. Gerade eben.« Max hatte seine Tabletten heute Morgen nicht dabei gehabt und ein Riesentheater deswegen veranstaltet. Doch gleich, als er vorhin reingekommen war, hatte er eine davon eingenommen.

»Was? Jetzt erst? Und da ziehst du vorhin so eine Show ab? Von wegen, da könne man ganz schnell draufgehen, wenn man diese wichtigen Medikamente vergäße. Spinnst du?« Jetzt hörte sie sich nicht mehr besorgt an, sondern ärgerlich. Um genau zu sein, sehr ärgerlich.

»Da habe ich wohl etwas übertrieben, Moni. Ich war ja auch leicht verkatert. Aber ganz ungefährlich ist es wirklich nicht. Ich hab nämlich ganz schöne Kreislaufschwierigkeiten bei der Hitze.« Außerdem ist das mein Problem, ob ich meine Tabletten nehme oder nicht, und nicht deins, Madame, ärgerte er sich still. Iss du lieber keine gerollten Fische, die dir nicht bekommen. Du bist doch nicht meine Mutter, Herrschaftszeiten. Was sollte das denn? Entweder hatten sie nun ein freie Beziehung, in der jeder tun und lassen konnte, was er wollte, wie sie immer so schön betonte, oder nicht. Da sollte sie sich dann vielleicht schon einmal entscheiden.

»Na gut. Du musst selbst wissen, was du tust«, lenkte sie ein. »Aber tu mir dann bitte einen großen Gefallen, und verschone mich in Zukunft endgültig mit deinem Gejammer wegen deinen Krankheiten. Okay?«

»Logisch, Moni. Kein Problem. Aber nur, wenn du mich mit deinen andauernden Fragen danach verschonst.« Er legte sich hin und schloss die Augen, während sie weitersprach.

»Aber ich frag dich doch gar nicht danach. Ich will das gar nicht immer wissen.«

»Willst du doch!«

»Will ich nicht! Geh lieber mal zum Psychologen damit.«

»Suchst du Streit?«

Was sollte denn jetzt auch noch diese Frechheit mit dem Psychologen? Nicht zu fassen.

»Nein, Max. Bestimmt nicht. Vor allem nicht, wenn es dabei immer um denselben alten Schmarrn geht.«

»Also gut. Ich rede nie wieder über meine Krankheiten.« Geht auch niemanden was an, wie es mir geht, dachte er. Ich werde schon selber mit mir und meinen Malaisen fertig. Sterben muss ich schließlich auch alleine. Wahrscheinlich vermisst sie mich nicht mal besonders, wenn ich abgetreten bin. Hat bestimmt bald danach einen Neuen. Luder. Miststück. Stopp, Raintaler. Ist ja schon wieder gut. Übertreib es nicht. »Bist du eigentlich in der nächsten Zeit zu Hause?«, fragte er.

»Ja. Komm doch auf einen Kaffee vorbei. Aber nur, wenn dein armes kleines Herz das böse Koffein verträgt.«

Sie kann es einfach nicht lassen. Alte Giftspritze. Herrschaftszeiten.

»Mach ich. So in einer halben Stunde?«

»Alles klar.«

»Alles klar.« Er legte auf. Ein schöner Kaffee in ›Monikas kleiner Kneipe‹. Das war doch genau das Richtige an einem so heißen Nachmittag, und was der blöde Spruch mit dem Psychologen gerade sollte, konnte sie ihm bei der Gelegenheit auch noch einmal genauer erklären. Um seinen Fall würde er sich heute Abend wieder kümmern. Zuerst würde er gerne Franz Wurmdobler zu einer diesbezüglichen Besprechung im Biergarten treffen, danach noch auf die Piste gehen und in der Münchener Musikszene herumstöbern. Vielleicht wusste ja der eine oder andere seiner alten Kumpel etwas über Holzer und Nagel.

Franz war bis zu Max' Zwangspensionierung vor zwei Jahren sein Kollege bei der Münchner Kripo gewesen, und er war immer noch dort. Außerdem war er Max' ältester Freund. Die beiden kannten sich seit der Grundschule. ›Frühpensionierung wegen amtlich bescheinigter Arbeitsunfähigkeit‹ hatte es in der offiziellen Verlautbarung geheißen, als Max damals gehen musste. Sonst nichts. Nur er und die Herren von ganz oben wussten letztlich genau darüber Bescheid, was damals geschehen war. Doch keiner von ihnen rückte damit heraus. Max durfte nicht und die anderen wollten nicht oder durften ebenfalls nicht. Er wählte Franz' Dienstnummer.

»Servus, Franzi, Max hier. Wie geht's?«

»Passt schon, Max. Mörderheiß ist es in unserem stickigen alten Büro. Ich schwitze wie ein Schwein. Lange halte ich das nicht mehr aus. Sei froh, dass du in Pension bist.« Der kleine dicke Hauptkommissar am anderen Ende der Leitung ächzte mitleidheischend in den Hörer.

»Na, da passt es ja wunderbar, dass ich dich anrufe. Ich habe nämlich die optimale Lösung für dein Problem. Du musst einfach nach der Arbeit mit mir in den Biergarten gehen. Unter den Kastanien dort ist es angenehm schattig. Und von innen kühlen wir mit Bier.« Max wusste genau, dass Franz seinem Vorschlag selbst in hundert Jahren nicht widerstehen können würde.

»In den Biergarten sagst du?« Wie immer bei Fragen, die das Thema Biertrinken betrafen, versuchte Franz seinen Tonfall so unschuldig wie möglich klingen zu lassen. Selbst sein bester Freund sollte ihn nicht für jemanden halten, der gerne trank, nur weil er so gerne trank. Max, der dieses Spielchen natürlich seit jeher durchschaute, grinste amüsiert vor sich hin. »Hört sich nicht schlecht an, Max. Und warum? Soll ich dir wieder mal bei einem deiner Fälle helfen?«

»Nein, Franzi. Wie kommst du denn darauf? Ich wollte dich einfach so mal wieder treffen. Ganz ohne Hintergedanken.« Er ahnte, dass Franz ihm das nicht abnehmen würde.

»Das kannst du dem Weihnachtsmann erzählen«, erwiderte der auch prompt. »Aber gut. Ich komme. Um sechs in deinem kleinen Biergarten in den Isarauen?«

»Sechs ist perfekt! Bis dann, Franzi.«

»Bis dann, Max. Übrigens, kennst du den schon?«

»Nein.«

»Ich habe ihn doch noch gar nicht erzählt.«

»Und warum fragst du dann so blöd?«

»Soll ich?«

»Na gut. Wenn's unbedingt sein muss.«

»Also gut. Was ist grün, hängt an der Wand und pfeift?«

»Keine Ahnung.«

»Ein grüner Fisch.«

»Aber der hängt doch nicht an der Wand.«

»Du kannst ihn ja hinnageln.«

»Aber er pfeift doch nicht.«

»Dann pfeift er halt nicht. Verstehst Du? Er pfeift nicht. Weil er tot ist, der kleine Schelm. Ich hau mich weg.« Franz brüllte vor Lachen.

»Aha. Servus, Franzi. Gute Besserung.« Max legte auf. Mein Gott, Franzis Witze werden von Mal zu Mal immer noch schlechter. Das ist ja langsam bloß noch albernstes Kindergartenniveau. Nicht zu fassen. Aber er kommt später in den Biergarten. Und selbst wenn ihm nicht viel zu den verschwundenen Bändern einfällt, ist es auf jeden Fall hilfreich, die Sache mit einem anderen Profi durchzusprechen. Oft genug sieht man selbst den Wald vor lauter Bäumen nicht. Jetzt muss ich nur noch Heinz anrufen und ihm von meinem erfolglosen Treffen mit Holzer und Nagel berichten.

Nachdem er das erledigt hatte, zog er frische Jeans an und streifte sein hellblaues, verwaschenes T-Shirt mit der Aufschrift ›Genusstrinker‹ über. Eine Jacke würde er bei der Hitze selbst am späten Abend nicht brauchen. Dann schlüpfte er in seine Stiefel, stieg die Treppen hinunter und marschierte zu Monika, vorbei an den sonnenverbrannten

Nacktbadern und sonstigen Erholungssuchenden, die hier in den südlichen Isarauen alljährlich ihr Sommerdomizil hatten. Zumindest während des Tages. Als er wenig später bei ihr ankam, fand er sie mit ausgestreckten Beinen gemütlich auf einem der Stühle in ihrem kleinen Biergarten sitzend vor.

»Hallo, Max. Da bist du ja.« Sie entblößte ihre strahlend weißen Zähne zu einem Lächeln, wie nur sie es zustande brachte. Warmherzig und gleichzeitig zauberhaft. Offensichtlich freute sie sich, ihn zu sehen. Umso besser.

»Verdammt heiß heute, Moni. Stimmt's?« Er wischte sich mit dem Handrücken über die feuchte Stirn.

»Stimmt auffallend«, erwiderte sie und zeigte auf ihr überall feucht an der Haut klebendes, ärmelloses T-Shirt-Kleid. »Lass uns reingehen.« In dem winzigen, halbhoch dunkelgetäfelten Raum war es angenehm kühl, da Monika die Fenster hier nur nachts öffnete und tagsüber geschlossen ließ. Sie ging in die Küche und ließ Kaffee durchlaufen.

Max machte es sich solange mit einer Zeitung in der Hand auf einem der massiven Barhocker bequem, die er einmal für sie aus Kroatien abgeholt hatte. Monika betrieb ihr kleines Lokal nun schon seit zehn Jahren. Ab sechs Uhr abends bewirtete sie hier täglich ihre Gäste. Außer am Montag. Da hatte sie ihren Ruhetag. Max war natürlich von Anfang an einer ihrer Stammgäste gewesen und half ihr manchmal auch bei der Arbeit. Schließlich war er selbst im Wirtshaus seiner Eltern groß geworden und damit sozusagen vom Fach.

»Was sollte eigentlich der Schmarrn vorhin am Telefon, dass ich zum Psychologen gehen soll?«, erkundigte er sich vorwurfsvoll, als sie zehn Minuten später mit einem Tablett, auf dem zwei große, dampfende Tassen und zwei Stück Erdbeerkuchen mit Sahne standen, in den Gastraum zurückkehrte.

»Ach nichts, Max. Ich war bloß sauer, weil du so ein Theater wegen deiner Tablette abgezogen hast und habe mir Sorgen gemacht.«

»Aber das musst du nicht. Ich pass schon selbst auf mich auf.«

»Eben. Vergiss es einfach.«

»Na gut. Frieden?«

»Frieden. Bleibst du heute Abend hier? Ich könnte deine Hilfe gebrauchen.«

»Heute nicht, Moni. Ich muss mich später noch mit Franzi wegen Heinz' Liedklaugeschichte im Biergarten treffen.«

»Was? Du musst in den Biergarten, du Ärmster? Das Leben kann wirklich grausam sein. Und danach?«

Muss sie immer gleich ironisch werden? Außerdem bin ich doch nicht ihr Angestellter.

»Danach muss ich ein paar meiner alten Musiklokale besuchen, um zu sehen, ob ich dort etwas über Holzer und Nagel rausfinden kann. Oder über denjenigen, der die Lieder gestohlen und an sie weiterverkauft hat.« Die Mischung aus Bedauern und Ärger über die zwingende Unverschiebbarkeit beider Vorhaben, die er in seinen Blick einfließen ließ, sollte dazu dienen, keinen Zweifel daran aufkommen zu lassen, dass er natürlich viel lieber bei ihr geblieben wäre und ihr geholfen hätte. Logisch.

»Na gut. Selber schuld. Hier wird es heute bestimmt auch nett. Eine Gruppe weiblicher Nachwuchsmodels hat sich mit ihrer Managerin zu einem Fotoshooting im Bikini angesagt.«

»Was? Echt?«

»Sicher. Wenn ich es dir sage.«

»Geh, hör auf, Moni. Du verarschst mich doch bloß.«

»Meinst du?«

5

»Servus, Max! Schon lange da?« Der kleine dicke Hauptkommissar Franz Wurmdobler schaute grinsend auf seinen alten Freund und Exkollegen herab, der bereits eine halbe Stunde lang ihren liebsten Stammtisch unter dem kleinen Ahorn gleich beim Eingang des versteckt gelegenen Biergartens in den südlichen Isarauen besetzt gehalten hatte.

Seit Jahren saßen sie vorzugsweise auf den langen Bierbänken hier. Außer dem wohltuenden, nahezu ganztägigen Schatten des Baumes, in dessen Krone sich gerade die letzten Sonnenstrahlen des Tages verfingen, bot der Platz nämlich noch zwei weitere, unschlagbare Vorteile. Nummer eins: der Weg zur Schenke und zu den Toiletten war nicht weit. Nummer zwei: man befand sich etwas abseits vom Getümmel, war aber trotzdem immer noch nahe genug am Geschehen, um beispielsweise sofort zu sehen, ob schöne Frauen, Prominente oder Bekannte das Areal betraten.

»Nein, Franzi. Nicht lange. Gerade mal eine Maß lang. Auch Servus, übrigens.« Max zeigte auf seinen leeren Krug und schüttelte Franz lächelnd die Hand.

»Na gut. Ich hole mir erst mal eine Maß. Willst du auch noch eine?«

»Ist der Papst katholisch? Aber ich zahle. Okay?« Max hielt ihm einen Zwanzigeuroschein hin.

»Na gut. Wie du meinst. Es trifft ja keinen Armen.« Franz nahm das Geld achselzuckend entgegen und ging damit zur Schenke, vor der sich bereits eine lange Schlange gebildet hatte. Es schien so, als suchte hier halb München an diesem unerträglich heißen Abend innerliche Abkühlung. Erst eine geschlagene Viertelstunde später kam er mit zwei frisch gefüllten Maßkrügen in der Hand zurück. »Meine Herren, ist das voll heute. Da verdurstest du ja, bis du endlich an das edle Nass kommst«, beschwerte er sich, als er gegenüber von Max Platz genommen hatte, und wischte sich mit einem Papiertaschentuch den Schweiß von der rotangelaufenen Glatze. »Prost, Max. Auf ein langes Leben.«

»Hoffentlich! Bei dem Wetter kann es auch ganz schnell vorbei sein. Ich sage bloß Hitzschlag, Herzkasper, Kreislaufkollaps.« Sie tranken ausgiebig. Dann stellten sie ihre Krüge wieder auf dem länglichen hölzernen Biertisch ab.

»So schlimm wird's schon nicht werden, Max. Aber jetzt sag schon, weshalb du mich unbedingt treffen wolltest. Da ist doch irgendwas im Busch. Probleme mit Monika? Ein neuer Fall für Max Raintaler, den schlauen Sherlock Holmes aus Thalkirchen?« Franz steckte sich eine Zigarette ins Gesicht und sah Max neugierig an.

»Eher Letzteres, Franzi. Es geht um Heinz Brummer. Du kennst ihn doch auch. Er war letztes Jahr ein paar Mal hier im Biergarten dabei. Ich habe ihm versprochen, ein paar Lieder wiederzufinden, die ihm geklaut wurden.«

»Logisch kenne ich den Heinz. Seine Frau Agathe und meine persönliche Diätberaterin und geliebte Angetraute Sandra telefonieren oft miteinander. Also geht es um Urheberrechte?«

»Ja. Und um den Diebstahl von Bändern und Notenblättern von insgesamt fünf Liedern. Eins davon ist im Moment auf dem besten Weg, ein Hit zu werden. Da kann es um Millionen gehen. Eine echte Sauerei, wenn du mich fragst.« Max trank noch einmal einen großen Schluck Bier.

»Und wie kann ich dir dabei helfen?«, erkundigte sich Franz. Er tupfte sich erneut seine Glatze trocken. Dann noch sein Gesicht und den Nacken.

»Ich dachte, ich spreche die Sache einfach mal mit dir durch, Franzi. Wie früher, als wir noch zusammen bei der Kripo waren. Vielleicht fällt dir ja was dazu ein. Ich habe es mit zwei verlogenen Erfolgsproduzenten zu tun und weiß nicht so recht, wie ich die Wahrheit aus ihnen herausbekommen soll.«

»Könntest du bitte ganz von vorne anfangen? Ich meine, bisher weiß ich eher wenig. Stimmt's?« Auch Franz hob jetzt sein Glas zum zweiten Mal an den Mund.

»Logisch«, beeilte sich Max.

Doch just als er sich noch einmal kurz über die Lippen geleckt hatte und beginnen wollte, seinem alten Freund und Exkollegen alles genau zu erklären, tauchte ein in abgerissene Lumpen gekleideter langhaariger Mann mit einer abgenutzten Gitarre vor ihrem Tisch auf. Er begann unaufgefordert zu spielen und zu singen. Laut, schräg und völlig unmusikalisch. Sein altes Instrument war total verstimmt, was die ohnehin miserable Vorstellung noch unerträglicher machte.

Nach vier Minuten war er endlich mit seiner, selbst von einem gut geschulten Ohr kaum wiederzuerkennenden, Version von ›Blowing In The Wind‹ fertig und erntete dafür nichts als laute Buhrufe und Pfiffe von den Gästen an den Tischen rund umher. Als ihm Max trotz allem aus Mitleid zwei Euro in den schmutzigen Hut warf, beschlich ihn auf einmal das unbestimmte Gefühl, den schmuddeligen Kerl von irgendwoher zu kennen. Eine Sekunde später fiel es ihm wieder ein.

»Sagen Sie mal, Herr Gitarrist. Kann es sein, dass ein Plakat von Ihnen bei Heinz Brummer im Studio hängt? Fritz Bär, Hochzeiten und sonstige Feste. Sind Sie das?«, fragte er ihn.

»Äh … ja … wieso?«, nuschelte der Mann zögerlich unter seinem ungepflegten Vollbart hervor.

»Ich kenne Heinz Brummer sehr gut. Kennen Sie eigentlich auch Burgl Schäfer und die Herren Nagel und Holzer?«, fuhr Max, einer inneren Eingebung folgend, fort.

Statt zu antworten, nahm der Musikant das Geld, das er eingesammelt hatte, aus seinem Hut, setzte denselben auf und drehte sich schnell um. Dabei stieß er mit der Gitarre gegen Franz' Maßkrug, sodass der umkippte und sich sein gesamter Inhalt zielsicher über Weste, Hemd und Hose des kleinen dicken Hauptkommissars ergoss.

»Herrgottsack! Warum immer ich? Pass doch auf, du

Depp, du damischer!«, polterte der, während er erschrocken aufsprang.

Der unglückselige Musiker murmelte daraufhin irgendetwas Unverständliches und rannte, noch ehe Max oder Franz ihn davon abhalten konnten, in Windeseile Richtung Ausgang davon. Max hatte seine kurze Schockstarre wenige Sekunden später überwunden. Er sprang auf und eilte ihm hinterher. Doch als er sich endlich bis zu der kleinen Straße vor dem Biergarten durch die Menge gewühlt hatte, sah er ihn nicht mehr.

»So ein Mist. Der ist weg«, schimpfte er, als er wieder bei Franz am Tisch saß. »Hast du gesehen, wie er geschaut hat, als ich die Namen von Heinz und Holzer und Nagel erwähnte? Und wie blitzartig er gleich darauf verschwunden war? Merkwürdig.«

»Natürlich habe ich es gesehen, Max. Ich war ja selbst dabei. Und vor allem habe ich gesehen, wie er mir eine Bierdusche verpasst hat, der blöde Hund, der blöde. Schau dir die Sauerei bloß mal an. So kann ich doch nirgends mehr hingehen. Das gibt es doch gar nicht.« Franz blickte an sich hinunter und schüttelte ärgerlich den Kopf. Offensichtlich wollte er immer noch nicht wahrhaben, was gerade geschehen war.

»Das trocknet schon wieder, Franzi. Es ist ein warmer Abend. Bleib einfach sitzen. Dann sieht es niemand. Die nächsten Biere hole ich. Versprochen.«

»Du hast leicht reden.«

»Logisch. Ich hab ja auch nicht in die Hosen gepinkelt wie du.« Max lachte. Er hat schon besonders großes Pech, mein alter Freund Franzi. Wie kommt es nur, dass immer ihm so was passiert.

»Sehr witzig. Ich lach mich tot. Herrje, wenn Sandra das sieht, flippt sie gleich wieder aus.«

»Dann wasch die Sachen halt, bevor deine gestrenge Frau sie sieht.«

»Ich kenne mich mit Waschmaschinen nicht aus. Du?«

»Nein. Ich hab zwar eine. Aber nein.«

»Und wie wäschst du dann deine Wäsche?«

»Das macht Moni für mich. Oder Frau Bauer.«

»Aha. Und jetzt?«

»Trinken wir weiter bis es dunkel wird. Dann sieht dich wenigstens niemand so auf dem Heimweg.«

»Ja, so ein Mist, so ein saublöder. Und nicht mal ein einziger winziger Schluck ist übrig.« Franz zeigte vorwurfsvoll auf seinen leeren Krug. Man konnte ihm seinen Ärger über Menschen, die einem das Bier ausgossen und dann einfach davonliefen, deutlich ansehen. Nicht nur seines rot angelaufenen, kahlen Kopfes wegen. Auch seine Miene zeigte sich ganz entgegen seiner sonstigen gemütlichen Art eher grimmig.

»Ich hol dir schnell ein neues.« Max sprang auf und eilte zur Schenke.

In einem bayrischen Biergarten durfte alles Mögliche passieren, aber auf gar keinen Fall durfte der Nachschub abreißen. Das wäre einer Sünde gleichgekommen und Sünden waren bekanntlich verboten. Nicht nur in Bayern natürlich, aber vor allem in Bayern.

»Vielleicht hat der Bursche ja Heinz' Lieder gestohlen, so erschrocken, wie er auf die drei Namen reagiert hat«, spekulierte er laut, als er zurück war. »Oder er weiß etwas darüber.«

»Möglich«, meinte Franz, während er seinen frischen Maßkrug zum Mund hob. »Aber das wäre schon ein gigantischer Zufall. Sein Verschwinden kann auch ganz andere Gründe haben. Vielleicht schuldet er Heinz oder den andern beiden einfach nur Geld. So armselig wie er daherkam, kann ich mir das gut vorstellen.«

»Kann natürlich auch sein«, stimmte Max ihm zu. »Pass auf, Franzi. Ich erzähle dir die ganze Sache jetzt am besten erst mal von Anfang an.« Er fasste seine Erlebnisse und Erkenntnisse des heutigen Tages seit den frühen Morgenstunden in ausführlichen Sätzen zusammen.

»Kannst du diese beiden sogenannten Erfolgsproduzenten nicht mit irgendwas unter Druck setzen, damit sie mit der Wahrheit rausrücken?«, fragte Franz, nachdem er geduldig zugehört hatte.

»Dazu weiß ich noch zuwenig über sie.«

»Dann musst du eben was über sie rausfinden. Wozu bist du Privatdetektiv?«

»Da hast du verdammt recht, alter Freund. Aber soweit hatte ich auch schon gedacht. Ich wollte deswegen nachher sowieso mal ein paar altbekannte Kneipen abklappern.«

»Na also. Dann tu das doch. Mehr fällt mir dazu im Moment auch nicht ein.« Franz zuckte ratlos mit den Schultern und zündete sich eine Zigarette an.

Wenigstens im Biergarten durfte man das ja noch. Außer, es saßen gerade überflüssigerweise militante Nichtraucher in der Nähe, die selbst hier draußen an der frischen Luft unbedingt ihre mit moralisch gerechter Entrüstung geladenen Geschütze abfeuern mussten. Dann konnte auch diese zumeist friedliche Bastion im Freien schnell zum umkämpften Schlachtfeld werden, auf dem von der vielgerühmten liberalen bayrischen Lebensart am Ende nur noch traurige Trümmer übrig blieben.

»Mir auch nicht. Noch ein Bier?« Max zeigte auf ihre schon wieder fast leeren Krüge.

»Logisch. Ich bin noch lange nicht trocken.« Franz zeigte auf seine feuchte Kleidung.

»Bin schon unterwegs.« Max stapfte durch den fünf Zentimeter hohen grauen Kies davon. Kurz nachdem er sich vor der Schenke in die Reihe der Wartenden begeben hatte, klopfte ihm jemand auf die Schulter.

»Hallo, Herr Journalist. Was machen Sie denn hier?«, vernahm er eine weibliche Stimme hinter sich.

Er drehte sich um und blickte direkt in die eisblauen Augen der schönen Assistentin aus dem Tonstudio von Holzer und Nagel.

»Ja, Frau Meierling«, rief er überrascht aus. »Sie hätte ich am allerwenigsten hier im Süden der Stadt erwartet. Was hat Sie denn von Unterföhring aus ins ferne Thalkirchen verschlagen?« Herrschaftszeiten, Raintaler. Sie sieht einfach nur genial aus in ihrem hautengen roten Minikleid. Was für eine traumhafte Figur. Der absolute Wahnsinn.

»Sie werden es nicht glauben, Herr Journalist. Ich wohne nicht weit von hier, in Untergiesing drüben.« Sie legte den Kopf schief und strich mit einer grazilen Bewegung ihrer rechten Hand ein paar lange blonde Locken aus ihrem Gesicht.

»Ach, wirklich? Dann sind wir fast Nachbarn. Ich wohne nur gute 500 Meter Luftlinie in der anderen Richtung. Merkwürdig, dass wir uns vorher noch nie begegnet sind. Ich bin sozusagen Stammgast hier.«

»Ich gehe nicht so oft aus. Zu viel Arbeit«, klärte sie ihn auf und lächelte offen.

Na, so was. Von dem arroganten Gehabe, das sie heute Mittag im Studio drauf gehabt hatte, war nichts übrig. Nur wunderschön war sie nach wie vor.

»Aber bei dieser Hitze heute hält man es unter den schattigen Bäumen hier draußen einfach besser aus als in der Wohnung«, fuhr sie fort.

»Allerdings. Sind Sie ganz alleine hier?«

»Ja, leider. Eigentlich wollte ich mich mit einer Freundin treffen. Aber so wie es ausschaut, hat sie mich versetzt.« Sie lächelte wieder. Diesmal sogar ein bisschen länger und noch bezaubernder als vorher.

»Ja, wenn das so ist … Wollen Sie sich dann vielleicht mit zu uns an den Tisch setzen?«, fragte er. »Ich bin mit einem alten Freund da.«

»Warum nicht? Okay.«

Sie bezahlten ihre Getränke an der Kasse und kehrten in den Biergarten zurück. Franz saß inzwischen nicht mehr allein am Tisch. Zwei ältere Paare aus Norddeutschland hatten sich zu ihm an die andere Hälfte des langen Biertisches gesellt. Die Männer rauchten dicke Zigarren. Nur zu, ihr kommt mir gerade recht, hatte Franz gesagt, als sie ihn, riesige graue Wolken qualmend, gefragt hatten, ob sie sich dazu setzen dürften. Natürlich hatte er dabei für Max und sich noch genügend Platz freigehalten.

»Schau mal, wen ich mitgebracht habe, Franzi«, rief Max, als sie ihn erreicht hatten. »Das ist Frau Meierling. Ich habe sie heute Mittag im Tonstudio von Holzer und Nagel kennengelernt.«

»Grüß Gott, Frau Meierling. Wurmdobler mein Name.« Franz bekam auf der Stelle große Augen bei ihrem Anblick. Eifrig sprang er auf und schüttelte ihr die Hand. Dabei blinzelte er Max zu, der im selben Moment wusste, dass sein Exkollege die Situation sofort erfasst hatte.

»Hallo, Herr Wurmdobler. Aber sagt doch beide Irene zu mir. Im Biergarten ist das doch so üblich. Oder?« Sie setzte sich gleich neben Max, Franz gegenüber, der ebenfalls wieder Platz nahm.

»Sicher, Irene. Gerne. Ich bin der Franzi. Unseren feschen Journalisten Max kennst du ja schon.«

Da schau her. Die Sekretärin von Max' Verdächtigen. Keiner von beiden würde ab jetzt noch über Holzers und Nagels Liedklau reden. Geschweige denn davon, dass Max ein Expolizist mit einer Privatdetektivlizenz war und Franz ein aktives Mitglied der Münchner Kripo. Wobei er mit seinem dicken Bauch und seiner runden Halbglatze auch gar nicht danach aussah. In seiner dunkelbraunen Lieblingsfilzweste erinnerte er eher an einen fröhlichen kleinen Mönch. Momentan, besser gesagt, an einen nassen fröhlichen Mönch.

Perfekt, dachte Max. Welch praktische Fügung des Schicksals.

Solange keine Bekannten vorbei kommen und uns zufälligerweise auffliegen lassen, werde ich die hübsche Lady mal ganz unauffällig ein wenig über ihre Arbeitgeber aushorchen.

»Hast du deinen Artikel über Burgl schon geschrieben, Max?«, kam sie ihm zunächst zuvor, nachdem alle drei miteinander angestoßen und getrunken hatten.

»Angefangen habe ich, Irene. Bin noch nicht ganz fertig.

Aber das wird schon. Morgen Abend müsste ich soweit sein. Ist schon ein tolles Lied, das deine beiden Chefs da geschrieben haben.«

Trag nicht so dick auf, alter Schleimer. Da ist ja ekelhaft. Oh, Mann. Hoffentlich schluckt sie das.

»Wie man's nimmt«, erwiderte sie. »Ich persönlich stehe mehr auf Rock- und Popmusik. Das Schlagergedudel ist nicht unbedingt mein Ding. Aber was will man machen. Ich habe diesen Job über eine gute Freundin bekommen. Die, die mich heute versetzt hat. Und ich brauche einfach das Geld. Schließlich will ich nicht ewig an Papas Tropf hängen.« Sie holte grinsend ein Päckchen Filterzigaretten aus ihrer kleinen Handtasche und steckte sich eine davon an, nicht ohne ihnen auch eine anzubieten. Franz nahm erfreut an.

Gott sei Dank. Sie hat nicht gemerkt, dass ich lüge, dachte Max. Aber natürlich glaubt sie jetzt, dass ich auf musikalischen Billigschmarrn stehe. Was für eine persönliche Schmach. Wie komme ich aus der Nummer bloß wieder raus?

»Das Geld darf man nicht unterschätzen. Es macht zwar nicht glücklich, aber es beruhigt ungemein«, wusste Franz. »Und die Unabhängigkeit ist ein hohes Gut.«

»Wie wahr, wie wahr, mein Oheim«, stimmte Max ihm langsam mit dem Kopf nickend zu. Was war denn mit Franz los? Kannte der etwa Burgls Lied? Man konnte es fast meinen. Oder hatte er gestern beim Chinesen zu viel Glückskekse gegessen?

»Und was machst du so, Franzi? Bademeister?« Immer noch grinsend zeigte Irene auf seine helle Leinenhose mit den riesigen, dunklen Bierflecken darauf.

»Nein, nein. Das war ein Musiker. Schöne Sauerei. Was?«

»Ein Musiker? Wirklich? Wie hat er das denn geschafft?«

»Mit seiner Gitarre. Er hat damit mein Bier umgestoßen.«

Franz wurde rot. Wahrscheinlich denkt er, sie glaubt ihm nicht, amüsierte sich Max.

»Aha. So, so.« Irene grinste noch ein gutes Stück breiter.

»Und beruflich mache ich dies und das und jenes«, fuhr Franz eilig fort, um das peinliche Thema wieder vom Tisch zu bekommen. »Beratungen für Firmen. Sicherheitsfragen und so. Nichts Aufregendes. Zumindest im Vergleich zu euch Leuten aus dem Showbusiness.«

»Das mit dem Showbusiness wird allgemein überschätzt«, meinte sie und drehte sich neugierig zu Max herum. »Oder was sagst du als Journalist dazu?«

»Stimmt schon«, antwortete der und trank noch mal einen Schluck. Schau an, schau an. Sie ist wirklich viel lockerer, als ich im Studio dachte, schoss es ihm durch den Kopf, sogar richtig nett. Ein Unterschied wie Tag und Nacht zu heute Mittag. Aber wer fragte hier eigentlich wen aus? »Viel heiße Luft«, fügte er dann laut hinzu. »Oft genug eine mordsmäßig tolle Fassade und nichts dahinter.«

»Genau«, bestätigte sie. »Ihr müsstet mal sehen, wie sich diese ganzen aufgetakelten Schmuse- und Grinshäschen hinter den Kulissen aufspielen. Nichts da lieb und nett! Das sind in diesem Business nur die wenigsten. Soviel habe ich in dem halben Jahr, das ich jetzt für Holzer und Nagel arbeite, schon mitbekommen.«

»Da kann ich dir nur recht geben, Irene.« Max nickte heftig mit dem Kopf. »Ich trat früher mit meiner eigenen Musik ebenfalls im Fernsehen auf. Rockige Songs mit deutschen Texten. Damals waren sie auch nicht gerade lieb und nett zu mir. Ein ganz mieser Kerl bei der Plattenfirma hat mich sogar abgeschossen.«

»Du hast Platten aufgenommen? Rockmusik? Ich dachte, dir gefällt die Musik, die Holzer und Nagel machen.« Sie sah ihn erstaunt an.

»Eher weniger. Jetzt kann ich es ja sagen. Aber auch ich brauche das Geld, Irene. Genau wie du. Deswegen schreibe ich diese Artikel. Wenigstens haben sie mit Musik zu tun. Es könnte schlimmer sein. Zum Beispiel als Redakteur bei der Metzgerzeitung oder den Apothekennachrichten.« Was bist du doch nur für ein mieser verlogener Sack, Raintaler. Über deine verbrecherische Kundschaft beschwerst du dich und selbst bist du nicht viel besser. Schäm dich.

»Auch wieder wahr«, meinte sie lapidar.

»Manchmal spiele ich sogar heute noch mit meinem Freund Mike, einem großartigen Gitarristen, ein paar ausgesuchte Songs, wenn es sich ergibt.«

»Öffentlich?«

»Logisch. Auch öffentlich.«

»Ja, super. Sag doch das nächste Mal Bescheid, dann komme ich vorbei. Das interessiert mich, Max.« Sie blickte ihm lange ins Gesicht.

Viel über Holzer und Nagel werde ich von ihr heute Abend wohl nicht erfahren, dachte er, dazu will sie selbst zu viel wissen. Aber war es nicht höchst erstaunlich, wie schnell ein langweiliger Journalist zum begehrten Musiker wurde?

6

Bei Einbruch der Dunkelheit verabschiedete sich Franz von Max und Irene. Seine Kleider waren wieder einigermaßen getrocknet, und im Gegensatz zum Frühpensionär und Freiberufler Max musste er morgen wieder in aller Frühe pünktlich zur Arbeit antreten. Außerdem wartete seine Sandra daheim auf ihn. Die mochte es gar nicht, wenn er zu spät vom Biergarten kam. Einmal, weil sie per se eifersüchtig war, wenn sich ihr Dicker, wie sie Franz gerne nannte, draußen unter fremden Frauen herumtrieb. Zum anderen hasste sie nichts so sehr, wie einen betrunkenen, schnarchenden Ehemann im Bett. Denn regelmäßig war sie es, die in diesem Fall ins Wohnzimmer umziehen musste, um wenigstens ein paar Stunden Schlaf zu finden, bevor sie ihrem Göttergatten morgens das Frühstück hinstellen durfte.

Max und Irene tranken noch gemütlich aus, dann erhoben sie sich ebenfalls von ihren Plätzen. Irene musste, genau wie Franz, früh aufstehen, und Max wollte wie geplant seine Ermittlungen in der Münchener Musikszene aufnehmen.

»Sag mal, schöne Frau«, fragte er, als sie vor dem Eingang des kleinen Biergartens auf der Straße standen. »Was würdest du denn davon halten, wenn wir zwei uns irgendwann mal wieder treffen? Ich fand es wirklich nett heute Abend.«

»Na gut, schöner Mann«, erwiderte sie mit leicht schwerer Zunge. »Hier ist meine private Telefonnummer. Meine Nummer in der Arbeit hast du sowieso.« Sie gab ihm ihre Visitenkarte. »Wenn du irgendwo mal wieder einen Auftritt hast, rufst du mich bestimmt an. Okay? Aber auch sonst, wenn du willst.«

Herrschaftszeiten, das lief ja wie geschmiert.

»Mach ich«, versprach er. »Soll ich dich noch heimbegleiten? Sicher ist sicher.«

Man konnte es ja mal versuchen.

»Nein, das ist nicht nötig. Ich nehme mir ein Taxi. Habe heute keine Lust mehr zu laufen.«

Pech gehabt. Dann halt das nächste Mal.

»Na gut. Dann bringe ich dich wenigstens zum Taxistand.«

»Auch ›na gut‹. Danke sehr, Max.« Wenig später saß sie im Fond eines cremefarbenen Kombi und winkte ihm zum Abschied durch das Rückfenster zu.

Als sie nicht mehr zu sehen war, machte sich Max auf den Weg zur U-Bahn. Nettes Mädel, dachte er. Da sieht man mal wieder, wie sehr der erste Eindruck täuschen kann. Außerdem scheint sie nicht die geringste Ahnung von den miesen Methoden ihrer Chefs zu haben. Macht wohl einfach nur ihren Job und fragt nicht viel. Zumindest in der Arbeit. Oder haben die zwei sie auf mich angesetzt, um mich auszuspionieren? Geh, Schmarrn. Dafür ist sie doch viel zu nett. Außerdem steht sie auf mich, so wie es ausschaut. Was natürlich ebenfalls unbedingt für sie spricht.

Er lief fröhlich grinsend die Treppen zu den Gleisen hinunter und fuhr mit dem nächsten Zug in die Stadt. In Schwabing stieg er aus. Es gab rund um die Münchner Freiheit herum ein paar Kneipen, in denen er früher selbst aufgetreten war. Dort hoffte er auf ein paar Bekannte zu treffen, die ihm Informationen über Holzer und Nagel geben konnten. Wenn er in der Sache mit Heinz' Bändern weiterkommen wollte, musste er unbedingt herausfinden, wie er die beiden unter Druck setzen konnte. Sonst würde er nicht das Geringste aus ihnen herausbringen. Da hatte Franz völlig recht.

»Hey, Max, altes Haus. Voll geil, dass du dich mal wieder sehen lässt. Warst ja ewig nicht mehr hier.« Holger, der großgewachsene Besitzer der ›Kleinen Rockbühne‹ kam in hautenger Leopardenmusterhose, hautengem Leopardenmusterhemd und riesigen Leopardenmusterturnschuhen hinter seinem Tresen hervor und umarmte ihn überschwänglich.

»Servus, Holger«, grüßte Max zurück. »Gut siehst du aus für deine 50plus. Na, was macht die Kunst? Läuft euer Laden immer noch?« Er war vorher bereits im ›Rockclub‹ und zwei weiteren kleinen Musiklokalen gewesen, hatte dort aber nichts über Holzer und Nagel herausfinden können.

»Könnte besser sein, Alter. Bei der mörderischen Hitze zur Zeit trinken die Leute ihr Bier lieber im Biergarten. Und im Winter hocken die meisten daheim vor der Glotze. Die goldenen Zeiten der Live-Musik im kleineren Rahmen gehen wohl langsam endgültig ihrem Ende entgegen.« Der Wirt blickte ob der düsteren Zukunftsaussichten für seine geliebte, alternative Musikkneipe kurz betrübt zu Boden. »Aber wir lassen uns nicht unterkriegen. Was, Alter?«, fuhr er gleich darauf tapfer lächelnd fort und schlug Max kräftig auf die Schulter. »Was hatten wir früher für einen Spaß. Denk bloß mal an die Zeit, als du hier jede Woche mit deiner Band gespielt hast. Das war der Hammer. Das kann uns niemand mehr nehmen.

Stimmt's?« Er warf seine schulterlangen grauen Locken nach hinten und lachte dröhnend.

»Stimmt. Das war echt einmalig. Der Laden hat getobt und gewackelt.« Max seufzte wehmütig. Ja, ja. Ein richtiger Star war ich mal. Aber wirklich.

»Spielst du eigentlich noch, Alter?«, fragte Holger und lachte erneut laut los, als hätte er gerade einen großartigen Witz gemacht.

»Logisch. Ab und zu im Duo. Ich kenne da seit kurzem einen jungen Gitarristen, erste Sahne sage ich dir. Mike Huber heißt er. Der Bursche kann wirklich was.«

»Dann tretet doch mal bei mir auf. Würde mich freuen. Lass uns irgendwann einen Termin ausmachen.«

»Warum nicht gleich?« Jetzt lachte Max. Den Irgendwann-Spruch hatte er früher etliche Male in den verschiedensten Varianten von den verschiedensten Leuten gehört, doch nie war etwas daraus geworden. Genau wie aus den zahllosen Versprechen der nassgekämmten Pseudomanager und angeblichen Talentsucher, die nach seinen Auftritten regelmäßig wichtigtuerisch in der Künstlergarderobe hinter der Bühne erschienen waren, um ihm eine große Karriere in Aussicht zu stellen.

»Stimmt, Alter. Wo du recht hast, hast du recht«, dröhnte Holger, dem gerade wieder einfiel, dass er es hier mit einem alten Hasen zu tun hatte und nicht mit einem unerfahrenen Amateur oder Nachwuchsmusiker. »Warte kurz. Ich hole schnell meinen Terminplan.«

Während er geschäftig in seinem Hinterzimmer verschwand, sah sich Max im Lokal um. Ja, ja, Raintaler. Hier hast du also früher deine Triumphe gefeiert, erinnerte er sich. Na gut. So wie damals wird es wohl nie wieder werden. Aber ein kleiner, gemütlicher Auftritt zusammen mit Mike. Warum denn nicht? Das könnte echt Spaß machen.

Holger war keine zwei Minuten später mit einem riesigen Wandkalender unter dem Arm zurück und rollte ihn auf dem Tresen aus.

»Dann lass uns doch mal sehen«, meinte er. »Wie wäre es denn gleich dieses Wochenende? Am Samstag? Die Band, die ursprünglich geplant war, hat abgesagt. Und die, die mir stattdessen spätestens gestern zusagen wollte, hat sich immer noch nicht gemeldet. Typisch Musiker halt. Was meinst du?«

Jetzt lacht der schon wieder, registrierte Max. Etwa über die unzuverlässigen Musiker, mit denen er es andauernd zu tun hatte? Das war doch nicht lustig. Aber vielleicht tarnte er mit seiner übertriebenen Fröhlichkeit auch bloß seine Verzweiflung darüber, dass das Geschäft insgesamt so schlecht lief. Oder hatte er einen Clown gefrühstückt?

»Wie wird denn das Wetter am Wochenende, Holger?«

»Es soll regnen, Alter.«

»Sicher?«

»Ja, sie sagen es zumindest so voraus.«

»Aha. Gut. Na, hoffentlich. Dann bin ich dabei. Bei Sonnenschein wäre nämlich bloß wieder ganz München im Biergarten, wie du selbst sagst, und wir säßen allein mit dir hier. Das hätte keinen Sinn. Und einen Herzinfarkt täten wir obendrein riskieren, wenn wir bei der unmenschlichen Hitze richtig loslegen würden. Warte kurz. Ich rufe schnell Mike an. Nur um sicherzugehen, dass er auch wirklich Zeit hat.« Max zog sein Handy aus der Hosentasche und wählte.

»Servus, Mike, Max hier. Ich bin gerade in der ›Kleinen Rockbühne‹ in Schwabing. Wir könnten am Samstag Abend hier spielen. Geht das bei dir?«

»Samstag? Warte mal, Max. Ich schau kurz in meinem Kalender nach … Ja, das haut hin. Habe nichts eingetragen.«

»Perfekt. Ich melde mich vorher noch mal bei dir. Wie geht es sonst? Alles klar?« Kollegen und Freunden stellte man höflichkeitshalber zumindest noch ein, zwei persönliche Fragen, wenn man schon etwas von ihnen wollte. Das tat nicht weh und sorgte für gute Stimmung.

»Alles klar, Max. Ich feiere nächste Woche am Donnerstag meinen Geburtstag. Meine liebste Jane hat was arrangiert. In so einem neuen In-Schuppen in der Innenstadt. Moni und du, ihr kommt doch?«

»Ich komme auf jeden Fall, Mike. Ehrensache. Was mit Moni ist, kann ich nicht sagen. Sie macht, wie du ja weißt, gerne ihre eigene Pläne.«

»Dann soll Jane sie halt direkt anrufen.«

»Das ist bestimmt am besten. Also, dann erst mal bis Samstag. Servus, Mike.« Herrje, schon wieder so eine saublöde Geburtstagsparty auf der man sich mit lauter Fremden langweilte. Na ja, er musste ja nicht allzu lange bleiben. Und genug Freibier gab es sicher auch, so wie er Mike kannte. Würde schon schiefgehen.

»Bis dann, Max.« Sie legten auf.

Max wandte sich wieder an Holger. »Alles paletti. Samstag Abend haut hin. Wie sieht es mit Gage aus?«

»Ihr müsstet auf Eintritt spielen, weil das Geschäft

zur Zeit nicht so gut läuft. Wäre das okay?« Holger schnitt ein zögerlich fragendes Gesicht, das wohl andeuten sollte, dass er diesbezüglich leider nicht aus seiner Haut könne.

»Okay. Wir sagen unseren Bekannten und Freunden Bescheid, dass sie kommen sollen. Dann reicht unser Honorar wenigstens fürs Benzin.« Max war von vornherein klar gewesen, dass er nicht viel Festgage bekommen würde. Dazu warf Holgers kleines Lokal einfach zu wenig ab. Aber letztendlich war es ihm egal, ob er viel oder wenig für seine Auftritte bekam. Er spielte längst nicht mehr nur, um Geld damit zu verdienen. Vielmehr betrachtete er die Sache mit der Musik immer mehr als liebgewordenes Hobby, das er einfach noch nicht vollständig an den Nagel hängen wollte. Einen Golfschläger kann ich mir später immer noch anschaffen, sagte er sich immer wieder. Wenn ich 100 bin und zu schlapp für die Auftritte. Bis dahin bleibe ich auf jeden Fall erst mal meiner geliebten Gitarre und dem Tennisschläger treu, und meinem FC Kneipenluft natürlich. »Sag mal, Holger. Was ganz anderes. Ich weiß zwar, dass es nicht so ganz deine Baustelle ist. Aber hast du vielleicht trotzdem schon mal was von den zwei Schlagerproduzenten Holzer und Nagel gehört?«

»Holzer und Nagel sagt mir was, Max. Das müssen zwei üble Burschen sein. Auf jeden Fall haben sie einen schlechten Ruf in der Stadt. Aber Genaueres weiß ich auch nicht. Ist wirklich nicht meine Baustelle. Geh doch mal in die ›Warme Brezn‹ beim Sendlinger Tor. Da hängen die Schlagerfans haufenweise herum. Da erfährst du sicher mehr über die beiden.«

»Na bestens. Danke.«

»Aber wieso willst das eigentlich wissen? Hast du vor, das Fach zu wechseln?« Holger lachte laut ob dieser in seinen Augen absolut unwahrscheinlichen Unwahrscheinlichkeit.

»Um Himmels willen!« Max hob abwehrend die Hände.

»Nein, nein. Ganz anders. Ich habe da so eine kleine, private Ermittlung laufen.«

»Verstehe, Alter«, raunte Holger, »Dringende Geheimsache.« Er legte seinen Zeigefinger auf die geschlossenen Lippen und hob verschwörerisch seine Augenbrauen.

»So ungefähr. Servus, Holger. Mach's gut, bis Samstag. Und danke noch mal für den Tipp mit der ›Warmen Brezn‹.«

»Immer gerne zu Diensten, Max. Mach's auch gut. Oder noch besser, mach's besser.« Holgers dröhnendes Lachen über diesen in seinen Augen wieder mal hammerartig gut gelungenen Spruch, war noch draußen vor der Tür zu hören.

Geil. Samstag Abend Auftritt mit Mike in der ›Kleinen Rockbühne‹, dachte Max. Wenn das nicht das absolute Highlight der Woche ist, was dann? Fehlt nur noch, dass ich diese miesen Vögel Holzer und Nagel so schnell wie möglich überführe.

7

Innenstadt, 23:00 Uhr. Obwohl es Montagabend war, füllte sich die ›Warme Brezn‹ zusehends mit Leuten. Max stand seit einer Viertelstunde an der Bar und beobachtete den lebendigen Auftrieb an Nachtschwärmern. Da man sich in München sehr um den Schlaf seiner Bürger sorgte, hatten die Biergärten bereits alle geschlossen. Wer trotzdem noch weiter feiern wollte, musste das irgendwo innerhalb eines geschlossenen Raumes machen. Zum Beispiel hier, im kuscheligen, in diversen Rottönen gehaltenen Plüschambiente des beliebten Spätlokals gleich beim Sendlinger Tor. Normale Normalos, geschniegelte Geschäftsleute im Anzug, aufgebrezte Damen, hübsche Mädchen, bekannte und unbekannte Künstler, Reiche, Schwule und Studenten gaben sich ein bunt gemischtes, munteres Stelldichein. Es war heiß.

»Hey, Max. Das darf ja nicht wahr sein. Was machst du denn hier bei den Schlagerfans, du alter Rocker?«

Max drehte sich um und erkannte Josef Stirner, den immer lustigen Keeper des FC Kneipenluft, in dem Max selbst als rechter Außenverteidiger spielte. Josef trug braune Wildledermokassins ohne Socken, knallbunte Bermudashorts und ein geschupptes Glitzerjackett über einem weißen T-Shirt mit der Aufschrift ›König von Mallorca‹.

»Ja, der Herr Stirner. Und so ausgesucht fesch gekleidet. Das Gleiche könnte ich dich auch fragen. Musst du morgen nicht arbeiten?«

»Urlaub, Herr Pensionär. Die ganze Woche lang. Und stell dir vor. Jetzt ist meine geliebte Frau auch noch für drei Tage zu ihrer Mutter gefahren. Da lasse ich es natürlich krachen. Ist doch klar.«

»Logisch. Was denn sonst? Und wo hast du die heißen Klamotten her?« Max musste laut über Josefs unmöglichen Aufzug lachen. Er mochte seinen quirligen Mannschaftskameraden.

Jedes Mal wenn der schnauzbärtige Urbayer irgendwo auftauchte, war sofort Stimmung in der Bude. Wenn er richtig gut drauf war, konnte er locker drei Tische auf einmal unterhalten. Das hatte er bereits bei einigen Siegesfeiern des FC Kneipenluft unter Beweis gestellt. Und auch heute schien er wieder mal bestens gelaunt zu sein.

»Das trägt man hier so, Max. Aber deine Jeans und das alte T-Shirt gehen auch in Ordnung. Sogar deine altmodischen Cowboystiefel. Schlagerfans sind tolerant. Stimmt das mit dem Genusstrinker auf deiner Brust wirklich? Oder ist das mehr so eine Art guter Vorsatz.«

»Es stimmt wirklich. Ich genieße jeden einzelnen Schluck.« Max wischte sich mit dem Handrücken den Schweiß von der Stirn. Hat der Stirner gerade was gegen meine Cowboystiefel gesagt? Nein. Wohl eher nicht. Er kennt mich doch gar nicht anders. Und dazu, dass sie altmodisch sind, stehe ich. Wen juckt's? Man muss ja nicht wie jedermann herumlaufen.

»Verstehe. Jeden einzelnen Schluck!« Jetzt war Josef an der Reihe laut zu lachen.

»Und? Was treibt dich nun hier herein? Sag schon«, fragte er dann.

»Na ja. Es ist so. Du weißt ja, dass ich ab und zu mal Aufträge als Privatdetektiv annehme. Und zur Zeit suche ich nach Informationen über zwei Schlagerproduzenten.

Tja, und da dachte ich, dass ich vielleicht hier drinnen fündig werde.« Max zeigte mit einer großzügigen Armbewegung ins bewegte Rund.

»Es geht um Schlagerproduzenten? Ja, weißt du denn nicht, wer der absolute Schlagerexperte in dieser unserer schönen Stadt ist?« Josef hob vielsagend die Brauen.

»Keine Ahnung.« Max zuckte mit den Achseln.

»Na, ich. Dein alter Kumpel Josef Stirner.« Josef deutete mit dem Finger auf seine eigene Brust.

»Was willst du wissen, Max? Wer sind deine Produzenten?«

»Was? Du kennst dich in der Schlagerszene aus? Mein durchgeknallter Freund und Torwart, Josef Stirner?« Max blickte ihn ungläubig an. War das auch ganz sicher sein alter Freund Josef? Oder hatte er dessen Doppelgänger vor sich? »Hätte ich nicht gedacht. Du hörst doch sonst nur Heavy Metal und Oldies und anderes Popzeugs.«

»So kann man sich täuschen. Selbst wenn man bei der Kripo war. Was, Max? Aber jetzt rück schon raus. Wie heißen die beiden?«

»Aber das muss unter uns bleiben.« Max versicherte sich, dass niemand ihr Gespräch mithören konnte, indem er sich kurz nach allen Seiten umsah.

»Logisch.«

»Also gut. Holzer und Nagel.«

»Autsch!« Josef verzog das Gesicht, als hätte er Schmerzen. Er warf Max einen bedeutungsschwangeren Blick zu.

»So schlimm?«, fragte der. »Kommt darauf an, wie man es sieht. Zwei üble Gesellen, was man so hört. Die beiden haben einen echt miesen Ruf in der Branche.«

»So weit bin ich auch schon gekommen, Josef. Aber was ich jetzt suche, sind weitergehende Informationen. Irgendwas, mit dem ich sie unter Druck setzen kann. Die beiden verschweigen mir nämlich etwas.«

»Was denn?«

»Sie sind unrechtmäßig an ein Lied von unserem gemeinsamen Freund Heinz Brummer gekommen und streiten das ab. Ich bin mir aber sicher, dass sie lügen und will herausfinden, wer ihnen das Original besorgt hat.« Max hatte sich ganz nah zu seinem Vereinskameraden hinübergebeugt und sprach jetzt sehr leise.

»Was? Dem Heinz haben sie ein Lied geklaut? Hoffentlich muss er da nicht ab morgen am Hungertuch nagen.« Josef kicherte schadenfroh. Er kannte Heinz wie Max seit dem Studium. Und vom stadtbekannten Geiz des rothaarigen Musikproduzenten wusste er natürlich auch. »Dass Holzer und Nagel lügen, wundert mich nicht«, meinte er dann. »Die sind als notorische Lügner und Plagiatoren bekannt, konnten jedoch bisher jeden Prozess, der gegen sie geführt wurde, gewinnen. Sie haben da anscheinend ein paar echte Superanwälte. Aber ich weiß, wie du sie unter Druck setzen kannst. Ich sage es dir auch, sobald ich was zu trinken habe. Ich bin am Verdursten.« Der schnauzbärtige Keeper blinzelte seinen rechten Verteidiger beim FC Kneipenluft auffordernd an.

»Ach so. Klar. Was magst du?« Max hatte den Wink mit dem Zaunpfahl kapiert. Logisch, Getränk gegen Information. Wie im Krimi. Aber allemal ein günstiges Geschäft. Solange es bei einem Glas blieb. Oder zwei. Oder drei.

»Ein Bierchen wäre nett, Max. Dann spuckt dein Informant auch gleich alles aus.« Josef grinste breit.

Max bestellte zwei Bier bei dem glatzköpfigen Gentlemanbarmann im dunklen Anzug nebst weißem Hemd und Schlips. Als der die vollen Gläser wenig später mit einem professionellen augenbrauenlosen Lächeln vor ihnen auf dem Tresen platzierte, griffen sie gleichzeitig zu, stießen an und tranken erst mal einen großen Schluck.

»Das war bitter nötig bei der Hitzewelle zur Zeit. Das hört ja nicht mal nachts auf.« Josef stöhnte wohlig und wischte sich mit dem Handrücken den weißen Schaum aus dem dunklen Bart. »Hey, passt doch auf, ihr Deppen«, rief er gleich darauf den übermütigen Mitgliedern eines vorbeiziehenden Polonaisetrupps zu, die ihn der Reihe nach anrempelten und dabei sein kostbares Bier zum Überschwappen brachten. »Also gut, Max«, fuhr er fort, sobald wieder Ruhe eingekehrt war. »Es gibt da ein Gerücht über Holzer und Nagel, das sich seit Jahren hartnäckig hält. Demnach sollen sie von Zeit zu Zeit sehr junge Mädchen in ihr Studio zum Casting einladen. Und wenn ich sehr jung sage, meine ich auch sehr jung. Den Rest kannst du dir denken.«

»Und woher weißt du das?«

»Jeder weiß es. Aber keiner redet laut darüber. Auch die Mädchen sagen nichts. Sie werden von den beiden eingeschüchtert, wenn sie mit ihnen fertig sind. Oder mit kleinen finanziellen Abfindungen mundtot gemacht. Oder beides. Das habe ich aber alles nur gehört. Beweisen könnte ich es dir nicht.«

»Dann hat die beiden bestimmt auch noch niemand direkt darauf angesprochen.« Max schaute nachdenklich über die Köpfe der Anwesenden hinweg.

»Soviel ich weiß, nicht. Davon hätte man gehört. Bisher konnte ihnen wohl niemand etwas nachweisen.«

»Nun. Einen Versuch wäre es vielleicht wert. Danke, Josef. Hm. Alte Deppen aus dem Musikbusiness, die auf junges Gemüse stehen. Schau mal einer an. Wie fallen die Mädchen bloß immer wieder auf so miese Typen rein. Versteh ich nicht. Du etwa?« Max schüttelte konsterniert den Kopf.

»Nein. Jung ist schön und gut. Und ein bisschen zu jung auch. Du kennst mich ja, Max. Aber gerade mal sechzehn oder siebzehn finde sogar ich kriminell.« Josef trank noch einen Schluck Bier.

»Eben, Josef. Genau so sehe ich das auch. Das Bier hast du dir redlich verdient. Willst du noch eins?«

»Da sage ich natürlich nicht nein.« Josef zwirbelte an den zitternden Enden seines langen Schnurrbartes, während Max noch einmal zwei Bier bestellte. Der Gastraum war inzwischen bis auf den letzten Stehplatz gefüllt und die Musik wurde immer lauter. Fetzige Partyschlager im Discofoxtempo von Udo Jürgens, Roland Kaiser, Bernhard Brink, Wolfgang Petry, Peter Wackel, Andrea Berg und wie sie alle hießen. Die bunt gemischte Meute tanzte überall im Lokal. Eine Gruppe älterer Geschäftsleute stand auf ihrem Tisch und alle Gäste brüllten begeistert die Refrains mit. Wahnsinnsstimmung, dachte Max. Das geht hier ja noch mehr ab als bei jedem Rockkonzert. Gar nicht schlecht. Hätte ich nicht gedacht. Jemand klopfte ihm auf die Schulter. Er drehte sich um.

»Hallo, Max. Was macht denn ein alter Rocker wie du hier bei den Schlagerfans?« Irene stand vor ihm. Ihr rotes Minikleid von vorhin hatte sie gegen ein goldverziertes, dunkelblaues T-Shirt und ein paar hautenge Hotpants, wie man sie aus den Siebzigerjahren kannte, eingetauscht. Ihre blonde Mähne hatte sie hochgesteckt, sodass ihr mehr als ansehnlicher Nacken frei war.

»Ja, hallo, Irene.« Er hob erstaunt die Brauen. Was wollte die denn hier? Sollte sie nicht längst im Bett sein? Hatte sie ihn vorhin bewusst angeschwindelt? Und wieso schlich sie sich eigentlich jedes Mal von hinten an? Verfolgte sie ihn am Ende etwa doch im Auftrag ihrer verlogenen Arbeitgeber? »Das Gleiche hat mich mein Freund Josef hier gerade auch gefragt«, fuhr er mit einem kurzen Kopfnicken in Josefs Richtung fort. »Nennen wir es mal Milieustudien für meinen Artikel über Burgl. Witzig, dass du auch hier bist. Hast du vorhin im Biergarten nicht gesagt, dass du genau wie ich keine Schlager magst? Keine Lust zum Schlafen gehabt?«

»Hallo, Josef. Ich bin Irene«, stellte sie sich zunächst einmal vor, wie es sich gehörte.

»Hallo, Irene. Josef Stirner. Freut mich sehr, schöne Frau.« Der Keeper des FC Kneipenluft ergriff ihre Hand, schüttelte sie länger als nötig und grinste vielsagend.

»Nein, Max«, wandte sie sich anschließend an Max. »Es ist einfach zu warm zum Schlafen. Und ich habe auch nicht die geringste Lust, mich morgen in meinem heißen Empfangskabuff totzuarbeiten. Ich werde stattdessen lieber ins Schwimmbad bei mir in Giesing drüben gehen. Ja, und da dachte ich mir, wenn ich sowieso blau mache, kann ich auch noch ein bisschen unter die Leute gehen. Und zu deiner anderen Frage. Hier drinnen gehen Schlager für mich absolut in Ordnung. Das ist Stimmung und Abtanzen pur. Komisch, aber wahr. Sonst noch Fragen?« Sie lächelte ihn herausfordernd an.

»Nein, nein. Natürlich nicht. Ich wollte dich auch gar nicht ausfragen. Habe mich nur gewundert. Mir gefällt die Musik auch nicht schlecht hier drinnen. Alles okay. Wirklich.« Vielleicht sollte ich mein berufliches Misstrauen im Privatleben besser im Zaum halten, dachte er. Sonst laufen bald noch alle Frauen vor mir davon.

»Also, ich persönlich finde, dass das eine ausgezeichnete Idee von dir war, hierher zu kommen«, schleimte Josef mit einem anzüglichen Grinsen im Gesicht in Irenes Richtung. Er betrachtete sie höchst interessiert von oben bis unten.

»Da muss ich meinem Freund hier absolut recht geben, Irene«, beeilte sich Max, bevor sie am Ende noch dem billigen Charme seines Torwarts erlag. »Schön, dass du hier bist. Sollen deine Chefs Holzer und Nagel doch bleiben, wo der Pfeffer wächst. Was?« Er blinzelte Josef unauffällig zu.

Der blinzelte genauso unauffällig zurück. Gott sei Dank. Er merkte, dass er über das, was sie vorher besprochen hatten, ab sofort am besten die Klappe hielt.

»Stimmt. Die beiden nützen mich sowieso nur aus«, meinte sie.

»Ich darf nicht mal eine richtige Mittagspause machen. Und mein Verdienst ist genaugenommen auch ein Witz.«

»Ach ja, das liebe Geld. Zum Leben ist es immer zu wenig und zum Sterben zuviel. Hast du Lust zu tanzen?« Josef drängte sich seitlich zwischen Irene und Max, bis der nur noch den Rücken seines Vereinskameraden vor sich hatte.

Jetzt schau dir bloß diesen Sauhund von Torwart an, dachte der blonde Exkommissar perplex. Wer hat sie denn zuerst gesehen? Doch wohl ich. Außerdem kenne ich sie schon seit heute Mittag. Was hat Josef dann an ihr rumzubaggern? Spinnt der? So was tut man doch nicht. Schon gar nicht unter Freunden. Ja, ich glaub, ich hänge. Dem betonier ich doch gleich eine, dass ihm das Gesicht zwischen den Ohren rausfällt. Aber ganz schnell. Beim Geld und bei den Frauen hört die Freundschaft auf. Das weiß doch jeder. Sappralot. Nicht zu fassen.

»Nein, danke, Josef. Ich bleibe lieber hier bei Max«, erwiderte sie und suchte dessen Blick.

Glück gehabt, Josef, dachte Max weiter. Da bist du jetzt aber ganz knapp an einem Rundschlag vorbeigegangen, Bürscherl. Ja, so ein dreister Drängler. Wo gibt's denn so was? Schau bloß, dass du weiterkommst. Heute Abend brauchst du dich in meiner Nähe nicht mehr blicken zu lassen, du Kaschperlkopf. Aber schon gar nicht.

»Alles klar. Ich habe verstanden. Der Mohr hat seine Schuldigkeit getan, der Mohr kann gehen. Na dann. Nichts für ungut. Viel Vergnügen noch, ihr zwei Turteltäubchen.« Als hätte er Max' feindselige Gedanken erraten, nahm Josef sein Bier, drehte sich lächelnd um und begab sich zum anderen Ende des Tresens, wo er lautstark von einer Gruppe gutgelaunter Damen im scheidungsfähigen Alter begrüßt wurde.

»Ein witziger Kerl, dein Freund Josef. Der ist jetzt aber nicht beleidigt? Oder ist er schwul? Kennt ihr euch schon lange?« fragte Irene.

»Wir kennen uns seit ein paar Ewigkeiten. Schwul ist er nicht. Und beleidigt ist er höchstens, wenn man ihm sein Bier wegtrinkt. Sonst noch Fragen?« Max grinste provozierend. Die kleine Retourkutsche mit der Frage wegen den Fragen musste einfach sein. Auch auf die Gefahr hin, dass sie dann sauer war. Außerdem brauchte sie wirklich nichts weiter über Josef zu wissen. Wozu auch?

»Hast du Lust zu tanzen, Max?« Sauer war sie offensichtlich nicht. Wohl eher das Gegenteil. Jedenfalls blickte sie ihm tief in die Augen und legte ihre schmalen langen Finger auf seinen nackten Unterarm.

»Gerne. Wer könnte denn der Aufforderung einer so schönen Frau wiederstehen?«

»Alter Charmeur.«

Er nahm ihre Hand und führte sie zu der winzigen Tanzfläche gegenüber dem Eingang. Gehört das alles zu ihrem Auftrag oder steht sie wirklich auf mich?, fragte er sich, während sie sich in den gleichförmig hämmernden Rhythmus der Musik fallen ließen.

8

»Machst du bitte den Wein auf, Max? Ich zieh mir nur schnell etwas Bequemeres an.«

»Noch bequemer?« Max grinste anzüglich mit Blick auf ihre ultrakurzen Hosen und ihre endlos langen Beine darunter.

Irene drückte ihm ebenfalls grinsend die eiskalte Flasche grünen Veltliner, die sie gerade aus dem Kühlschrank geholt hatte und einen Korkenzieher in die Hand. Dann ließ sie ihn auf der riesigen dunkelgrauen Wohnzimmercouch sitzen und verschwand durch die Tür zu ihrem Schlafzimmer. Geht sie etwa eine Waffe holen, um mich mit Gewalt auszufragen? Ach was, Schmarrn. Max sah sich um. Ihre Wohnung gefiel ihm. Groß aber kuschelig. Mit viel Liebe zum Detail und ein paar ausgesuchten, bestimmt nicht ganz billigen Designerstücken eingerichtet. So wenig, wie sie vorhin gemeint hatte, konnte sie also nicht verdienen. Oder kam sie aus einem wohlhabenden Elternhaus? Auch möglich.

Sie waren nicht mehr lange in der ›Warmen Brezn‹ geblieben. Während sie nach dem vierten Discofoxtitel eng umschlungen zu ›Ti Amo‹ von Umberto Tozzi getanzt hatten, war sie seinem Gesicht auf einmal mit ihrem ganz nahe gekommen und hatte ihn geküsst. Einfach so. Ohne ihn groß zu fragen. Und dann noch einmal und noch einmal. Kurz darauf waren sie ohne Umwege mit dem Taxi direkt zu ihr gefahren. Das gesamte Prozedere hatte Max auf angenehme Weise an früher erinnert. An die Zeit, als die Groupies, sobald seine Konzerte beendet waren, jedes Mal die Initiative ergriffen und ihn ähnlich unkompliziert abgeschleppt hatten. Ähnlich gut angetrunken wie damals war er heute auch. Nicht besoffen, er wusste noch genau was er sagte und tat, aber gut angedudelt war er auf jeden Fall. Natürlich hatte er vorhin auch mal an Monika gedacht. Aber dann auch ganz schnell wieder nicht mehr.

»Oh la, la. Na, wenn das mal keine wunderschöne, arabische Prinzessin ist, die da vor mir steht«, scherzte er jetzt, als Irene, lediglich mit einem kleinen, durchsichtigen Seidentuch bekleidet, aus ihrem Schlafzimmer zu ihm zurückkehrte.

Sie ging zu ihrem CD-Player und legte ›Hollywood Nights‹ von Bob Seger auf. Und traf damit voll ins Schwarze. Hammertitel, dachte Max. Sie hat genau meinen Geschmack. Und bestimmt weiß sie mehr über Holzer und Nagel, als sie im Biergarten ausgeplaudert hat. Aber wie kriege ich das aus ihr raus, ohne dass sie Verdacht schöpft? Noch dazu, wenn sie mich in deren Auftrag selbst aushorchen soll.

»Holzer und Nagel sind einfach zwei echte Idioten«, schimpfte sie, als sie sich neben ihn auf die Couch setzte. Konnte sie etwa Gedanken lesen? »Die werden nie so geile Musik produzieren wie ein Bob Seger oder ein Bruce Springsteen«, fuhr sie fort. »Oder wie ein Michael Jackson oder ein Prince. Oder wie eine Anette Humpe. Dazu sind die viel zu beschränkt. Sie stehen voll auf ihren lahmen Billigsound. Und voll miese Typen sind sie auch noch.«

»Wieso denn das?« Max versuchte seine Frage so beiläufig wie möglich klingen zu lassen.

»Außer, dass sie mich so schlecht bezahlen, machen sie auch noch andere Sachen, die ich nicht in Ordnung finde.«

»Was für Sachen denn?«

»Mit Mädchen.« Sie blickte verschämt zu Boden.

»Mit Mädchen? Versprechen sie ihnen eine Karriere?«

»Auch.«

»Und was noch?« Komm schon, raus damit. Ich weiß es zwar eh. Aber ich will es auch aus deinem Munde noch mal hören. Dann kann ich mir endlich ganz sicher sein.

»Wenn ich es dir sage, musst du mir aber eins versprechen.«

»Was?«

»Dass du nicht darüber schreibst.« Sie schaute ihm geradewegs ins Gesicht.

»Versprochen.« Wenn's weiter nichts ist.

»Ehrlich?«

»Ehrlich.« Er hob die Finger seiner rechten Hand zum Schwur.

»Also gut. Sie … verführen minderjährige Mädchen … in ihrem Studio … glaube ich.«

Na also. Ging doch. Sollte sie ihn wirklich ausspionieren? Konnte er eigentlich gar nicht glauben. Dann wäre sie doch nicht so offen gewesen.

»Was? Wirklich? Bist du dir sicher?« Er gab sich überrascht und entsetzt. Schließlich musste sie nicht wissen, dass er das, was sie da erzählte, längst wusste.

»Ich habe es mit eigenen Augen gesehen, als ich vor ein paar Wochen einmal meine Handtasche im Studio vergessen hatte und sie mir eine Stunde nach Feierabend holen wollte.«

»Sie haben Sex mit ihnen?«

»Ja. Zwei Wochen später kam mir noch mal ein Mädchen entgegen, als ich gerade nach Hause gehen wollte. Es ist widerlich. Sie füllen die jungen Dinger anscheinend mit Alkohol ab und machen sich dann zu zweit im Studio über sie her.«

»Haben sie dich auch schon angemacht?«

»Nein. Zu ihrem Glück nicht. Da würden sie nämlich ihr blaues Wunder erleben. Das kannst du mir glauben.« Sie setzte sich auf seinen Schoß, schlang die Arme um seinen Hals und küsste ihn leidenschaftlich.

»Ich glaube es dir«, flüsterte er, sobald er wieder Luft holen konnte. »Magst du einen Schluck Wein?« Er deutete auf die vollgeschenkten Gläser vor ihnen auf dem ovalen, gläsernen Couchtisch. Die verarscht dich nicht, dachte er. Sie steht wirklich auf dich. So wie es aussieht, kann sie Holzer und Nagel genauso wenig leiden wie du. Trotzdem, spiel deine Rolle als Zeitungsschreiber lieber erst mal weiter. Vorsicht ist die Mutter der Porzellankiste.

»Gerne. Lass uns Bruderschaft trinken, Max. Bitte, bitte. Ich tue das so gerne«, bettelte sie aufgeregt.

»Na gut. Wie du willst.«

Was hatte sie denn auf einmal? Sie war ja wie ausgewechselt. Hatte sie sich im Schlafzimmer eine Linie Koks reingezogen? Oder war sie betrunkener, als er dachte? Oder zeigte sie sich ihm gerade einfach nur so, wie sie wirklich war? Ohne Maske und ohne Show? Egal. Genieß es einfach, Raintaler. Lass dich fallen und mach bei allem mit, was sie vorhat. Sie ist wirklich die reinste Sexgöttin. Eine solche Chance ergibt sich in deinem Alter nicht mehr so oft. Das weißt du genau. Also sei nicht blöd und nutze sie. Und hör endlich damit auf, an Moni zu denken. Das bringt im Moment überhaupt nichts.

Am nächsten Morgen wurde er um acht von den warmen Sonnenstrahlen, die durch das Fenster direkt auf sein Gesicht fielen, geweckt. Er beugte sich seitlich aus dem Bett, wo seine Klamotten auf dem Boden lagen und durchsuchte seine Hosentaschen nach den Blutdrucktabletten. Herrschaftszeiten, was mach ich nur schon wieder?, haderte er währenddessen mit sich selbst. Zu viel Alkohol und dann auch noch Sex? Da brauche ich mich ja wirklich nicht zu wundern, wenn es mich bei der Hitze bald einmal sauber umhaut. Außerdem wollte er doch nicht mehr bei fremden Frauen nächtigen. Wenn er sich nun mit irgendwas angesteckt hatte? Das war doch immer möglich, solange man den anderen noch nicht richtig kannte. Wie konnte er nur so leichtsinnig sein.

Leise schlug er seine Bettdecke zurück, stand auf, griff sich seine Klamotten und patschte barfuß ins Bad hinüber. Dort schluckte er seine Tablette, trank ausgiebig aus dem Wasserhahn, hielt anschließend kurz den Kopf darunter und kleidete sich an. Dann schlich er leise hinaus und zog Irenes Wohnungstür hinter sich zu. Männer, dachte die, als er draußen war, die sind doch alle gleich. Erst tun sie großartig verliebt und dann verzupfen sie sich wie die Diebe. Sie war längst wach gewesen. Mit einem leisen, resignierten Seufzer drehte sie sich um, zog ihre Bettdecke über den Kopf und schlief noch mal ein.

Max stieg währenddessen, so leise das mit seinen klobigen Stiefeln möglich war, nach wie vor gedankenschwer die alte knarrende Holztreppe hinunter, trat auf die Straße hinaus und lief einem weiteren herrlichen Sommertag in die Arme. Keine Wolke stand am Himmel und trotz der frühen Tageszeit war es schon wieder heiß wie in der Sauna. Etwas in seinem Inneren trieb ihn zu Monika hin. Als müsste er sich vergewissern, dass trotz der letzten Nacht noch alles in Ordnung war zwischen ihnen, rein gefühlsmäßig. Obwohl er sich andererseits im Klaren war, dass er gegen keine Regeln verstoßen hatte. Schließlich war sie es gewesen, die von Anfang an auf einer freien Beziehung zwischen ihnen bestanden hatte. Auf jeden Fall würde ihm ihre Nähe jetzt gut tun, ihm helfen, seine Besorgnis bezüglich einer etwaigen Ansteckung mit einer Krankheit bei Irene zu besänftigen. Da ihre kleine Kneipe nicht weit von Irenes Wohnung entfernt auf der anderen

Isarseite lag, entschloss er sich, zu Fuß zu gehen. Bis zur Tierparkbrücke nahm er den schattigen Weg am Fluss entlang.

So viele sportliche Nervensägen in aller Frühe, beschwerte er sich innerlich, als er auf dem breiten Kiesweg vom zwanzigsten Jogger fast über den Haufen gerannt wurde. Aber im Grunde genommen hatten sie schon recht, gesund war ein bisschen Sport allemal. Gerade wenn man ansonsten den ganzen Tag über wie ein Mehlsack im Büro herumhockte. Eigentlich könnte er auch mal wieder laufen. Aber andererseits, was sollte es? Als Ermittler hatte man auch so genug Bewegung. Man nehme bloß mal alleine seinen Triathlon von heute Nacht. Erst tanzen, dann Sex und jetzt auch noch ein Fußmarsch. Wenn das nicht als Training reichte, was denn dann? Ein paar unerhebliche Gedanken später stand er vor Monikas Haus und klingelte.

Kurz darauf tauchte sie barfuß, nur mit einem kurzen blauen T-Shirt und einem winzigen weißen Slip bekleidet vor ihm auf und staunte ihn überrascht aus verschlafenen Augen an. Offenbar war sie geradewegs vom Bett aus zur Tür gelaufen.

»Hallo, Max. Was willst du denn schon so früh? Hast du durchgemacht? Auf jeden Fall schaust du so aus.«

»Morgen, Moni. Stell dir vor, Frau Bauer hat mich geweckt. Wollte zum Arzt gefahren werden. Hat aber doch den Bus genommen, als sie mich gähnen gesehen hat. Und weil ich dann sowieso schon wach war, dachte ich mir, ich besuche dich und wir frühstücken zusammen, bevor ich mich wieder an die Aufklärung meines Liederdiebstahls mache.«

Eine Lüge musste absolut nachvollziehbar und natürlich

daherkommen, sonst merkte der andere gleich, dass nicht die Wahrheit erzählt wurde. Max fand, dass ihm das gerade vorzüglich gelungen war, obwohl er sich auch fragte, wieso er überhaupt log. Wenn Monika schon eine Beziehung mit getrennten Leben und Betten wollte, müsste sie doch eigentlich auch die Wahrheit vertragen. Egal. Er selbst hätte sich jedenfalls gerade jedes Wort geglaubt. Und das, obwohl er früher Polizist gewesen war.

»Gute Idee, Max. Bloß ein bisserl früh. Stimmt's? Ich habe bis halb zwei gearbeitet. Aber egal. Jetzt bin ich wach. Gehen wir hoch.« Sie stieg die schmale Holztreppe zu ihrer Wohnung hinauf. Er folgte ihr.

»Schickes Outfit übrigens, das du da anhast. Solltest du öfter tragen«, scherzte er währenddessen mit Blick auf ihren halbnackten Po und lachte.

»Männer!«, schnaubte sie grinsend und musste ebenfalls kichern.

Als sie in ihrer kleinen Küche angelangt waren, stellte sie die Kaffeemaschine an und ging ins Bad. Max kam kurz mit, um sich die Zähne zu putzen. Dann ließ er sie in Ruhe duschen, setzte sich an den Küchentisch, nahm die Zeitung, die er unten vor der Eingangstür aufgehoben hatte, zur Hand und begann zu lesen. Im Regionalteil blieb sein Blick an einer fetten Schlagzeile hängen: ›Erfolgreicher Musiker tot. War es Mord?‹

Darunter stand, dass Hansi Bauberger, ein Akkordeonspieler aus München-Haidhausen, der viele Schlagerhits im Studio begleitet hatte, gestern Abend in seiner Wohnung beim Ostbahnhof gestorben war. Schlagerhits. Aha. Dann kannte Heinz diesen Bauberger bestimmt. Und Holzer und Nagel kannten ihn wohl auch. Schon ein merkwürdiger Zufall, dass er ausgerechnet gestern Abend starb, nachdem Max die beiden besucht und sie nach der Herkunft ihres neuen Liedes gefragt hatte. Gab es da etwa einen Zusammenhang? War es am Ende Bauberger gewesen, der Heinz die Lieder aus dem Studio gestohlen hatte? Das galt es unbedingt zu überprüfen. Gleich nachher würde er bei Heinz vorbeischauen und ihn fragen, was er von der Sache hielt. Er wollte ihm ohnehin noch persönlich über gestern Abend berichten. Bestimmt wusste Heinz etwas über diesen abgewrackten Sänger im Biergarten.

Monika kam mit frisch geföhnten Haaren in einem kurzen, roten Baumwollkleid aus dem Badezimmer zurück.

»Oh la, la. Que bella«, flötete Max, der ihre langen, dunklen Locken bewunderte, seit er sie damals vor über zwanzig Jahren bei einer von Franzis Partys kennengelernt hatte.

»Frühstück?«, fragte sie ihn und grinste geschmeichelt.

»Logisch. Gerne.«

»Wo warst du denn gestern?« Sie nahm Besteck und Geschirr aus ihrem kleinen, weißen Küchenschrank und begann den Tisch zu decken.

»Ach, hier und da. Erst mit Franzi im Biergarten drüben. Dann in Schwabing in der ›Kleinen Rockbühne‹ und später auch noch in der ›Warmen Brezn‹ am Sendlinger Tor.«

»Wo die Schlagerpartys stattfinden? Annie hat mir neulich davon erzählt. Das muss ganz lustig sein da drinnen.« Wenn es irgendwo in der Stadt ein neues Lokal oder ein neues Geschäft gab, wusste Anneliese Rothmüller, Monikas beste Freundin als erste darüber Bescheid. Und bald darauf wusste es Monika natürlich auch.

»Genau dort war ich. Mitten drin. Und traf prompt Josef. Er hat mir wichtige Informationen über meine zwei verdächtigen Produzenten gegeben.«

»Ach, wirklich? Und was macht Josef in diesem Laden?« Monika stellte Marmelade und Honig auf den Tisch, holte die Kaffeekanne und schenkte ihnen ein. Dann setzte sie sich zu ihm.

»Er ist Schlagerfan. Hättest du das gedacht?«

»Was? Echt? Der Josef Stirner? Niemals!« Sie sah ihn überrascht an.

»So kann man sich täuschen. Aber es ist wirklich ganz lustig dort. Massenhaft gutgelaunte Leute und laut aufgedrehter Discofox. Hat schon was. Wir können ja irgendwann mal zum Tanzen hingehen.«

»Klar, machen wir«, sagte sie, während sie einen kleinen Löffel in den großen Honigtopf neben ihrem Teller tauchte.

»Ja, super!«, rief er restlos begeistert.

»Seit wann macht dir denn das Tanzen solchen Spaß? Und dann auch noch zu Discofox?« Ihr gerade noch fröhlicher Gesichtsausdruck kippte ins Misstrauische.

»Schon immer, Moni.«

»Ach, wirklich?«

»Logisch! Total.«

»Aha. Und? … Waren auch nette Frauen da?«

Klar, dass die Frage kam, wenn er so maßlos übertrieb. Die weibliche Intuition sollte man nie wecken. Schon gar nicht, wenn man gerade von einer anderen Frau kam. Wie konnte er nur so blöd sein.

»Ja. Schon. Aber du weißt ja selbst am Besten, dass ich dir auf ewig treu bin.« Er lachte laut und ungewohnt hölzern. Überspann den Bogen nicht völlig, Raintaler. Bleib einfach cool.

»So, so. Weiß ich das?«, fragte sie und suchte neugierig seinen Blick.

Doch er starrte lieber wieder in seine Zeitung.

»Natürlich. Ich meine, hoffentlich weißt du das. Trotz deiner eigenen Vorliebe für persönliche Freiheit und Unabhängigkeit«, gab er spitzfindig zurück. Bloß nichts anmerken lassen und gleich zum Gegenangriff übergehen. So machte man das und nicht anders.

»Und was hat Josef über die beiden Produzenten gesagt?«

Na also. Themenwechsel. Attacke erfolgreich abgewehrt.

»Dass sie in ihrem Studio junge Mädchen verführen. Sehr junge Mädchen.«

»Ekelhaft. Solche Schweine.« Sie schüttelte angewidert den Kopf.

»Genau. Einfach widerlich. Denen ist anscheinend wirklich alles zuzutrauen. Aber das gibt mir natürlich die Gelegenheit ihnen Druck zu machen. Und dann werde ich schon erfahren, wer ihnen Heinz' Lieder verkauft hat. Wenn es nicht sogar dieser Bursche hier war.« Er hielt ihr den Artikel über den toten Hansi Bauberger hin. Sie las ihn interessiert, während er sich eine ButterBrezn zubereitete.

»Aha. Und wie kommst du auf ihn?«, wollte sie wissen, als sie fertig gelesen hatte.

»Er kannte bestimmt Heinz und er kannte sicher auch

Holzer und Nagel. Und jetzt ist er gestorben. Ausgerechnet kurz nachdem ich mich bei Holzer und Nagel erkundigt habe, ob das neue Lied für Burgl Schäfer auch wirklich von ihnen ist.« Er biss gierig in das dunkelbraune bayrische Salzgebäck in seiner Hand.

»Und du meinst, dass die beiden ihn umgebracht haben, weil er sie sonst hätte verraten können? Wenn es denn wirklich so war, dass er ihnen die Lieder verkauft hat?«

»So könnte es gewesen sein«, erwiderte er schmatzend.

»Ein Mord wegen einem Lied? Also, ich weiß nicht. Und nur weil dieser tote Bauberger in der Zeitung steht, soll er das Opfer sein? Das kann doch genauso gut bloß ein Zufall sein.« Sie zog zweifelnd die Stirn kraus.

»Nicht wegen irgendeinem Lied, Moni. Wegen einem potenziellen Millionenhit. Und aus Angst davor, in der Öffentlichkeit für immer bloßgestellt und damit geschäftlich völlig vernichtet zu werden. Das sind zentnerschwere Motive, wenn du mich fragst.«

Max nickte langsam mit gewichtiger Miene.

»Na ja, wenn das so ist … Pass bloß auf dich auf, Max. Die ganze Sache scheint brisanter zu werden, als du am Anfang gedacht hast.« Sie schenkte sich noch einmal Kaffee nach, ließ zwei Stück Zucker hinein plumpsen und rührte nachdenklich um.

»Das kannst du laut sagen. Wenn dieser Bauberger wirklich von Holzer und Nagel wegen Heinz' Lied getötet wurde, stehe ich vielleicht auch schon auf ihrer Abschussliste. Schließlich habe ich ihnen gegenüber die Echtheit ihrer Komposition bezweifelt.«

»Das muss aber noch lange nicht heißen, dass du das

beweisen kannst. Und das wissen die auch, wenn sie nicht ganz blöd sind.«

»Stimmt auch wieder. Aber ganz ungefährlich ist die Sache trotzdem nicht.«

»Du musst mir unbedingt versprechen, dass du Franzi dazuholst, wenn es brenzlig wird, Max. Ich brauche dich nämlich noch.« Sie legte, quer über ihren kleinen runden Küchentisch hinweg, besorgt die Hand auf seinen Arm.

»Logisch. Keine Angst, Moni. Ich bleibe dir noch lange erhalten. Vielleicht sogar länger, als dir lieb ist.«

»Was soll das denn schon wieder heißen? Jetzt ist es aber wieder genug. Hör sofort auf damit. Oder glaubst du etwa, dass ich dich loswerden will?« Mit einem Ruck zog sie ihre Hand wieder zurück.

»Natürlich nicht, Moni. Wie sollte das auch gehen? Wir sind ja nicht mal fest zusammen, wie du immer so schön sagst.« Schließlich konnte man auch mal laut aussprechen, was man seit Jahren dachte. Obwohl. Vielleicht war das gerade aber auch der falsche Moment, um vorwurfsvoll zu tun. Wo hatte er denn heute Nacht geschlafen? Etwa in seinem eigenen Bett?

»Geh, Schmarrn. Natürlich sind wir zusammen, Max. Aber halt anders als andere. Das haben wir doch schon tausendmal durchgekaut. Müssen wir immer wieder damit anfangen?«

Monikas Hand landete wieder auf seinem Arm. Er ließ es sich gerne gefallen. Das Altvertraute hatte schon etwas. Auch wenn das Neue einen manchmal unwiderstehlich in seinen Bann zog.

»Anders als andere sind wir wahrlich«, bestätigte er. »Da stimme ich dir aus vollstem Herzen zu.« Er schaute ihr vorwurfsvoll in die Augen. Warum lasse ich sie eigentlich nicht einfach in Ruhe? Sie hat mir heute doch gar nichts getan, dachte er.

»Du klingst so bitter. Was ist denn los?« Das Misstrauen in ihrem Blick keimte erneut auf.

9

»Und du meinst, dass er etwas vor dir geheim hält? Nur weil er merkwürdig drauf war? Jetzt hör aber auf.« Anneliese schüttelte verwundert ihren blonden Pagenkopf. Zum einen wollte ihre beste Freundin Monika nicht fest mit Max zusammen sein, wie sie immer wieder betonte. Zum anderen schien sie gerade aber reichlich eifersüchtig zu sein und, wie es den Anschein hatte, noch dazu völlig grundlos.

»Aber wenn ich es dir sage, Annie. Er war wirklich merkwürdig drauf. So als hätte er ein schlechtes Gewissen mir gegenüber. Ich kann dir doch auch nur sagen, was ich gespürt habe.« Monika trank einen Schluck von ihrem eiskalten Melonen-Lassi.

Kurz nachdem Max zu Heinz gegangen war, um ihn über den neuesten Stand der Ermittlungen zu informieren, hatte Anneliese bei ihr angerufen und gefragt, ob sie Lust auf einen Drink an der frischen Luft habe. Jetzt saßen sie beide im Schatten vor Annelieses Lieblingscafé im Englischen Garten, gleich beim Kleinhesseloher See. Obwohl es erst elf Uhr war, herrschte rund umher bereits geschäftiges Treiben. Auf dem silbrig glitzernden Wasser starteten und landeten wie auf einem Großflughafen unentwegt die verschiedensten Arten von Wasservögeln. Bunte Touristenscharen schoben sich über Wege und Wiesen. Und dazwischen genossen Studenten, Jugendliche und Lebenskünstler das Münchner Leben, das sich an einem heißen Augusttag wie diesem nicht groß von dem in jeder beliebigen südlichen Metropole am Mittelmeer unterschied. Außer, dass München natürlich viel grüner war und dadurch viel schöner. Logisch.

»Mensch, Moni. Wenn du mich fragst, kannst du froh sein, dass du einen so lieben, gutaussehenden Kerl wie den Max abbekommen hast.« Anneliese sah ihre Freundin streng über den Rand ihres Limetten-Mango-Lassis hinweg an.

»Du hast ja recht, Annie. Er ist wirklich meistens ein Engel auf Erden, mein Max. Aber heute Morgen hatte ich zum ersten Mal das Gefühl, dass er mir davonfliegen könnte. Und das hat mir Angst gemacht.«

»Was genau hat dir denn dabei Angst gemacht?«

»Na ja. Wie du weißt, ist er ja schon öfter mal fremdgegangen. Und warum auch nicht, solange er sich dabei schützt. Schließlich war ich es, die von Anfang an nichts Festes mit ihm haben wollte. Aber diesmal ist alles anders. Er war … so … weit weg von mir. Ich mache mir echt Sorgen, dass er sich ernsthaft in eine andere verliebt hat … und vielleicht ganz zu ihr geht.« Monika holte ein Papiertaschentuch aus ihrer schwarzen Lederhandtasche und wischte sich damit ein paar dicke Tränen aus den Augen.

»Geh weiter. Wer wird denn weinen? Ich glaube, du hörst einfach nur das Gras wachsen«, tröstete sie Anneliese. »Oder du kommst in die vorgezogenen Wechseljahre. Max ist doch der treueste lockere Freund, den man sich nur vorstellen kann.« Sie legte ihrer Freundin mitfühlend die Hand auf den Arm. Obwohl, mich hat er auch mal zu küssen versucht, fiel ihr währenddessen ein. Damals, bei seiner vorletzten Geburtstagsfeier in Monikas kleiner Kneipe. Oder war ich es, die ihn küssen wollte? Egal. Schwamm drüber. Das gehört nicht hierher. Schließlich waren sie damals alle ganz schön betrunken gewesen.

»Na gut, wahrscheinlich hast du wirklich recht.« Monika schnäuzte kräftig in den tränenfeuchten Zellstoff in ihrer Hand.

»Warten wir ab, was passiert«, fuhr sie anschließend fort. »Wenn er mich wirklich verlassen sollte, kann ich immer noch traurig sein.«

»Jetzt hör aber auf, Moni. Max verlässt dich nicht und damit Schluss. Schau dir lieber mal diese albernen Yuppietypen da vorne an. Wie aus dem Ei gepellt und nichts als leere Gesichter zwischen den Ohren. Mein Gott. Was sind das nur für Langweiler. Sei froh, dass du den Max hast.« Anneliese zeigte auf eine Gruppe junger Geschäftsmänner im Anzug, die sich gerade an einen der großen Tische in dem weitläufigen Biergarten gleich gegenüber dem Café setzten.

»Was hast du nur gegen businesslike gekleidete, junge Männer mit einer anständigen Frisur und guten Umgangsformen, Annie?«, gab Monika, jetzt schon wieder zaghaft grinsend, zurück. »Ich sage dir eins, meine Liebe. Dein Männerbild ist völlig veraltet. Langhaarige, reiche Seeräuber mit Psychoanalytikerausbildung und alternativen Lebensmodellen im Gepäck findest du heute nicht mehr. Die sind längst untergegangen.«

»Ach, wirklich? Und stattdessen bleiben uns nur noch solche angepassten Pfeifen wie die da drüben? Wer will denn da noch leben?«

»Tja. Was soll man machen? Die Welt ist nun mal so wie sie ist. Aber eins muss man ihnen lassen. Ihre fleißig im Fitnessstudio gestählten Körper können sich durchaus sehen lassen.« Monika blickte gespielt anzüglich zu den Schlipsträgern hinüber, von denen zwei besonders breitschultrige Exemplare gerade ihre Jacken ausgezogen hatten. Ihre Sorgen um Max schienen auf einmal gar nicht mehr so wichtig zu sein.

»Was nützt mir ein schöner Körper, wenn ich mich nicht mit seinem Besitzer unterhalten kann?«, wandte Anneliese ein.

»Wieso unterhalten? Es reicht doch, wenn du klare Anweisungen gibst, die verstanden und umgesetzt werden.« Monika grinste breit.

»Und so ein Miststück ist eifersüchtig auf seinen Freund!« Anneliese schüttelte den Kopf. Dann fingen beide an schallend zu lachen. Geschafft! Monikas trübe Gedanken hatten sich endgültig verzogen.

Sie plauderten noch eine Weile über dies und das, tranken ihre Lassis aus und spazierten anschließend gemütlich Richtung Leopoldstraße. Anneliese wollte noch wegen eines Hutes bei einer neu eröffneten Boutique in der Hohenzollernstraße vorbeischauen. Und da Monika ihre kleine Kneipe wie immer erst am Abend öffnen würde und bis dahin nichts Besseres vorhatte, kam sie mit. Es war inzwischen Mittag und unglaublich heiß. Als sie den Laden erreichten, schwitzten sie beide am ganzen Körper.

»Guten Tag, die Damen. Wie kann ich helfen?« Eine hochgewachsene, brünette Verkäuferin in hautengen Bluejeans und weißen Stoffturnschuhen lächelte sie freundlich, aber auch von sehr weit oben herab an.

»Guten Tag«, erwiderte Anneliese aus mindestens gleicher Höhe. »Sie hatten da neulich so einen wunderbaren roten Strohhut im Schaufenster. Ich glaube, er war von Seeberger. Er hatte so eine ganz große Krempe mit bunten Stoffblüten darauf. Ist der noch auf Lager? Ich konnte ihn gerade leider nicht mehr entdecken.« Sie tupfte sich mit einem Papiertaschentuch die Schweißperlen aus dem Gesicht.

»Da müsste ich mal im Lager nachsehen«, näselte die Verkäuferin gnädig. »Aber wenn mich nicht alles täuscht, haben wir noch zwei Stück davon da. Einen Moment, bitte.«

Kurze Zeit später traten zwei ganz offensichtlich dem internationalen Jetset zugehörige, munter plaudernde und gackernde Damen im mittleren Alter auf die Hohenzollernstraße hinaus. Passend zu den schrillen Hüten, die sie trugen, hatte Anneliese ihnen noch zwei hautenge, schwarze Baumwollminikleider gekauft, und knallrote High-Heels, in denen sie eine ausgezeichnete Figur machten. Nur mit dem Gehen hatten sie ihre Probleme. Vor allem Monika. Sie stakste wie ein frischgeborenes Fohlen über das sonnenüberflutete Trottoir.

10

»Ja, das war's im Großen und Ganzen, Heinz. Ich bin mir inzwischen absolut sicher, dass die zwei wie gedruckt lügen. Das nächste Mal werde ich die Mistkerle auf jeden Fall mit ihrer kranken Vorliebe für junge Mädchen konfrontieren. Bin schon gespannt, was sie dazu sagen.« Max hatte Heinz Brummer gerade in dessen Studio über den neuesten Stand der Ermittlungen bei Holzer und Nagel informiert. Jetzt wischte er sich bestimmt zum zweihundertzwanzigsten Mal an diesem Vormittag mit dem Handrücken den Schweiß von der Stirn. Es war wirklich der reinste Jahrhundertsommer dieses Jahr, nur noch heiß, Herrschaftszeiten. Mit seinen vielen Millionen hätte sich Heinz doch wenigstens eine Klimaanlage leisten können.

»Tu das, Max«, ermunterte ihn der beleibte Musikproduzent. »Die haben eindeutig mein Lied, diese Schweine. Jetzt musst du ihnen das nur noch nachweisen.«

»Genau, Heinz. So schaut es aus und nicht anders. Du darfst mir schon mal ein paar konkrete Studiotermine freischaufeln.« Max wischte sich zum zweihunderteinundzwanzigsten Mal den Schweiß aus der Stirn und grinste herausfordernd.

»Und vielleicht weiß ich auch schon, wer ihnen die Lieder verkauft hat«, fuhr er fort. »Ich habe da zwei Musiker im Auge, die du eigentlich kennen müsstest. Einer von ihnen ist dieser Fritz Bär auf dem Plakat da hinten.« Er deutete auf die Wand seitlich des riesigen Mischpultes, an der verschiedene Plakate und Fotos von Musikern hingen. Bekannte Stars und unbekannte Leute bunt gemischt.

»Logisch kenne ich den. Wie kommst du auf ihn?« Heinz wischte sich mit einem Papiertaschentuch über den feuchten Kopf. Auch er schwitzte nicht zu knapp.

»Zufall, Heinz. Er ist Franzi und mir gestern im Biergarten begegnet und hat sich dort reichlich merkwürdig benommen. Und grässlich gesungen hat er auch.«

»Das wundert mich nicht. Und wer ist der andere?«

»Der andere heißt Hansi Bauberger und ist tot.«

»Was? Der Hansi ist tot? Woher weißt du das?« Heinz blickte wie vom Donner gerührt drein.

»Es stand heute Morgen in der Zeitung.« Max trank einen Schluck Espresso aus der kleinen Tasse, die ihm Heinz vorhin aus der Studioküche mitgebracht hatte.

»Die habe ich heute noch gar nicht gelesen. Zu viel Arbeit. Der Hansi tot … Wahnsinn! Er war ein superguter Musiker. Hat früher oft für mich hier im Studio gespielt.« Heinz zeigte geschockt wie in Trance auf die Wand mit den Künstlerbildern.

»Da hängt er. Das dritte Bild neben Fritz Bär, der im Übrigen definitiv eine totale Niete ist … Ist der Hansi wirklich tot?«

»Ja, Heinz. Leider.«

»So ein Mist … Und so ein Volldepp wie der Fritz Bär lebt. Der Looser schuldet mir noch jede Menge Geld. Aber hast du schon mal versucht, einem Nackten in die Tasche zu greifen? Könnte gut sein, dass er mir die Noten geklaut hat.« Heinz deutete wütend auf Bärs Plakat an der Wand. Er schien sich langsam wieder von seinem Schreck zu erholen.

»Verstehe. Aber dieser Bauberger könnte es auch gewesen sein. Und weil ich gestern bei Holzer und Nagel in der

Sache herumgebohrt habe, wurde er kurzerhand von ihnen umgebracht, bevor er etwas verraten konnte.«

»Geh, so ein Schmarrn. Das klingt ja voll nach Chicago, Max. Soll ich übrigens die Klimaanlage einschalten? Bevor wir noch völlig nass geschwitzt sind.«

»Du hast eine Klimaanlage? Wieso weiß ich das nicht?«

»Weil ich sie am liebsten ausgeschaltet lasse. Erstens spart das Strom und zweitens erkälte ich mich meistens, wenn sie läuft.«

»Wegen mir darfst du sie gerne einschalten. Ein Schnupfen ist zwar schlimm, aber ein Hitzschlag ist schlimmer. Und in den Ruin wird es dich auch nicht gleich treiben, stimmt's?«

»Stimmt.«

Heinz verließ den Raum und Max dachte darüber nach, wie sein Leben wohl verlaufen wäre, wenn er damals zu seiner eigenen Musikerzeit nicht den Beruf als Polizist gewählt hätte. Wäre er etwa wie Bär als heruntergekommener Straßenmusiker in den Biergärten der Stadt geendet? Oder läge er bereits tot auf dem Friedhof, wie es Hansi Bauberger bald drohte? Er verdrängte die ungemütlichen Gedanken gleich wieder. Kurz darauf war Heinz zurück.

»So, jetzt wird es gleich kühler«, meinte er und setzte sich.

»Glaube mir, Heinz«, griff Max den Faden wieder auf. »Chicago ist überall. Auch hier bei uns im schönen München. Zu meiner Kripozeit hatten wir oft genug die unglaublichsten Fälle zu lösen. Ich könnte dir Sachen erzählen, da würden dir die Haare zu Berge stehen.«

»Hansi Bauberger war erfolgreich, Max«, erwiderte

Heinz. »Der hatte einen Haufen Geld. Er hätte es gar nicht nötig gehabt, mir meine Lieder zu klauen.«

»Vielleicht hatte er Schulden, von denen niemand wusste? Man kann sich nie ganz sicher sein.« Max hob mahnend den Zeigefinger.

»Trotzdem. Dieser Fritz Bär käme meiner Meinung nach viel eher in Frage. Der ist ein ausgesprochen schlechter und erfolgloser Musiker, und ein höchst seltsamer obendrein.«

»Das durften Franzi und ich gestern im Biergarten allerdings auch feststellen.« Max schüttelte den Kopf, als er sich erneut Bärs grauenhaften Vortrag und sein plötzliches Verschwinden ins Gedächtnis rief.

»Ich ließ ihn aus Mitleid ein paarmal hier im Studio bei kleinen Produktionen spielen«, fuhr Heinz fort. »Aber er zeigte sich nie besonders dankbar. Hat mir das Ganze eher noch so verkauft, als hätte er mir einen Gefallen getan. Typisch Amateur halt. Große Klappe und nichts dahinter. Irgendwann habe ich ihn dann rausgeschmissen und ihm gesagt, dass er sich bei mir nicht wieder blicken zu lassen braucht.«

»Aha. Ein verletztes Künstlerego. Das wäre doch wenigstens schon mal ein Motiv. Und diesen Hansi Bauberger würdest du wirklich vollkommen ausschließen?« Max konnte nur schwer wieder loslassen, wenn er sich einmal in einen bestimmten Verdacht verbissen hatte. Das war schon zu seinen Kripozeiten so gewesen.

»Vollkommen nicht, Max. Die Gier der Menschen ist unendlich und unergründlich. Aber Hansi war, glaube ich, wirklich kein Dieb. Vielleicht wurde er auch gar nicht ermordet. Er hat mir vor ein paar Wochen erzählt, dass es seiner Frau gesundheitlich nicht gut ginge. Krebs. Das hat ihn schwer mitgenommen. Gut möglich, dass er einfach nur keine Kraft mehr hatte, um weiterzuleben.« Heinz starrte nachdenklich auf seinen mit grauschwarzen Teppichfliesen ausgelegten Studioboden.

»Aber gerade dann tut man doch alles, um die bestmöglichen Operationen für die Frau bezahlen zu können. Sogar stehlen.«

»Der Hansi nicht, Max. Er hätte mich eher gebeten, ihm zu helfen. Wir hatten ein sehr gutes Verhältnis. Ja, und jetzt kann er das nicht mehr. Endlos schade.«

»Na, dann werde ich dem Herrn Bär gleich mal einen Besuch abstatten, bevor ich mir Holzer und Nagel noch mal vornehme. Er hat sich gestern im Biergarten ziemlich verdächtig aufgeführt. Als ich deinen Namen und die von Holzer und Nagel erwähnte, rannte er wie vom Leibhaftigen gejagt davon.«

»Siehst du, Max. Ich wusste schon immer, dass mit dem was nicht stimmt. Der hat sicher was mit dem Diebstahl zu tun.«

Heinz wischte sich ein paar kleine Tränen aus dem Gesicht und schnäuzte sich danach kräftig in sein schweißnasses Papiertaschentuch. Die Sache mit Bauberger nahm ihn anscheinend wirklich schwer mit. Max übersah es geflissentlich.

»Wenn er zugibt, dass er Holzer und Nagel deine Lieder verkauft hat, werde ich sie mit seiner Aussage konfrontieren. Dann hast du bald die Rechte an deinen Liedern zurück, Heinz. Darauf wette ich.« Max hievte sich aus seinem nassgeschwitzten Sessel, ließ sich von Heinz Bärs Adresse aufschreiben und verabschiedete sich von ihm.

Was kitzelt denn da so komisch in meiner Nase?, überlegte er draußen vor der Tür. Ich werde mir doch da drinnen keinen Schnupfen geholt haben. Hoffentlich nicht. Eine Sommergrippe kann ich im Moment gar nicht gebrauchen. Und hoffentlich bekomme ich nicht eines Tages Krebs, wie die Frau von diesem Bauberger. Herrschaftszeiten, Scheißkrankheiten. Er rief seinen alten Freund und Exkollegen Franz im Büro bei der Kripo an, um sich zu erkundigen, was der über Hansi Baubergers Tod wusste.

»Genaues wissen wir noch nicht, Max. Wieso interessiert dich der Mann?« meinte Franz.

»Es könnte sein, dass er mit meiner Liederklausache zu tun hat und im Zusammenhang damit vielleicht von Holzer und Nagel ermordet wurde.«

»Langsam, Max. Er liegt in der Gerichtsmedizin. Lass die Jungs dort erst mal rausfinden, was ihn umgebracht hat. Spuren von Gewaltanwendung waren in seiner Wohnung genauso wenig zu finden wie ungewöhnliche Fingerabdrücke. Kann gut sein, dass er sich selbst das Leben genommen hat.«

»Okay. Dann warten wir eben. Sagst du mir Bescheid, sobald du mehr weißt?«

»Logisch. Kein Problem. Servus.«

»Servus, Franzi.«

Sie legten auf. Max stieg in seinen guten alten R4 und fuhr nach Obergiesing zum Haus des miserablen Hochzeits- und Straßenmusikanten, der Franz gestern die Biertaufe verpasst hatte. Als er nach zwanzig Minuten erfolglosen Kreisens endlich einen Parkplatz neben dem Ostfriedhof gefunden hatte, eilte er zu Bärs Haus und klingelte an dessen Wohnungstür im zweiten Stock. Niemand öffnete. Er bückte sich, hob die Klappe des Briefschlitzes an und lugte hinein. Kein Bär zu sehen. Entweder, er ist ausgeflogen, um die Welt mit seiner grässlichen Musik zu belästigen, oder er hat mich durch sein Spionauge erkannt und will mir nicht aufmachen, dachte Max. Na gut. Fahr ich halt erst mal zu den Privatsendern raus. Vielleicht hat einer meiner alten Bekannten da draußen noch etwas Interessantes über Holzer und Nagel zu berichten. Eigentlich würde ihre krankhafte Vorliebe für junge Mädchen längst reichen, um sie unter Druck zu setzen. Aber je mehr ich über sie weiß, umso leichter kann ich die Mistkerle überführen.

11

Als Max sein Auto auf dem großen Parkplatz vor dem S-Bahnhof in Unterföhring abstellte, war es Punkt eins. Eine vortreffliche Gelegenheit, um als externer Gast in einer der großen Kantinen hier draußen preiswert essen zu gehen. Die nächste lag gleich ums Eck.

Er trat ein, griff sich ein Tablett und stellte sich in die Reihe der Hungrigen. Ein merkwürdiges Völkchen, diese Medienleute, sinnierte er, während er sich in dem zweckmäßig eingerichteten riesigen Saal umsah. Auf der einen Seite gab es dieselben geschniegelten Milchgesichter im Anzug wie in jedem anderen Betrieb, bestimmt die Abteilungsleiter und sonstigen kleinen Anführer. Dann waren da aber auch noch diese vielen jungen Leute in Jeans, kurzen Hosen, T-Shirts und Flip-Flops. Das musste das arbeitende Fußvolk sein. Erstaunlich, wie selbstbewusst die alle daherstolzierten. Als würde ihnen morgen der Sender gehören. Wahrscheinlich meinten sie, wenn man für Stars arbeitete, wäre man selbst einer. Immer wieder lustig, wie falsch sich Leute selbst einschätzen, dachte Max. Er bestellte das Tagesgericht, Rinderroulade mit Blaukraut und Kartoffelknödel, bezahlte bei der freundlichen Kassiererin und suchte sich einen Platz auf der Terrasse – und hatte Glück. Ein Tisch im Schatten war noch frei.

»Hey, wenn das nicht mein alter Kumpel Raintaler ist.«

Max hatte gerade angefangen zu essen. Er hob kauend den Kopf und blickte freudig überrascht in das bleiche nasengepiercte Gesicht von Leonhard Maurer, der seit etlichen Jahren als Cutter für private Fernsehsender arbeitete. Wegen des guten Geldes, das dort bezahlt wurde. Logisch. Außerdem machte ihm die Arbeit Spaß, und so ein Job beim Fernsehen machte sich natürlich auch gut in der Vita und auf der Visitenkarte. Gerade wenn es ums Anbaggern in der Disco oder im Biergarten ging. Und Lenny war ein großer Baggerer vor dem Herrn. Schon immer.

»Hey Lenny, altes Haus. Lange nicht gesehen. Setz dich doch.« Max zog einen der freien Stühle unter seinem weißen Plastiktisch hervor. Na also, dachte er. Wusste ich doch, dass ich nicht lange warten muss, bis sich jemand hier in der Kantine blicken lässt. Außer Lenny arbeiteten nämlich noch drei weitere alte Freunde hier draußen, die Max schon des Öfteren zur Mittagszeit besucht hatte.

»Stimmt, Max. Lange nicht gesehen. Wie geht's?«

»Danke, gut. Bin pensioniert. Und dir?«

»Man lebt. Pensioniert bist du also? Nix mehr Kripo?« Lenny stellte sein Tablett auf dem Tisch ab und nahm Platz.

»Nein, Lenny. Nix mehr Kripo. Aber ab und zu ermittle ich trotzdem noch. Privat.«

»Aha. Und die Musik?«

»Ich trete noch ab und zu auf.«

»Und Sex auch nur noch ab und zu, Max. Oder was?«

»Genau. Woher weißt du das?«

»Weil's mir genauso geht, Alter. Viagra ist teuer.« Lenny klopfte sich lauthals lachend auf die Schenkel.

»Und was treibt dich heute hierher ins Zentrum der privaten, deutschen Medienmacht?«, wollte er wissen, nachdem er sich wieder einigermaßen beruhigt hatte.

»Ich arbeite gerade an einem Fall. Und wollte hier draußen ein paar Nachforschungen machen.«

»Das klingt ja sehr konkret.« Lenny lachte erneut. Er war der Bassist in Max' erster Band gewesen. Damals, vor ungefähr 100 Jahren, als sie alle noch Haare bis zum Boden getragen hatten und auf halbmeterhohen Plateausohlen dahergestolpert kamen. Inzwischen lief er ganz ohne Haare herum. Stattdessen hatte er eine Baseballkappe mit der Aufschrift ›NY‹ auf dem Kopf. Und seine silberfarbenen Stiefeletten mit Plateausohlen hatte er gegen knöchelhohe blaue Stoffturnschuhe mit flachen Sohlen eingetauscht. Wohl als Erkennungszeichen des ausgeflippten Spätkreativen, der mit der spießigen Geschäfts- und Arbeitswelt seiner Altersgenossen nichts am Hut hatte.

»Der gute, alte Max«, fuhr er immer noch lachend fort. »Wortkarg wie immer. Ja, so was. Mann, du warst der geilste Sänger, mit dem ich je auf einer Bühne stand. Habe ich dir das eigentlich schon mal gesagt?«

»Hast du.«

»Wie ich sehe, trägst du genau wie ich immer noch Jeans und T-Shirt. Sogar deine alten Cowboystiefel hast du noch an. Bist offensichtlich auch nicht ins Spießerlager übergewechselt, was?«

»Logisch, Lenny. Einmal Rocker, immer Rocker. Und Kompliment zurück: Du warst kein wirklich schlechter Bassist.« Max lachte auch. Return. Und Einstand. Ich und wortkarg! Ja, so ein Blödsinn. Der Lenny hat schon früher immer einen Haufen Schmarrn geredet. Lustiges Zeug zwar auch, aber halt auch viel Schmarrn.

»Sag mal, das Essen hier. Ist das immer so?«, wechselte er das Thema.

»Wie meinst du das?«

»Es sieht super aus, aber es schmeckt nach nichts. Die Roulade ist zäh wie Leder. Und mit dem Knödel kannst du Fensterscheiben einwerfen. Täglich könnte ich das nicht runterbringen.« Er rührte mit der Gabel in dem kalten, labbrigen Rest Rotkraut aus der Dose auf seinem Teller.

»Ich find's gar nicht so schlecht, Max«, erwiderte Lenny. »Du solltest mal herkommen, wenn Asienwochen sind. Der absolute Hammer. Richtig gut. Da brauchst du kein Sternerestaurant mehr.«

»Ach wirklich? Wann sind die denn?«

»Immer um Weihnachten herum.«

»Aha. Da bin ich aber froh, dass ich in der Stadt wohne und arbeite. Antons Rote mit viel Senf, gleich bei mir ums Eck zum Beispiel, ist nämlich unschlagbar. Die beste Bratwurst der Welt. Und es gibt sie jeden Tag. Zu jeder Jahreszeit.« Max schob seinen halbleeren Teller ein Stück weit von sich weg. Das hier ist jedenfalls nicht nach meinem Geschmack, dachte er. Hoffentlich bekomme ich keine Blähungen davon. Oder noch schlimmer: Montezumas Rache ereilt mich. Und das bei der Hitze. Nicht auszumalen.

»Was soll's, Max?« Lenny zuckte mit den Achseln. »Ich muss wenigstens einmal am Tag aus meinem dunklen Schneideraum raus. Sonst packt mich die Depression. Schau mich doch bloß mal an. Ich bin blass wie ein Vampir. Außerdem ist das Essen günstig hier. Ein Menü für knapp vier Euro. Wo kriegst du so was denn heute sonst noch?«

»Nirgends, Lenny. Stimmt schon. Höchstens in der Mongolei vielleicht. Und dann wahrscheinlich nur Yakmilch und Speck. Aber sag mal, was ganz anderes. Du als alter Bassist und Mediendinosaurier kennst doch bestimmt die Herren Holzer und Nagel. Das sind zwei Produzenten im Volksmusikbereich. Ihr Studio ist gleich drüben auf der anderen Seite des Bahndammes.«

»Klar kenne ich die, Max. Habe ein paarmal für sie Bass gespielt. Ich war jung und brauchte das Geld ... Das sind absolut gewissenlose Gauner. Musste wochenlang wegen meiner Gage mit ihnen streiten.«

»Das klingt genau nach den beiden.« Max grinste, ohne sich wirklich zu freuen und beugte sich ein Stückweit zu seinem alten Bandkameraden hinüber.

»Pass auf, Lenny«, fuhr er leiser fort. »Die zwei haben einem Freund von mir einen Song geklaut, obwohl sie das natürlich abstreiten. Und ich muss jetzt wissen, wie sie es gemacht haben, um ihnen den Diebstahl nachzuweisen.

Oder irgendwas anderes herausfinden, womit ich sie unter Druck setzen kann. Dann müssten sie die Rechte nämlich wieder herauszurücken. Und wer weiß? Vielleicht klebt ihnen sogar noch ein Mord an der Backe.«

»Wer ist denn dein Kumpel?« Lenny blickte neugierig von seinem Teller auf.

»Heinz Brummer. Darf ich aber eigentlich gar nicht sagen.« Max legte den Finger auf seinen Mund. Und? Bin ich jetzt vielleicht immer noch wortkarg?

»Ach, der Heinz. Den alten Geizhals kenne ich doch auch schon seit Jahrhunderten. Hab schon bei ihm im Studio gespielt. Sag ihm einen schönen Gruß von mir, wenn du ihn wieder siehst.«

»Mach ich, Lenny. Wusste gar nicht, dass du ihn kennst. Und was fällt dir zu Holzer und Nagel ein?«

»Einen Mord traue ich den beiden nicht zu.« Lenny schnitt ein Stück von seiner zähen Roulade ab und kaute angestrengt darauf herum.

Mach dir nichts draus, Lenny, dachte Max schadenfroh grinsend. Schon in ein paar Monaten ist Weihnachten. Dann gibt es wieder Asienwochen.

»Gut, sie sind absolute Ganoven, was ihre Urheberrechtsdinge anbelangt. Das weiß jeder«, fügte Lenny noch hinzu, nachdem er endlich geschluckt hatte. »Und sie haben eine sehr merkwürdige Vorliebe für sehr junge Mädchen. Aber Mord … Nein, nein. Das glaube ich nicht. Dazu sind die zu feige. Das trauen sie sich nicht.«

»Meinst du wirklich?« Max schaute ihm forschend ins Gesicht. An der Geschichte mit den jungen Mädchen war offensichtlich wirklich was dran. Jetzt hatte er sie schon von Josef, Irene und von Lenny gehört.

»Ja. Aber ich kann mich natürlich auch täuschen. Wenn du mehr über sie erfahren willst, geh doch zu Gustl Ratgeber. Der ist Musikredakteur bei so einem Schlagersender gleich ums Eck. ›Topphits-TV‹ heißt der Laden. Das schaffst du locker in fünf Minuten zu Fuß. Wenn einer was über Holzer und Nagel weiß, dann er. Schließlich stehen sie andauernd bei ihm auf der Matte, damit er ihre Lieder spielt.« Lenny ließ genüsslich ein faustgroßes Stück Knödel mit Soße in seinem Schlund verschwinden. Max lief dabei ein kalter Schauer über den Rücken. Seinen eigenen Knödel hatte er nur einmal gekostet und dann nicht mehr angerührt.

»Das ist ein super Tipp, Lenny. Danke. Darf ich dich auf einen Espresso einladen, wenn du aufgegessen hast?«

»Gerne, Max. Aber dazu gehen wir lieber zum Italiener ums Eck. Ich kann die Fressen hier drinnen manchmal einfach nicht mehr sehen. Okay?«

»Logisch.«

»Ratgeber ist übrigens ein Konkurrent von Holzer und Nagel«, fügte Lenny hinzu. »Und genauso link wie die beiden ist er auch. Er lässt sich bestechen, damit er bestimmte Künstler in seine Sendungen bringt. Bis auf seine Chefs weiß das jeder, und dann hat er auch selbst noch ein Studio, wo er Schlager und volkstümliche Schlager produziert. Außerdem vernascht er ebenfalls gerne mal ein paar sehr junge Mädchen, wie man hört.«

»Was, der auch? Ja, sind die denn alle nicht ganz dicht? Das ist ja langsam wie in einem schlechten Film.« Max zog überrascht die Brauen hoch. Was waren das bloß für widerliche Schweine.

»Sieht ganz so aus, was? Jugendwahn vielleicht. Wer

weiß? Wir leben in einer kranken Welt.« Lenny schob sich eine gehäufte Gabel labbriges Rotkraut zwischen die Lippen. Wie kriegt er das Zeug bloß runter?, fragte sich Max. Oder genießt er den lila Brei etwa auch noch? Sieht ganz so aus. Ja mei, die Geschmäcker sind halt verschieden.

»Die Welt ist wohl weniger krank. Aber wir Menschen scheinen teilweise einen gewaltigen Hau zu haben. Auf jeden Fall danke für die Info, Lenny. Das hilft mir alles unbedingt weiter. Je mehr man über die Leute weiß, um so mehr verraten sie einem. Hört sich komisch an, ist aber so.« Max lachte grimmig.

»Hört sich für mich gar nicht komisch an, Max. Eher logisch.«

Auch Lenny lachte kurz humorlos auf. »Willst du Ratgebers Nummer?«, fragte er. »Dann kannst du gleich einen Termin mit seiner Sekretärin machen.«

»Ja klar. Her damit. Danke.«

Max rief an und bekam für 14:00 Uhr eine Audienz in seiner Rolle als Musikjournalist. Es blieb also genügend Zeit, um vorher noch mit Lenny zum Italiener zu gehen und dort ein wenig über die alten Zeiten zu plaudern. Und ihm von dem Auftritt in der ›Kleinen Rockbühne‹ am Samstag zu erzählen.

»Zu deinem Konzert komme ich auf jeden Fall«, versprach Lenny, als sie sich wenig später voneinander verabschiedeten. »Max Raintaler live. Das lasse ich mir nicht entgehen.«

»Ich verspreche dir auch, dass ich auf der Bühne keinesfalls wortkarg bin«, erwiderte Max. Warum bin ich eigentlich so nachtragend? Bin ich doch sonst nicht. Hat Lenny da etwa einen Nerv bei mir getroffen? Schmarrn.

Das muss der Föhn sein. Moment mal. Ist heute überhaupt Föhn? Keine Ahnung. Aber es könnte gut welcher sein, so heiß wie es war. Auf jeden Fall.

12

»Grüß Gott, schöne Frau. Raintaler mein Name. Ich glaube, wir haben vorhin miteinander telefoniert.« Max lächelte die füllige, brünette Chefassistentin mit der knallroten Designerbrille in Ratgebers Vorzimmer freundlich an.

»Grüß Gott, Herr Raintaler. Stimmt. Schulze ist mein Name. Herr Ratgeber ist gleich für Sie da. Würden Sie bitte solange noch kurz da drüben Platz nehmen.« Sie lächelte ebenso freundlich zurück und deutete auf die Sitzgruppe mit den gemütlichen schwarzen Ledersesseln gegenüber ihrem Schreibtisch.

»Gerne, Frau Schulze.« Max setzte sich.

Auf dem Glastisch vor ihm stand eine Schüssel mit Bonbons und Konfekt. Daneben lagen wie beim Zahnarzt ein paar Zeitschriften herum. Er steckte sich ein Zitronenbonbon in den Mund, obwohl ihn sein Zahnarzt beim letzten Termin eindringlich vor dem Verzehr von Zucker gewarnt hatte, da er offensichtlich eine familiäre Disposition für Karies mitbringe, und nahm die zerfledderte Ausgabe eines Reisemagazins zur Hand. Patagonien. Schön, schön. Aber viel zu weit weg. Und andauernd Wind. Wer brauchte das schon? Außerdem war es in den bayrischen Bergen mindestens genauso schön. Und das Voralpenland war auch nicht zu verachten. Gelangweilt warf er das bunt bebilderte Journal zu den anderen Illustrierten zurück.

Echt cool, dass er Lenny mal wieder getroffen hatte. Solange er dabei gewesen war, hatte man sich um die Stimmung in der Band nie Sorgen machen müssen. Kein überragender Bassist, aber jeder hatte sich gut mit ihm verstanden. Er war schon damals einfach okay gewesen. Hatte zwar einen Haufen Schmarrn erzählt, aber er war immer großzügig und gut drauf gewesen. So wie es schien, hatte sich das bis heute auch nicht geändert. Herrje. Man konnte einfach nicht genug Leute kennen, die anders waren als die anderen. Letztlich waren sie doch das Salz in der oft so trüben Lebenssuppe, die hier alle miteinander jeden Tag aufs Neue auslöffelten.

»Herr Raintaler? Sie können jetzt.« Die nette Frau Schulze im dunkelbraunen Kostüm unterbrach seine tiefgründigen Gedanken und deutete auf die weiße Holztür gleich links von ihr. Max stand auf und ging hinein, nachdem er angeklopft hatte.

»Herr Raintaler, ich grüße Sie. Was kann ich für die Presse tun? Wollen Sie ein Exklusivinterview? Da müssten Sie dann ein andermal kommen. Ich habe leider nur knappe zehn Minuten für Sie. Muss gleich noch in ein wichtiges Meeting.« Ratgeber, glattrasiertes Gesicht und kurzgeschorenes blond gefärbtes Haar auf dem Kopf, war von seinem Chefsessel aufgestanden, um seinem Besucher die Hand zu schütteln. Er trug einen maßgeschneiderten, dunkelblauen Anzug, ein frisch gebügeltes, weißes Hemd mit silbernen Manschettenknöpfen und einen knallgelben Schlips. Zusammen mit seiner stark gebogenen, langen Hakennase und den engstehenden, braunen Augen, mit denen er seinen fremden Besucher prüfend fixierte, erinnerte er Max an einen riesigen Papagei. Wenn man dann noch sein wichtigtuerisches eitles Gehabe dazunahm, hätte er sogar als König aller Papageien durchgehen können. Jovial lächelnd zeigte er mit einer einladendenden Armbewegung auf die zwei ungemütlich aussehenden Besucherstühle aus Metall vor seinem Schreibtisch.

Wahrscheinlich die Folterstühle für seine Untergebenen, wenn sie eine Gehaltserhöhung wollen, dachte Max. Oder für Leute wie ihn, denen damit gleich mal klar gemacht werden sollte, wer hier der Chef im Ring war. Er setzte sich. Und auch Ratgeber ließ sich in seinen dick gepolsterten Sitz sinken.

»Nein, Herr Ratgeber. Kein Exklusivinterview. Es handelt sich eigentlich überhaupt nicht um ein Interview. Ich schreibe gerade einen Artikel über Burgl Schäfer, den neuen Nachwuchsstar von Holzer und Nagel. Und da suche ich noch nach Informationen drum herum. Es dauert nicht lange. Darf ich?« Max zückte Heinz' kleines Diktiergerät und stellte es vor sich auf die weißglänzende Tischplatte.

»Ja, ja. Schalten Sie ruhig an. Ich habe nichts zu verbergen. Holzer und Nagel. So, so. Und wie glauben Sie, kann ich Ihnen da helfen? Ich kenne die Herrschaften kaum und ihre Sängerin erst recht nicht. Ich bin schon froh, wenn ich mir die Gesichter meiner eigenen Künstler merken kann.« Ratgeber lachte selbstgefällig und zupfte mit einer lässigen Geste seine Krawatte zurecht.

»Aber Burgl ist doch erst vor ein paar Tagen in Ihrer Sendung aufgetreten. Hat man da als Redakteur keinen persönlichen Kontakt?«

»Wenig.« Sein starrer, angestrengter Blick verriet Max, dass er log.

»Aha. Sie kennen Burgl also nicht? Genauso wenig wie Holzer und Nagel? Passen Sie auf, Herr Ratgeber. Ich schalte das Bandgerät mal kurz aus.« Der nächste Volldepp, der mich nur verarschen will, dachte er währenddessen. Na warte, Bürscherl. So nicht. Er drückte die Stopptaste. »Und jetzt reden wir nur unter uns«, fuhr er mit strengem Tonfall fort. »Mir ist bekannt, dass Sie Holzer und Nagel sehr gut kennen. Und mir ist außerdem bekannt, dass, genau wie bei denen, auch in Ihrem Studio von Zeit zu Zeit sehr junge Mädchen zu Gast sind. Bis spät in die Nacht hinein. Was ganz bestimmt nicht uninteressant für die Öffentlichkeit wäre. Also, wie sieht es aus? Wollen Sie mir nun helfen oder nicht?«

»Ich verstehe nicht, worauf Sie hinaus wollen, Herr Raintaler. Soll das hier etwa so was wie eine Erpressung werden? Da sind Sie aber garantiert an den Falschen geraten, guter Mann. Ich lasse mir nicht blöd kommen. Von niemandem. Noch nie.« Ratgeber bekam einen roten Kopf. Er schaute noch starrer und noch angestrengter drein.

»Erpressen will ich Sie ganz sicher nicht. Ich brauche lediglich Informationen über Holzer und Nagel.«

»Die müssen Sie sich woanders holen. Habe ich Ihnen doch schon gesagt.«

Wie du willst, du Arsch mit Ohren, dachte Max. Dann schauen wir doch mal, wie gut deine Nerven wirklich sind. Er nahm sein Bandgerät vom Tisch, steckte es ein und stand auf.

»Na gut, Herr Ratgeber. Sie wollen nicht? Dann wundern Sie sich aber auch nicht, wenn demnächst ein paar unschöne Artikel über Sie und Ihren lässigen Umgang mit dem Gesetz die Runde machen. Was das für Sie und Ihren Job bedeutet, wissen Sie ja wohl selbst am besten.«

»Passen Sie bloß auf, was Sie sagen, Herr Journalist, wenn Sie überhaupt einer sind. Eine Verleumdungsklage ist eine der leichtesten Übungen für meine Anwälte.« Ratgeber erhob sich ebenfalls aus seinem Stuhl und setzte eine blasierte, undurchdringliche Papageienkönigmiene auf. »Zum letzten Mal«, fügte er hinzu. »Ich kenne Holzer und Nagel nicht weiter. Ich weiß über die beiden nur, was alle anderen auch wissen. Anscheinend klauen sie in der Tat Lieder und verführen junge Mädchen, was ich im Übrigen selbst mitnichten tue. Das ist alles. Mehr habe ich Ihnen nicht zu sagen. So, und jetzt bewegen Sie auf der Stelle Ihren unverschämten Arsch aus meinem Büro raus, bevor ich den Sicherheitsdienst rufe.« Er deutete mit dem Zeigefinger seiner rechten Hand auf die Tür und setzte ein entschlossenes Gesicht auf. Zumindest sollte es wohl so aussehen.

Hilfe, jetzt mach ich mir aber gleich in die Hosen vor Angst, dachte Max und musste grinsen.

»Wie Sie wollen, Herr Redakteur«, erwiderte er gelassen. »Rufen Sie mich an oder schicken Sie mir eine E-Mail, falls Sie es sich anders überlegen und Ihnen doch noch etwas einfällt. Auf Wiedersehen.« Er warf eine seiner neuen Visitenkarten auf Ratgebers Schreibtisch, drehte sich um und ging hinaus. Natürlich stand nicht darauf, dass er Privatdetektiv war, auch nicht, dass er Journalist war. Nur sein Name, seine Telefonnummer und seine Adresse. Genau wie im Telefonbuch. Und seine E-Mail-Adresse. Logisch.

»Und lassen Sie sich bloß nie wieder hier blicken, sonst lernen Sie mich kennen! Ich habe gute Beziehungen!«, rief Ratgeber ihm hinterher. Seine Stimme klang dabei so glaubhaft wie die eines Politikers, der im Fernsehen ein Wahlversprechen abgab.

Der ist ja ganz schön nervös, dachte Max, als er bei seinem Auto ankam. Auf jeden Fall weiß er mehr, als er zugibt. Und ich werde es herausfinden. Das ist nur eine Frage der Zeit. Irgendwann redet jeder Papagei.

13

Max fuhr heim, um sich frisch zu machen und umzuziehen. Gleich noch Holzer und Nagel aufzusuchen, hätte nur dann Sinn gehabt, wenn ihm Ratgeber etwas Handfestes über sie verraten hätte. Die Sache mit den jungen Mädchen alleine erschien ihm so, wie sie sich im Moment darstellte, doch eher zu mager als Druckmittel. Es hatten ihm zwar insgesamt vier Leute getrennt voneinander davon erzählt. Aber Holzer und Nagel würden genau wie Ratgeber garantiert einfach nur alles abstreiten. Und beweisen konnte er es ihnen nicht. Da war es auf jeden Fall zuerst mal besser, Bär zu verhören, vorausgesetzt, der ließ sich irgendwann wieder bei sich zuhause blicken. Vielleicht hatte er dann mehr gegen die beiden in der Hand. Und wenn nicht, konnte er es danach immer noch mit den bisherigen Informationen bei Holzer und Nagel direkt versuchen. Flexibel sein, war die Devise. Völlig verschwitzt stellte er seinen rostbraunen R4 im Schatten der großen Buche vor seinem Haus ab. Gerade als er dabei war, seine Wohnungstür im zweiten Stock aufzusperren, kam die alte Frau Bauer die Treppen hinaufgeächzt.

»Grüß Gott, Herr Raintaler. Gut, dass ich Sie sehe«, freute sie sich schwer schnaufend. »Ich habe ein Attentat auf Sie vor. Könnten Sie mir einen Riesengefallen tun?«

»Kommt ganz darauf an, welchen.« Er blinzelte ihr schalkhaft zu.

»Würden Sie mich kurz zum Einkaufen fahren. Bei der Hitze heute schaffe ich es einfach nicht zu Fuß.« Sie stöhnte erschöpft und wischte sich mit dem Unterarm den Schweiß von der Stirn.

»Logisch, Frau Bauer. Machen wir gleich. Ich muss vorher nur unbedingt duschen und mich umziehen. Sonst bekomme ich selbst noch einen Hitzschlag. Danach helfe ich Ihnen gerne. Um halb vier?«

»Ach, wunderbar, Herr Raintaler. Vielen Dank. Halb vier wäre ideal. Bis gleich.« Sie lächelte ihn dankbar und erleichtert an.

»Bis gleich.« Max öffnete sein kleines Reich. Ist das schön kühl hier, dachte er. Er legte die Post, die er unten aus dem Briefkasten genommen hatte, auf seinen kleinen Couchtisch im Wohnzimmer, um sie später in den Müll zu werfen. War sowieso alles nur Werbung. Wann hatte er eigentlich seinen letzten persönlichen Brief bekommen? Von seinen Eltern? Kurz bevor sie vor fünf Jahren ihren tödlichen Unfall hatten? Nein, nein. Tante Isolde hatte ihm danach noch zwei-, dreimal geschrieben. Richtig. Damals hatte sie noch hier in der Wohnung gewohnt. Und jetzt lag sie auch schon seit gut zwei Jahren auf dem Ostfriedhof, nicht weit von den Eltern entfernt. Ja, so war das. Das Leben veränderte sich ständig. Bis man sich eines Tages selbst vom Acker machte. Hoffentlich noch nicht so bald. Ein paar Bierchen sollte man vorher schon noch trinken. Und ein paar Asse beim Tennis schlagen. Er stellte sich unter die Dusche. Als ihn die ersten eiskalten Tropfen trafen, stöhnte er wohlig auf.

Um halb vier mit Frau Bauer einkaufen gehen, rekapitulierte er währenddessen für sich. Na gut. Und danach würde er noch mal bei Fritz Bär vorbeischauen. Wenn der die Bänder geklaut hatte, würde Max es herauskriegen. Bald würde Licht in die verzwickte Angelegenheit kommen. Das roch er. Als er genügend abgekühlt war, trocknete er sich ab, begab sich ins Schlafzimmer, zog sich an, trat fröhlich pfeifend ins Treppenhaus hinaus und klingelte an der Tür seiner Nachbarin. Sie öffnete ihm lächelnd in ihrem hellblauen leichten Baumwollkleid mit dem Blumenmuster.

»Ach, wie schön, dass Sie mitkommen, Herr Raintaler. Mein Bertram ist einfach zu schwach bei der Hitze. Und mir fällt das Gehen zur Zeit, ehrlich gesagt, auch nicht gerade leicht.«

»Kein Problem, Frau Bauer. Wo fahren wir denn hin?«

»Zum Supermarkt und zum Bäcker müsste ich. Sonst nichts.«

»Na, das schaffen wir doch locker. Tragen Sie mich die Treppe hinunter?«

»Ach, Sie immer mit Ihren Scherzen, Herr Raintaler.«

Er nahm ihr die Einkaufstaschen ab. Dann stiegen sie lachend zu seinem Auto hinunter. Als sie davor ankamen, öffnete Max ihr galant die Beifahrertür, half ihr beim Einsteigen und schnallte sie an. Es konnte losgehen.

Im Supermarkt schob er den Einkaufswagen und Frau Bauer lud fleißig alles ein, was sie brauchte. Ehe er sich versah, war das wackelige Drahtgefährt voll bis an den Rand.

»Sagen Sie mal, Frau Bauer. Rechnen Sie in nächster Zeit mit einer Hungersnot?«, erkundigte er sich mit Blick auf die gestapelten Massen von Nudeln, Kartoffeln, Reis, Zucker, Mehl, Gemüse, Obst, Wurst und Käse. Und wer durfte das ganze Zeug nachher in ihre Wohnung rauftragen? Er natürlich, Herrschaftszeiten.

»Ach, Herr Raintaler. Das reicht doch gerade mal für die nächsten zwei Wochen. Und für Sie fällt natürlich auch wieder etwas ab.« Sie zwinkerte ihm verschwörerisch zu.

»Gulasch mit Nudeln?«

»Natürlich.«

»Und original Bauer'scher Käsekuchen?«

»Auch das.«

»Dann gehe ich schnell und hole noch einen Einkaufswagen. Laden Sie ein soviel Sie wollen, Frau Bauer.« Beide lachten.

Wieder zuhause angekommen trug Max ihr die schweren Taschen nach oben. Zweimal die Treppen rauf und runter. Genau genommen hätte er danach gleich wieder duschen können.

»Vielen Dank, Herr Raintaler. Ihre Tante Isolde, Gott hab sie selig, wäre stolz auf Sie.« Frau Bauer strich ihm großmütterlich mit den Fingern über die Wange, als er die letzte Fuhre vor ihrer Tür abgestellt hatte.

»Gern geschehen, Frau Bauer. So, jetzt muss ich aber weiter.« Max nahm ihre faltige Hand und tätschelte sie.

»Ein neuer Fall für den Sherlock Holmes aus Thalkirchen?«

»Sie haben es erfasst. Eine mysteriöse Angelegenheit.« Er setzte ein geheimnisvolles Gesicht auf.

»Ach, wirklich? Um was geht es denn?«

»Ich sage nur – Diebstahl.«

»Oh!«

»Und dann sage ich noch – Mord. Es wird gefährlich.«

»Oh je! Um Himmels willen, Herr Raintaler! Passen Sie bloß gut auf sich auf. Was sollte ich denn bloß ohne Sie anfangen?« Sie riss erschrocken die Augen auf.

»Mach ich, Frau Bauer. Einen schönen Tag noch und Gruß an Ihren Bertram. Legen Sie ihm einen kalten Lappen auf die Stirn, damit ihm kühler wird.«

»Mach ich. Auf Wiedersehen. Und vielen Dank noch mal. Sie sind wirklich ein Engel.« Das Lächeln, mit dem sie ihn bedachte, war hingebungsvoll.

»Das Kompliment kann ich nur zurückgeben.« Max grinste und stieg die Treppe hinunter. Die gute Frau Bauer, dachte er. Sie ist und bleibt die reizendste alte Dame der Welt. Durch und durch nett und anständig. Wenn auch manchmal ein bisschen übereifrig. Zum Beispiel dann, wenn sie ihm ungefragt ihre Haushaltstipps zu den Themen Spülen, Staubsaugen und Ordnung halten gab. Aber sie kochte unbestritten das beste Gulasch der Welt. Von ihrem genialen Käsekuchen ganz zu schweigen. Unten stieg er in sein gutes altes Gefährt und ließ den Motor an. Auf ging's zum Fritz Bär.

Als er in dem alten Wohnhaus gegenüber vom Ostfriedhof im zweiten Stock angelangt war, klingelte er an Bärs Tür. Niemand öffnete. Er versuchte es ein zweites Mal. Nichts. Der schräge Vogel würde doch nicht schon wieder ausgeflogen sein? Oder immer noch? Er hob die Klappe des Briefschlitzes an und versuchte drinnen etwas zu erkennen. Doch außer ein paar hellen und dunklen Umrissen war nichts zu sehen. Anscheinend hatte Bär die Jalousien herunter gelassen.

Max wollte sein Guckloch gerade wieder schließen, als er doch noch etwas entdeckte. Waren das etwa zwei Füße, die in den Türrahmen dort hinten hineinragten? Seine Augen gewöhnten sich jetzt immer besser an die Dunkelheit. Tatsächlich. Da lag einer. Bär? Herrschaftszeiten. Er musste sofort Franzi anrufen. Der musste schnell herkommen und den Notarzt mitbringen. Eilig zog er sein Handy aus der Hosentasche und beugte sich über das Treppengeländer, um einen besseren Empfang zu bekommen. Noch bevor er wählen konnte, spürte er einen dumpfen Schlag auf seinem Hinterkopf.

14

»Junger Mann? Hallo!« Max hörte die Stimme der molligen Frau mit dem karierten Kopftuch, die sich über ihn beugte, wie aus weiter Entfernung. Dann sackte er wieder weg.

»Hören Sie mich? Hallo!«

Er spürte, wie seine Wange getätschelt wurde. Mühsam schlug er erneut die Augen auf. »Wo bin ich?«, erkundigte er sich verwirrt. »Im Fegefeuer?«

»Sie sind im Treppenhaus der Sankt-Bonifatiusstraße 28.«

»Warum?«

»Warum Sie hier sind, weiß ich nicht. Aber Sie haben einen Blumentopf auf den Kopf bekommen. Nämlich meinen.«

»Was?«

»Er ist mir vom Treppengeländer gekippt. Im Stockwerk über Ihnen. Entschuldigen Sie bitte. Gott sei Dank sind Sie nicht tot.« Ihre rosigen dicken Backen wackelten vor Aufregung. Voller Reue und schlechtem Gewissen blickte sie zu ihm herunter.

»Ja … Und wer sind Sie?« Max versuchte aufzustehen. Dabei fuhr ihm der Schmerz wie ein Blitz in den Hinterkopf, sodass er lieber noch kurz liegen blieb. Ja, so eine blöde Kuh. Konnte die nicht besser aufpassen? Er stöhnte laut auf.

»Ich bin Frau Peters.«

»Aha.« Das sagte ihm jetzt auch nichts. Wieso fragte er überhaupt? »Und wieso werfen Sie mit Blumentöpfen auf harmlose Menschen wie mich, Frau Peters? Mein Name ist übrigens Raintaler.« Weiterhin stöhnend und laut fluchend erhob er sich.

»Es tut mir so leid, Herr Raintaler. Ich wollte den Topf gerade in meine Wohnung bringen, wegen Umtopfen, und habe ihn auf dem Treppengeländer abgestellt, um meinen Schlüssel herauszuholen. Da habe ich dann wohl einen winzigen Augenblick lang nicht aufgepasst und, schwups, war es passiert. Geht es Ihnen wieder gut?« Sie schlug in Erinnerung an das schreckliche Geschehen die Hände vors Gesicht.

»Ja, so was Saudummes.« Max schüttelte sich. Was tu ich hier überhaupt, fragte er sich. Wollte ich jemanden besuchen? »Na ja. Geht schon wieder«, meinte er dann. »Der Schädel brummt halt sauber.«

»Soll ich einen Arzt rufen oder wollen Sie etwas trinken?« Frau Peters' fleischige Hände zitterten. Ein paar kleine Tränen standen ihr in den Augenwinkeln.

»Nein, nein. Passt schon. Ich habe einen Holzkopf.« Max grinste schief. Bin ich eigentlich blöd?, fragte er sich. Ich gebe hier den tapferen Helden, obwohl mir überhaupt nicht danach zumute ist. Was ist denn, wenn ich nun doch eine Gehirnerschütterung habe? Oder einen Schädelbruch? Herrschaftszeiten. Was muss die blöde Henne ihren Blumentopf auch ausgerechnet dann vom Geländer fallen lassen, wenn ich mich drüberbeuge? Aber da war doch noch was … Ach, ja. Richtig, verdammt. Ich wollte diesen Fritz Bär besuchen. Und der liegt in seiner Wohnung auf dem Boden. Oder jemand anderes. Auf jeden Fall sind da diese Füße. Genau. Und gerade wollte ich Franzi anrufen. Mist. Wo ist eigentlich mein Handy? Scheißblumentopf.

»Wo ist eigentlich mein …«

»Ihr Telefon? Das ist hier«, fiel ihm Frau Peters eilig ins Wort und hielt es ihm vor die Nase. »Es ist auf den Boden gefallen. Hoffentlich geht es noch. Ich bezahle Ihnen natürlich ein neues, wenn es kaputt ist.«

Max wählte. Das Rufzeichen ertönte. Er bedeutete Frau Peters, dass alles in Ordnung wäre, drehte sich um und wartete bis Franz abhob.

»Franzi, ich bin's, Max«, meldete er sich, als sein Freund und Exkollege zu seiner Erleichterung gleich nach dem zweiten Klingeln dranging. »Du musst unbedingt nach Obergiesing kommen. Und zwar schnell. Ich stehe hier vor der Tür des heruntergekommenen Musikers aus dem Biergarten gestern. Du weißt schon, der Typ, der dich nassgemacht hat. In seiner Wohnung liegt jemand auf dem Boden und rührt sich nicht.«

»Ohne Schmarrn?«

»Ja. Entweder ist es er selbst oder jemand anderes. Keine Ahnung.« Max sprach so leise er konnte, damit ihn Frau Peters nicht verstehen konnte.

»Herrje, Max. Muss das sein? Ich wollte gerade Feierabend machen. Na gut. Ich komme. Soll ich auch noch gleich den Notarzt hinschicken?«

»Ja, logisch, Franzi. Die Person rührt sich, wie gesagt, nicht. Und beeil dich. Okay?«

»Alles klar. Bin gleich da.«

Max legte auf und bestätigte der völlig aufgelöst hin- und herlaufenden Frau Peters noch einmal, dass alles in Ordnung wäre und dass sie unbesorgt in ihre Wohnung hinauf gehen könne.

»Ist etwas passiert mit dem Herrn Bär?«, wollte sie im Umdrehen noch wissen.

»Kann man noch nicht sagen, Frau Peters«, erwiderte Max. Aha, war er gerade am Telefon also nicht leise genug gewesen. Er lief hinunter ins Erdgeschoss, trat auf den Gehsteig hinaus und blieb vor der Tür stehen, um auf Franz und den Notarzt zu warten. Seine Kopfschmerzen wurden immer schlimmer. »Verdammter Blumentopf! Dämliche alte Kuh!«, fluchte er laut vor sich hin.

Keine Viertelstunde später standen die beiden gleichzeitig vor ihm. Franz hatte auch noch zwei Streifenbeamte mitgebracht. Für den Fall der Fälle. Vielleicht war ja noch jemand anderes in der Wohnung. Ein Mörder? Bewaffnet? Wissen konnte man es nicht.

»Hat der Hausmeister einen Schlüssel, Max?«, fragte er.

»Bestimmt. Ich wollte erst mal abwarten, bis ihr da seid.«

»War auch richtig, Herr Exkollege. Trotzdem müssen wir in die Wohnung rein. Klingelst du ihn raus? Wir gehen solange schon mal rauf.«

»Logisch, Franzi.« Max trat mit nach wie vor brummendem Schädel vor die Tür mit dem Hausmeisterschild über dem Namen Schweiger und läutete. Ein grauhaariges, unrasiertes Männlein im blauen Arbeitskittel öffnete und fragte ihn genervt, was er so spät am Tag noch von ihm wolle.

»Polizei, Herr Schweiger!«, blaffte Max genauso unfreundlich zurück. Der grantige alte Depp hat mir gerade noch zu meinem Glück gefehlt, dachte er und setzte seine strengste und arroganteste Exkommissarmiene auf. »Sie müssen uns sofort die Wohnungstür von Herrn Bär öffnen«, fuhr er fort. »Sonst brechen wir sie auf. Hamma uns?«

»Polizei? Ja, was ist denn los? Na gut, ich komme. Zefix! Dauernd ist was anderes.« Der kleine Zausel verschwand weiter vor sich hinschimpfend in seiner Wohnung und tauchte kurz darauf mit einem großen Schlüsselbund wieder auf. Sie stiegen zu den anderen nach oben. Franz klopfte dort gerade laut an Bärs Tür und rief nach ihm. Keine Reaktion.

»Na gut. Dann sperren Sie jetzt auf, guter Mann!«, befahl er dem Hausmeister. Als offen war, stürmte er mit der Waffe im Anschlag voraus. Die Uniformierten sicherten vom Eingang aus. In der ganzen Wohnung lagen Müll, Zeitungen und Essensreste herum. Es roch widerwärtig. »Die Bude ist sauber!«, rief er, nachdem er sich überall umgesehen hatte.

Max, der den bestialischen Gestank in der Wohnung von der Tür aus wahrgenommen hatte, stürmte mit angehaltenem Atem an seinem alten Freund und Exkollegen vorbei zum nächstgelegenen Fenster. Dort zog er hastig die Jalousie hoch und riss es weit auf. Franz und der Notarzt hielten sich Taschentücher vor Nase und Mund und öffneten die anderen Fenster. Dann sahen sie sich die Person auf dem Boden genauer an. Es war Fritz Bär. Kein Zweifel. Er rührte sich nicht im Geringsten.

»Herrje. Der riecht ja noch zehnmal schlimmer als gestern im Biergarten«, beschwerte sich Franz ungehalten.

Max nickte nur zustimmend und versuchte so flach wie möglich zu atmen.

»Kein Wunder. Er ist mausetot. Und bei der Hitze setzt die Verwesung schnell ein«, meinte der vielleicht knapp dreißigjährige Mediziner, nachdem er den leblosen Körper kurz untersucht hatte.

»Kann man erkennen wann und woran er gestorben ist?«, wollte Franz wissen.

»Es könnte ein Herzinfarkt gewesen sein. Ich schätze mal, dass er seit gestern Abend so daliegt. Mehr kann ich im Moment nicht dazu sagen. Da müssen die Kollegen von der Gerichtsmedizin ran.«

»Alles klar, Herr Doktor. Wir holen unseren Doc. Dann wird alles noch mal ganz genau untersucht. Und das mit dem Totenschein macht er auch. Danke für Ihre Hilfe.« Franz schüttelte ihm die Hand.

»Nichts zu danken. Auf Wiederschauen, die Herren.« Der Notarzt schüttelte auch Max die Hand.

»Ach, Herr Doktor. Wo Sie gerade da sind«, fiel dem dabei ein, »könnten Sie sich auch bitte kurz meinen Kopf anschauen. Mir ist da vorhin ein Blumentopf draufgefallen.«

»Wirklich? Oder soll das ein blöder Scherz sein?«

»Wirklich. Ich war sogar ohnmächtig.«

»Na, dann zeigen Sie mal her.« Der Arzt untersuchte die kleine Platzwunde an Max' Hinterkopf und machte ein paar Tests, die Aufschluss über eine eventuelle Gehirnerschütterung geben sollten.

»Nichts Schlimmes, soweit ich es beurteilen kann«, meinte er, nachdem er fertig war. »Die Wunde am Hinterkopf verheilt ohne Naht, so wie es aussieht. Aber Sie könnten eine leichte Gehirnerschütterung haben. Die nächsten Tage sollten Sie sich auf jeden Fall schonen. Nehmen Sie ein paar Aspirin.« Dann verließ er den immer noch schwer übelriechenden Ort.

»Wer wirft denn hier mit Blumentöpfen?«, wollte Franz wissen, sobald der Heilkundige zur Tür hinaus war.

»Die Nachbarin von oben hat nicht aufgepasst. Und dann hat sich das Ding meinen Schädel als Landeplatz ausgesucht. Pech.« Max zuckte mit leidendem Gesicht die Achseln.

»Gott sei Dank ist es nichts Schlimmeres«, fügte er noch hinzu. »Obwohl mir meine Birne schon sauber wehtut. So was kann auch ganz anders ausgehen.«

»Ja, eben. Das hätte mir gerade noch gefehlt, dass mein bester Freund über den Jordan geht. Hier, nimm.« Franz reichte ihm die Schachtel mit Kopfschmerztabletten, die er wegen seiner Neigung zur Migräne immer bei sich trug, stellte sich an das offene Fenster rechts vom Eingang und sah nachdenklich hinaus. »Wenigstens hat er es nicht weit, der Fritz Bär«, stellte er nach einer Weile des Schweigens lakonisch fest. »Der Ostfriedhof ist gleich nebenan.«

Max, der in der Küche sicherheitshalber gleich drei Aspirin heruntergespült hatte und gerade das Zimmer erfolglos nach Noten und Bändern, die aus Heinz' Studio stammen könnten, durchstöberte, trat neben ihn und blickte ebenfalls zum Friedhof hinüber. »Stimmt«, gab er ihm mit rauer Stimme recht.

Franz holte sein Handy heraus und rief im Revier an. »Wurmdobler hier. Servus, Kollege. Wir brauchen gleich unseren Doc und die Spurensicherung nach Obergiesing in die Sankt-Bonifatiusstraße 28. Wir haben da einen Toten im zweiten Stock bei Bär«, teilte er dem diensthabenden Beamten mit.

»Wird gemacht, Herr Hauptkommissar«, erwiderte der und legte auf.

»Arme Sau. So endet also eine erfolglose Musikerkarriere. Einsam und stinkend auf dem Boden einer verdreckten Zweizimmerwohnung.« Max betrachtete Bärs reglos auf dem Rücken liegenden Körper. Hoffentlich bekam er nicht selbst irgendwann viel zu früh einen Herzinfarkt. Er war zwar noch relativ jung. Aber man konnte es nie wissen. Die Krankheit und der Tod waren heimtückische Genossen, die oft genug ohne Vorwarnung daherkamen. »Glaubst du wirklich an einen banalen Herzinfarkt, Franzi? Vielleicht wurde er ja auch vergiftet«, fuhr er fort. »Aber dann müsste er wohl Schaum vor dem Mund haben. Oder andere Anzeichen. Richtig?«

»Keine Ahnung, Max. Das soll unser Doc herausfinden. Wozu gibt es den? Übrigens, dein anderer Verdächtiger, dieser Hansi Bauberger …«

»Ja?«

»Der hat sich eindeutig selbst umgebracht. Hatte den Magen voller Schlaftabletten. Und einen Abschiedsbrief hat er auch hinterlassen. Er schrieb darin, dass er es nicht aushalte, seine Frau sterben zu sehen. Da wolle er lieber gleich vorausgehen, um sie später auf der anderen Seite zu empfangen.«

Franz schaute erneut zum Friedhof hinüber, als hätte er dort gerade Baubergers Seele über den Gräbern kreisen gesehen.

»Scheiße, Franzi. Das Leben kann wirklich gnadenlos sein. Und jetzt ist Bär auch noch tot. Sicher haben ihn Holzer und Nagel auf dem Gewissen.«

»Wie kommst du darauf?«

»Nachdem ich bei ihnen war, hatten sie wohl Angst, dass er sie verraten würde, oder er wurde zu gierig und hat sie erpresst, mehr für Heinz' Lieder zu zahlen. Du wirst schon sehen. Ihr findet bestimmt irgendwo die Einstichstelle einer Giftspritze oder etwas in der Art.« Max hielt einen Moment inne und kratzte sich nachdenklich am Hinterkopf. »Kann aber auch sein, dass man ihm massenhaft Schlaftabletten verabreicht hat, Franzi. In einem Getränk zum Beispiel. Und mit Bauberger hat man es genauso gemacht. Vielleicht hingen sie alle beide in der Liedklausache mit drin. Oder es war ein Serientäter, der es prinzipiell auf Musiker abgesehen hat, und ich muss meine Verdächtigen ganz woanders suchen.«

»Ho, Brauner. Langsam, langsam. Zu viele Theorien auf einmal. Warten wir doch erst mal ab, was die Pathologie sagt.« Franz musste unfreiwillig grinsen. Er kannte Max' ungezügeltes Temperament, wenn der sich in einen Fall verbissen hatte. Bis es soweit war, dauerte es zwar lange, da der blonde Exkommissar und Lebenskünstler Raintaler irgendwo auch seit jeher ein kleiner Lethargiker war. Aber wenn er einmal Blut geleckt hatte, war er kaum noch zu bremsen.

»Hast ja recht, Franzi. Räumen wir das Feld für die SpuSi«, stimmte er zu. »Aber Holzer und Nagel nehme ich mir morgen auf jeden Fall noch mal vor. Wegen meiner Liederklausache.«

»Tu das, Max. Aber sag mir sofort Bescheid, sobald du auf etwas Wichtiges im Zusammenhang mit Bär stößt. Du weißt, dass ich sonst einen Riesenärger kriegen kann. Das hier ist jetzt ein offizieller Fall.« Franz zog mahnend die Brauen hoch.

»Logisch, Franzi. Weiß ich doch. Ich halte dich über alles auf dem Laufenden. Wie immer halt. Nicht dass du am Ende auch noch zum Frühpensionär gemacht wirst, so wie ich.« Max musste unwillkürlich grinsen, obwohl er seine erzwungene Kündigung vor zwei Jahren nach wie vor nicht witzig fand.

»Manchmal beneide ich dich darum, Max. Vor allem wenn es so heiß wie zur Zeit im Büro ist. Man kommt ja gar nicht mehr aus dem Schwitzen heraus.« Franz zeigte auf sein durchnässtes, hellblaues Nylonhemd.

»Das geht mir aber auch ohne Büro so.« Max betrachtete sein eigenes, durchgeschwitztes T-Shirt und lachte laut, wohl wissend, dass hier gerade weder die richtige Zeit noch der richtige Ort dafür waren. Aber was sollte es? Wenn einer sowieso schon vom Leben ausgelacht worden war, wie dieser Bär, machte ihm das bestimmt auch nichts mehr aus. Und wer weiß. Vielleicht gab es ja tatsächlich so etwas wie ausgleichende Gerechtigkeit und er würde im Himmel einen der vorderen Plätze im Orchester der Engel einnehmen. Mit allen möglichen Vergünstigungen wie Freibier, Prämien, Urlaubsgeld und reihenweise wunderschönen Engelinnen.

»Ist dir eigentlich auch aufgefallen, dass Bärs Küchentisch für zwei gedeckt ist?«, fragte Franz. »Sieht ganz so aus, als hätte er jemanden zum Essen erwartet.« Er deutete auf die Essecke vor der kleinen Kochnische im hinteren Teil des Raumes.

»Auf dem Herd stehen aber gar keine Kochtöpfe.« Max schüttelte langsam den Kopf.

»Pizzaservice?«

»Oder einfach nur ein Spleen. Vielleicht hätte er gern eine Frau gehabt oder er hat eine gehabt und hat generell für die momentan Nichtvorhandene mitgedeckt. So ähnlich wie bei »Dinner For One« an Sylvester.« Herrschaftszeiten. Wenn einen die Einsamkeit einmal so richtig im Griff hatte, dann war wirklich alles zu spät.

»Ja, mei. Wer weiß?« Franz zuckte nur mit den Achseln.

»Lass uns gehen, Franzi. Ich könnte ein Bier vertragen nach dem Ganzen hier. Es deprimiert mich. Außerdem halte ich den Gestank nicht mehr aus. Treffen wir uns in einer halben Stunde im Biergarten in den Isarauen?«

»Gut, machen wir Feierabend für heute. Spitzenidee, Max. Könnte glatt von mir sein. Ich hab schon Risse im Gesicht von dieser andauernden Hitze. Man kommt sich bald vor wie bei den Wüstensöhnen in der Sahara. Und deinem malträtierten Kopf schadet ein schöner kühler Schluck sicher auch nicht.«

»Logisch.« Franz befahl den Beamten in Uniform zu warten, bis die Spurensicherung und der Polizeiarzt kamen und später den Tatort abzusperren und zu versiegeln. Max bat sie darum, auch noch einmal gründlich nach Noten und Bändern zu suchen. Dann gingen sie hinunter auf die Straße und stiegen in ihre Autos.

15

Die Wanduhr hinter dem Tresen zeigte auf die Minute genau sechs Uhr an. Monika sperrte die Tür zu ihrer kleinen Kneipe auf und trat ins Freie hinaus. Die ersten Stammgäste saßen bereits durstig im Schatten der Kastanie des kleinen, kuscheligen Biergartens vor dem Lokal. Alle wollten gleichzeitig bestellen, was einen ordentlichen Tumult und reichlich Stress für die fesche Wirtin bedeutete. Erst, als jeder sein Getränk vor sich stehen hatte, kehrte Ruhe ein. Monika verzog sich wieder nach drinnen hinter den Tresen. Davor hatten inzwischen zwei ältere Pärchen platzgenommen, denen es draußen einfach zu heiß war. Natürlich bekamen auch sie sofort ihre Biere.

»Hallo, Moni. Ja, so ein Wahnsinn. Ist das immer noch eine Hitze. Unerträglich.« Anneliese war gekommen, um ihr neues schwarzes Minikleid und den verrückten neuen Hut auszuführen.

»Hallo, Annie. Wirklich wahr. Aber hier drinnen kann man es einigermaßen aushalten.« Monika hatte ihr eigenes Outfit aus der Schwabinger Edelboutique, gleich nachdem sie heimgekommen war, gegen ihr leichtes rotes Baumwoll-Kleid und bequeme Turnschuhe getauscht. Sich während der Freizeit fesch zu machen war eine gute Sache. Aber Arbeitskleidung musste vor allem praktisch sein. »Was willst du trinken?«, fragte sie ihre beste Freundin, als die sich auf einem Barhocker niedergelassen hatte.

»Eine eiskalte Weißweinschorle wäre heute, glaube ich, genau das Richtige«, antwortete Anneliese. »Aber, sag mal, Moni, so viele Gäste draußen? Soll ich dir nicht ein bisschen hinter dem Tresen helfen?«

»Das würdest du tun? Obwohl du mich heute eh schon so verwöhnt hast?«

»Wozu hat man denn eine Freundin?«

»Das wäre natürlich super, Annie. Max hat nämlich keine Zeit. Er arbeitet an seinem Fall. Sagt er zumindest. Dann könntest du ausschenken und ich kümmere mich ums Essen und ums Bedienen, okay?« Sie lächelte erleichtert.

»So machen wir's. Aber zuerst schenke ich mir meine Weinschorle ein.« Anneliese gab Monika ihren Hut, die ihn gleich in der kleinen Garderobe im Treppenhaus zu ihrer Wohnung hinauf in Sicherheit brachte, und kam hinter den Tresen. Dann begann sie mit der Arbeit. Neu war ihr die Aufgabe nicht. Sie hatte Monika vorher schon ein paarmal geholfen und wusste deshalb, was zu tun war. Bei den Gästen war sie mit ihrer kommunikativen, selbstbewussten Art bisher immer gut angekommen. Auch heute lief es nicht anders, nach zehn Minuten hatte sie den ganzen Laden samt Garten fest im Griff.

»Hallo, schöne Frau. Wären Sie so nett und würden mir ein kühles Helles einschenken?« Ein südländischer Gigolotyp mit stramm nach hinten gekämmten, schwarzen Haaren war vor ihr aufgetaucht. Er himmelte sie breit grinsend an.

»Aber natürlich, junger Mann. Hier bekommt jeder was zu trinken, wenn er sich anständig benimmt.« Anneliese kannte ihre Pappenheimer. Wer so aussieht wie du, der meint bestimmt, dass er jede Frau haben kann, wenn er will, wusste sie. Aber nicht mit mir, Schätzchen. Da musst du erst noch etwas erwachsener werden.

»Vielen Dank. Bestimmt wissen Sie längst, dass Ihre Augen wunderschön sind. Das klare Blau passt ganz wunderbar zu ihren blonden Haaren.« Er grinste noch breiter. Sie lächelte zurück. Na, das klingt aber jetzt schon sehr erwachsen. Mehr davon. Vielleicht lasse ich ja doch mit mir reden. Ein appetitlicher Kerl bist du zweifellos.

»Weiß ich. Danke für die Blumen.« Sie stellte ihm das volle Glas vor die Nase.

»Mein Gott, wie konnte ich die nur vergessen?«

»Wie?«

»Die Blumen für Sie! Habe ich ganz vergessen. Einen kleinen Moment, bitte.« Er sprang von seinem Barhocker und lief im D-Zugtempo hinaus. Keine drei Minuten später war er mit zwei winzigen, verdorrten Gänseblümchen in der Hand zurück. »Hier, bitte«, schnurrte er, während er sie Anneliese über den Tresen reichte. »Blumen von mir für die schönste Frau Münchens.«

»Nur Münchens? Warum nicht Deutschlands?« Sie nahm seine kleine Aufmerksamkeit lachend entgegen.

»Oh, natürlich. Deutschlands. Nein, Europas. Nein, der ganzen Welt!« Als hätte er einen heiligen Schwur geleistet, legte er theatralisch die rechte Hand auf sein Herz.

»Dass ihr Burschen vom Mittelmeer immer so maßlos übertreiben müsst.« Anneliese konnte gar nicht mehr aufhören zu lachen. So etwas war ihr ja schon lange nicht mehr passiert. Ein galanter, gut zehn Jahre jüngerer Schönling, der anscheinend wirklich einen Narren an ihr gefressen hatte. Na gut, ich sehe aber auch einfach super aus in meinem neuen Minikleid, dachte sie. Wer Beine hat, hat Beine. Und ich habe welche. Und was für welche. Aber konnte er die überhaupt sehen von da vorne aus? Hm. Vielleicht sollte sie mal kurz in die Küche hintergehen und einen leeren Teller holen, dann sah er sie auf jeden Fall. Gott sei Dank war es hier drinnen nicht so hell wie draußen. Sicher hatte er ihre Falten noch gar nicht entdeckt.

»Wie haben Sie erraten, dass ich Italiener bin, schöne Frau?«

»Habe ich gar nicht. Ich sagte Mittelmeer, nicht Italien. Aber wenn es denn so ist, umso besser. Ich liebe Italien.« Sie hielt dem schmachtenden Gesichtsausdruck, den er ihren Ausführungen folgen ließ, lächelnd stand.

»Was trinken Sie, schöne Frau. Darf ich Sie zu etwas einladen?«, erkundigte er sich daraufhin mit einer riesigen Extraportion Eros-Ramazotti-Schmelz in der Stimme.

»Müssen Sie nicht. Ich bekomme hier alles umsonst.«

»Ich möchte aber gerne. Bitte.« Er machte noch treuere Dackelaugen als zuvor.

»Na gut, dann ein Glas Weißweinschorle. Ich schenke es mir selbst ein, wenn es recht ist.« Langsam begann Anneliese seinen anhaltenden Charmeattacken zu erliegen.

»Vielen Dank. Mein Name ist übrigens Giuliano.« Er reichte ihr seine feingliedrige, braungebrannte Hand über den Tresen.

»Freut mich, Giuliano. Ich bin die Anneliese.« Sie legte ihre wie immer perfekt manikürte Hand in seine. Er hielt sie länger als nötig fest und setzte dabei einen verträumt verliebten Blick auf.

»Sie dürfen jetzt wieder loslassen, Giuliano.«

»Oh, Entschuldigung, Anneliese. Verzeihung.« Er zog seine Hand langsam zurück. Sie schenkte sich ihre zweite Weinschorle an diesem Abend ein und stellte sie neben sein Bierglas. Dann kassierte sie kurz zwei andere Gäste am hinteren Ende der Bar ab. Als sie wieder bei ihm eintraf, stießen sie miteinander an.

»Zum Wohl, schöne Anneliese.«

»Salute, Giuliano.« Der geht ja ganz schön ran, der

gutaussehende Schmachtfetzen, dachte sie. Aber gefallen würde er mir durchaus. Doch, doch. Das wird bestimmt ein lustiger Abend, so wie es aussieht. Ich bin schon gespannt, was er noch so zu bieten hat.

16

»Hier, Franzi.« Max winkte seinen alten Freund zu sich herüber. Er hatte vorhin trotz des großen Andrangs gerade noch ihren Stammtisch im Schatten des kleinen Ahorns ergattert, bevor er ihm von einer japanischen Reisegruppe weggeschnappt werden konnte.

»Du kriegst wohl immer deinen Lieblingsplatz, Max?«, staunte Franz, als er sich setzte. »Egal wann, egal wo. Wie machst du das bloß?«

»Tja, mein Freund. Daran erkennt man den professionellen Biergartenbesucher.«

»Das ist wohl wahr. Zeit genug hast du ja dafür, seit du nicht mehr bei uns bist.«

»Höre ich da etwa schon wieder leisen Neid in deiner Stimme?« Max grinste. Er wusste, dass Franz ihn auf dem Revier vermisste. Und ihm selbst ging es nicht viel anders. Immerhin hatten sie knapp zwanzig lange Jahre gemeinsam dort verbracht.

»Logisch. Was denkst denn du?« Auch Franz grinste. Natürlich gönnte er Max sein neues Leben. Das wusste der auch. Und oft genug arbeiteten sie ja auch heute noch zusammen. Auf der anderen Seite hatte er Max gegenüber aber bereits mehrmals erwähnt, dass er sich selbst immer mehr nach der Freiheit sehnte, die Max mit seinen knapp 53 Jahren bereits genoss. Morgens nicht mehr um sieben aufstehen zu müssen, das wäre es halt, hatte er gemeint. Genauso wie wegfahren zu können, wann immer man Lust dazu hatte. Oder an einem schönen Sommertag schon nachmittags im Biergarten zu sitzen. Aber wie es aussah, würde er darauf wohl noch eine ganze Weile lang warten müssen.

»Das muss ja ein echter Superdeal gewesen sein, den dir unsere Vorgesetzten damals angeboten haben«, fuhr er fort.

»Wie schon mehrmals gesagt, Franzi, es reicht gerade so. Und zusammen mit den Erbschaften von meinen Eltern und meiner Tante reicht es sogar ganz gut.«

»Beim Onassis war es genauso.«

»Sehr witzig. Glaube mir, man hat mir keine Wahl gelassen. Irgendwann erkläre ich dir auch mal genau, was da ablief. Aber im Moment kann und will ich noch nicht darüber reden. Auf jeden Fall gibt es keinen Grund zum Neid. Das schwör ich dir.«

»Ist schon okay, Max. War bloß Spaß. Ich hole uns mal ein Bier. Ein armer Pensionär trinkt doch Bier. Oder?«

»Tut er, Franzi. Unbedingt. Vor allem bei dieser mörderischen Hitze.«

Sie lachten und Franz stapfte zur Schenke. So ist es mit Franzi seit dem Kindergarten, dachte Max. Wir schießen uns zwar bei jeder Gelegenheit gegenseitig hoch, aber niemals würde einer von uns versuchen, den anderen fertig zu machen. Natürlich hatten sie auch schon mal die eine oder andere Auseinandersetzung miteinander gehabt. Aber selbst das war immer fair abgelaufen. Ihre Wertschätzung füreinander war von klein auf mit ihnen gewachsen und bis heute erhalten geblieben.

»Ist hier noch frei?«

Max blickte auf und staunte nicht schlecht. Irene stand vor ihm. In ihrem kurzen weißen Sommerkleid sah sie aus wie ein Engel auf Erden. Und höllisch scharf zugleich. Sie hatte ihre langen blonden Locken zu einem dicken Zopf geflochten, der ihr nach vorne über die rechte Schulter hing und einen knallroten Lippenstift aufgelegt. Ihre großen eisblauen Augen strahlten wie zwei taghelle Halogenscheinwerfer in die Welt.

»Irene! Ja, hallo. Natürlich ist hier frei.« Er grinste ihr freimütig ins himmlische Antlitz. Na, so was. Was wollte die denn hier, Herrschaftszeiten? Sie setzte sich ihm gegenüber, nahm eine Zigarette aus dem silbernen Etui, das sie gerade aus ihrer Handtasche geholt hatte und zündete sie an.

»Du warst ja ziemlich schnell verschwunden heute Morgen. Hast du unsere Nacht etwa bereut?«, fragte sie, nachdem sie mit zurückgeworfenem Kopf die erste dicke Rauchwolke in die warme Luft über ihnen geblasen hatte. Ein leicht bitterer Zug, den Max bisher noch gar nicht an ihr bemerkt hatte, umspielte ihren Mund. Wollte sie ihm gerade etwa Vorwürfe machen? Jetzt schon? Oha. Aufgepasst.

»Unsere Nacht bereut? Um Himmels willen, nein! Wie kommst du denn bloß darauf?« Er hob abwehrend die Hände und schüttelte eilig den Kopf. »Ich wollte dich nur nicht wecken«, fuhr er fort. »Du hattest gesagt, dass du heute blau machen würdest. Und da dachte ich, dass du bestimmt ausschlafen willst.« Die Kurve hatte er perfekt gekriegt. Das nannte man wohl lügen in lupenreinster Perfektion. Wozu hätte er ihr auch sagen sollen, dass ihn sein schlechtes Gewissen aus ihrer Wohnung getrieben hatte, und dass er sich gar nicht sicher gewesen war, ob er sie nicht besser gleich wieder vergessen sollte? Das hätte doch niemandem weit und breit etwas gebracht.

»Na, da bin ich aber froh. Ich dachte schon, du willst mich nicht wiedersehen.« Sie lächelte sichtlich erleichtert, beugte sich zu ihm hinüber und gab ihm ein Küsschen auf die Wange. Dann setzte sie sich wieder.

»Aber wie kommst du denn bloß auf so was, Irene?«, legte er mit grandios gespielter Empörung noch einmal nach. »Ich hätte dich spätestens morgen Früh angerufen. Heute war einfach zu viel zu tun. Franzi und ich wollten gerade nur noch ein kleines Feierabendbierchen trinken und dann geht es ab in die Falle. Ich stecke die langen Nächte einfach nicht mehr so gut weg wie früher.« Dass es eher sein immer noch schmerzender Kopf war, der ihm gerade Probleme bereitete, wollte er ihr nicht auf die Nase binden. Es hätte nur nervende Fragen nach sich gezogen.

»Aber ihr trinkt schon noch was?«

»Logisch. Franzi ist gerade zur Schenke gegangen. Soll ich dir auch eine Maß holen?« Er erhob sich flink von seinem Platz.

»Setz dich wieder. Ich gehe schon selbst. Danke, Max.«

Sie stand auf, winkte Franz zu, der ihr gerade entgegen kam und verschwand in der Menge, die sich vor der grün lackierten Schankbude zum Flüssigkeitsempfang versammelt hatte.

»Da haben wir ja netten Besuch bekommen«, meinte Franz grinsend, sobald er wieder saß.

»Kann man sagen. Heute Nacht war ich übrigens mit bei ihr. Bloß kein Wort davon, dass ich kein Journalist bin. Ich sage es ihr morgen selbst. Aber erst nachdem ich bei Holzer und Nagel war. Ich will da einfach ganz sicher gehen. Nicht, dass sie am Ende auf mich angesetzt ist und mich doch noch verrät.« Max blickte seinen alten Freund und Exkollegen eindringlich an.

»Alter Schlawiner. Verständlich, dein Misstrauen, wenn man sich all die netten Menschen anschaut, die wir verhaftet haben«, räumte der ein. »Weil sie am Ende doch nicht so nett waren, wie sie zuerst aussahen. Aber ist das ihr gegenüber nicht etwas übertrieben? Sie wirkt total ehrlich und freundlich auf mich.«

»Bald erfährt sie es ja sowieso. Und jetzt Ruhe! Sie kommt.«

Irene näherte sich dem Tisch mit einer dampfenden Tasse Kaffee statt einer Maß Bier in der Hand.

»Schließlich muss ich morgen arbeiten«, rechtfertigte sie das unverzeihliche Sakrileg, als sie sich setzte, noch bevor einer der beiden eine entsprechende Bemerkung abschießen konnte. »Da ist heute mal Pause mit dem Bier. Sonst komme ich bloß wieder nicht aus dem Bett.«

»Logisch, Irene. Sehr gut«, bestärkte Max sie in ihrem weisen Entschluss. Er und Franz heuchelten eine Weile lang simultan grinsend und bedeutsam mit dem Kopf nickend tiefstes Verständnis und schauten dann mindestens ebenso tief in ihre Maßkrüge. »Sag mal, Irene. Wo ich dich gerade da habe.« Er stellte seinen Krug wieder ab und wischte sich mit dem Handrücken den Mund trocken. »Könntest du mir für morgen Mittag noch mal einen Termin mit deinen Chefs machen? Ich hätte da ein paar Fragen wegen des Artikels über Burgl, die ich nur ungern am Telefon klären möchte.« Behutsam legte er seine Hand auf ihren Arm.

»Kein Problem. Ich trage dich gleich in den Terminkalender ein. Wozu gibt es denn die Wunder der modernen Technik?« Sie kramte ihren kleinen elektronischen Organizer aus der Handtasche und tippte darauf herum.

»Um 12:00 Uhr ist noch eine halbe Stunde frei, soweit ich das überblicken kann. War ja heute nicht im Büro. Wäre das okay für dich?«

»Logisch. Wunderbar.«

»Dann sehen wir uns schon morgen wieder«, freute sie sich. »Wollen wir zusammen zum Mittagessen gehen, wenn du bei den beiden Gaunern fertig bist?«

»Machen wir, Irene. Superidee. Es gibt da draußen so einen Italiener bei euch ums Eck, der ist klasse. Ich war heute Mittag mit einem alten Kumpel dort. Der Espresso schmeckte auf jeden Fall schon mal einwandfrei.«

Wenn das mal alles gut geht, unkte Franz innerlich und steckte sich eine Zigarette an. Denkt Max eigentlich gar nicht mehr an Monika? Stopp, Franz Wurmdobler! Halt dich lieber zurück. Man mischt sich nicht in die Liebesdinge anderer. Und ungefragt schon gar nicht. Das gibt nur Ärger.

Nachdem Irene ihren Kaffee ausgetrunken hatte, bekam sie auf einmal doch Durst auf ein Bier. Kein Wunder bei der andauernden, selbst nachts noch brütenden

Hitze. Max stand auf und holte drei gut eingeschenkte Maß.

»Bier ist einfach das beste Getränk«, referierte er altklug, als er damit zurück war. »Es ist kalt, hat genug Flüssigkeit und löscht den Durst wie sonst nichts.«

»Nur zu viel davon darf man halt nicht erwischen. Sonst tut man vielleicht Dinge, die man später bereut«, bemerkte Franz.

»Wie meinst du das, Franzi?« Max fixierte ihn mit zusammengekniffenen Augen. Wollte sich sein Freund etwa gerade in seine persönlichen Angelegenheiten einmischen? Das sollte er bloß mal wagen. Dann würde es aber einen sauberen Anschiss geben. Alte Freundschaft hin, alte Freundschaft her. Mischte er sich etwa in Franzis Kram, wenn andere dabei waren? Doch wohl nicht. Weil man das einfach nicht tat, Herrschaftszeiten.

»Nur so, generell, Max. Nichts Besonderes.« Franz setzte eine übertrieben fröhliche Unschuldsmiene auf. Er schien zu merken, dass er beinahe zu weit gegangen wäre.

»Ach, so. Ja, gut. Stimmt. Das ist ja bei allem so. Wenn man zu viel erwischt, schadet es bloß. Aber zwei, drei Maß sind nicht viel. Die darf ich sogar trotz meiner neuen Blutdrucktabletten trinken. Hat auf jeden Fall mein Internist gemeint. Nur den Schnaps soll ich bleiben lassen. Dann könnte es mich umhauen.«

»Also mir reicht eine Maß, dann bekomme ich schon einen Schwips«, mischte sich Irene in das spannende Fachgespräch.

»Das haben wir gestern gemerkt, Irene. Ist aber leicht zu erklären.« Max hob den Zeigefinger wie der klassische Herr Oberlehrer. »Eine Frau verträgt allerhöchstens die Hälfte von einem Mann. Das ist medizinisch erwiesen.«

»Außerdem werden die meisten Frauen hysterisch, wenn sie betrunken sind«, fügte Franz grinsend hinzu.

»Moment mal, Franzi. Und was ist mit euch Männern?« Irene wurde laut. Ihre wunderschönen blauen Augen funkelten vor Empörung. »Ihr fangt an schweinische Witze zu erzählen, herumzugrölen, in der Gegend herumzupinkeln und euch zu prügeln. Ist das etwa besser?« Sie reckte herausfordernd ihr Kinn nach vorn.

»War doch bloß Spaß, Irene.« Franz hob besänftigend die Hand und lächelte entschuldigend. Offensichtlich hatte er momentan kein besonders glückliches Händchen bei der Auswahl seiner Bemerkungen.

»Das dachte ich mir schon, Franzi. Aber hinter jedem Spaß steckt immer auch ein Körnchen Wahrheit.« Sie lächelte ebenfalls. Zaghaft zwar und ihre Augen lächelten nicht mit, aber immerhin.

Gott sei Dank, kein Stress, dachte Franz. Wenn ich etwas nicht gebrauchen kann, dann sind es stressige Frauen im Biergarten. Deshalb lass ich meine auch am liebsten zuhause. Oh je. Habe ich das gerade wirklich gedacht? Gut, dass meine Sandra es nicht gehört hat. Die würde mir vielleicht was husten. Mein lieber Scholli.

»In dem Fall ist es aber wirklich nur ein ganz klitzekleines Körnchen«, fuhr er im tiefsten Brustton der Überzeugung laut fort. »Unsichtbar, sozusagen. Ein winziges Atom. Oder besser ein Elektron. Ehrlich!« Er hob seinen Maßkrug und stieß mit den beiden anderen an.

Dann unterhielten sie sich noch eine Weile lang über dies und das, tranken aus und brachen auf, noch bevor es richtig dunkel war. Max brachte Irene nach Hause.

»Kommst du noch mit hoch?«, fragte sie, als sie sich vor ihrer Haustür zum Abschied küssten.

»Heute nicht. Ich muss schlafen. Nicht böse sein.« Er strich ihr sanft über die Wange. Sorry, aber in meinem Alter muss man mit seinen Kräften haushalten, du Hübsche, dachte er. Ein Herzinfarkt war schnell bei der Hand. Genau wie ein Hirnschlag. Gerade bei einer solchen Hitze wie zur Zeit. So war das nun mal. Außerdem hatte er immer noch Kopfweh. »Wir sehen uns morgen Mittag zum Essen«, fügte er schnell hinzu. »Und vielleicht fahren wir abends nach deiner Arbeit an den Starnberger See zum Baden. Hast du Lust dazu?«

»Total. Ich nehme mein Badezeug mit ins Büro. Dann können wir sofort nach deinem Termin bei meinen Chefs los. Morgen ist nämlich mein freier Nachmittag. Und den werde ich auf jeden Fall nehmen, auch wenn ich heute blau gemacht habe.«

»Gibt das keinen Ärger?«

»Ist mir egal. Wir könnten auch gleich am See essen gehen.« Sie schlang erneut ihre Arme um seinen Hals und gab ihm noch mal ein kleines verliebtes Küsschen auf die Wange.

»Na, wenn das kein perfekter Plan ist, schöne Frau. Super. So machen wir es. Also dann. Bis morgen.«

»Bis morgen, schöner Mann.« Behände eilte sie die Stufen zu ihrer Haustür hinauf und sperrte auf. Bevor sie hineinging, drehte sie sich noch einmal um, hielt den Kopf schief und winkte ihm fröhlich zu.

Max winkte zurück und machte sich auf den Heimweg. Hübsch, hübsch, hübsch. Und nicht mal groß beleidigt wegen heute morgen. Mal sehen, was das noch wurde. Als er eine halbe Stunde später völlig durchgeschwitzt in seiner Wohnung stand, hörte er zuerst den Anrufbeantworter ab.

»Hallo, Herr Raintaler. Gudrun Schulze hier, Herrn Ratgebers Assistentin. Mir ist etwas eingefallen. Zu Holzer und Nagel, meine ich. Ich bekam heute Mittag mit, wie sie meinen Chef zu den beiden befragt haben. Manchmal geht unsere Gegensprechanlage nämlich nicht mehr aus und dann höre ich unfreiwillig alles mit … Jedenfalls fand ich vorhin zufällig ein paar aufschlussreiche Fotos, die mein Chef von den beiden hat. Checken Sie doch mal Ihre E-Mails. Ich habe Ihnen die Aufnahmen zugeschickt. Ich hoffe sehr, dass Sie die miesen Kerle drankriegen. Auf Wiederhören.«

Max schaltete umgehend seinen verstaubten PC ein, den er normalerweise so gut wie nie benützte, und öffnete Frau Schulzes Mail. Ja, da schau her, dachte er, als die Aufnahmen auf dem Bildschirm erschienen. Da werden sich die Herren Produzenten aber freuen, wenn sie sich selbst so engagiert in Aktion sehen. Die Fotos zeigten Holzer und Nagel beim fröhlichen Liebesspiel mit einer höchstens siebzehnjährigen Blondine in schwarzer Lederunterwäsche und Strapsen. Der vollständig nackte Holzer hatte sich blinkende Häschenohren aus rosa Plüsch aufgesetzt und Nagel war lediglich mit einem knallroten Schlips und einer dunkelbraun getönten Skibrille bekleidet. Beide grinsten das Mädchen, das eine schwarze Kurzpeitsche schwang, debil an. Was immer das skurrile Arrangement darstellen sollte, so wie sie aussahen, mussten alle drei auf jeden Fall komplett betrunken oder voller Drogen gewesen sein. Oder beides.

Raintaler, Raintaler. Das ist der Abschuss. Ein Geschenk des Himmels. Schau dir bloß diese geilen alten Böcke an. Genial. Jetzt hast du sogar auch noch den Beweis für die Gerüchte, mit denen du gefüttert wurdest. Wie hatte Ratgeber diese Aufnahmen bloß hingekriegt? Wahrscheinlich mit dem Handy. Oder hatte er jemanden beauftragt, die beiden auszuspionieren? Auch möglich. Bei den hinterfotzigen Geschäftsmethoden der drei feinen Herren war alles denkbar.

Eins war auf jeden Fall klar: Wenn er den beiden das hier morgen Mittag präsentierte und sie nicht redeten, wann dann? Jetzt hätte ihn nur noch eins interessiert. Wieso hatte Ratgebers Sekretärin ihm diese Fotos geschickt? Hatte sie persönlich etwas gegen die beiden? Wollte sie ihren Chef schützen? Auf jeden Fall würde er sie morgen anrufen. Ganz bestimmt wusste sie noch mehr. Aber jetzt erst mal noch zwei Aspirin, und ab unter die Dusche. Herrschaftszeiten. Das Bad wurde noch sein Lieblingszimmer hier drinnen, wenn es mit den tropischen Temperaturen draußen so weiterging.

17

»Noch Kaffee?« Monika sah Max, der ihr an ihrem kleinen Küchentisch gegenübersaß, fragend an. Seine Kopfschmerzen waren vollständig verflogen, die allgemeine Stimmung demgemäß gut.

»Gerne, Moni. Spitze, deine Rühreier. Warum kriege ich sie eigentlich nie so hin?«

»Ganz einfach. Weil du nicht kochen kannst. Aber das weißt du doch.«

»Da könntest du recht haben.« Er grinste. Wozu sollte man auch selbst kochen, wenn es die anderen so gut konnten. Schon daheim als Kind wäre es der reine Schmarrn gewesen, wenn er es gelernt hätte. Im Wirtshaus seiner Eltern gab es immer genug gute Köche und Köchinnen, die ihn bis zum Gehtnichtmehr verwöhnt hatten. Und heute waren Moni, Frau Bauer und Anton an ihre Stelle getreten. Was wollte er mehr?

»Aber jetzt was anderes, Max …« Monika wartete ab, bis er seine Tasse ganz geleert hatte und schenkte noch mal voll.

»Annie ist seit gestern Abend verschwunden.«

»Wie – verschwunden?«

»Nicht zu erreichen. Weder zuhause noch auf dem Handy. Dabei wollte sie heute mit mir in der Stadt Mittagessen gehen und mich deswegen bis um zehn anrufen. Und normalerweise ist sie die Zuverlässigkeit in Person. Das weißt du doch auch.« Sie setzte ein ernsthaft besorgtes Gesicht auf.

»Langsam, Moni. Jetzt ist es gerade mal halb elf. Sie wird sich schon noch melden. Vielleicht musste sie zum Arzt oder so was in der Art.« Max schaufelte mit einem Esslöffel wie gewöhnlich Unmengen von Monikas Erdbeermarmelade auf die untere Hälfte seiner länglichen Sesamsemmel. Selbstgekochte Marmelade, köstlich, schwärmte er unterdessen lautlos. Natürlich war Anneliese auch seine Freundin, aber wenn er ehrlich war, machte er sich nur halb so viele Sorgen über ihren Verbleib wie seine Teilzeitlebensgefährtin. Unkraut vergeht nicht, sagte er sich.

»Da hätte sie mich aber bestimmt angerufen. Hoffentlich ist ihr nichts passiert. Sie ist gestern mit so einem italienischen Gigolotypen mitgegangen. Sie wollten noch irgendwo was trinken. Ich habe dann alleine aufgeräumt und zugesperrt.«

»Na also. Da hast du es doch. Bestimmt schläft sie noch selig bei ihm. Nach einer wunderbaren Liebesnacht.«

»Annie und bis elf schlafen! Die ist doch immer schon um sieben auf den Beinen.« Monika hatte das nervige Frühaufstehersyndrom ihrer Freundin schon oft genug leidvoll am eigenen Leib miterleben dürfen. Zum Beispiel dann, wenn Anneliese meinte, ihr um sechs Uhr morgens unbedingt telefonisch mitteilen zu müssen, dass sie schlecht geschlafen habe und viel zu früh aufgewacht sei.

»Das Leben besteht aus einer Reihe von Ausnahmen, Moni. Vielleicht ist sie nur mit ihm irgendwohin gefahren.« Max biss herzhaft in den riesigen Marmeladenberg, der bereits seitlich von seiner Semmel auf den Tisch hinuntertropfte. Sollte ich eigentlich gar nicht essen, das süße Zeug, wegen meiner Kariesdisposition, dachte er kurz. Und Zucker, wie mein Nachbar, der Bertram Bauer, kann ich davon auch bekommen. Egal. Wer nichts wagt, der nichts gewinnt.

»In ein Hotel außerhalb der Stadt etwa?« Monika begutachtete mit gerunzelter Stirn die unappetitliche Sauerei, die er wieder mal auf ihrem Küchentisch veranstaltete.

»Ja, oder in die Berge. Was weiß denn ich? Beruhig dich wieder.«

»Hm. Mag sein. Vielleicht hast du recht. Auf jeden Fall rufe ich sie in einer Stunde noch mal an. Sie hat noch nie eine Verabredung vergessen.« Sie nahm den kleinen Löffel neben dem Honigtöpfchen zur Hand und rührte nervös damit in ihrem Kaffee herum. Offensichtlich war sie alles andere als beruhigt.

»Tu das, meine Liebe. Ich muss jetzt erst mal mit Heinz telefonieren und ihn über den letzten Stand der Ermittlungen informieren. Und dann muss ich auch schon wieder los nach Unterföhring. Hab dort um zwölf noch mal einen Termin bei Holzer und Nagel.«

Max hatte in Monikas Augen manchmal so eine ganz bestimmte egoistische Art, sich und seine Termine als das Wichtigste auf der Welt zu betrachten. Resigniert stöhnte sie leise auf.

»Wie läuft es denn mit deinen Nachforschungen? Hast du schon was erreicht?«, erkundigte sie sich dennoch.

»Nicht viel. Aber es gibt eine Spur. Besser gesagt, es gab sie. Jetzt ist sie tot. Also nicht die Spur natürlich, sondern der Mann, der sich verdächtig gemacht hat. Er hieß Bär. Ein erfolgloser Musiker ohne Geld. Er könnte die Lieder geklaut haben. Und dann hätte er sie Holzer und Nagel verkaufen können.« Max leckte seinen marmeladeverschmierten Daumen ab.

»Aha.«

»Ich weiß aber nicht, ob das auch wirklich so war. Und

deshalb befrage ich die beiden nachher noch mal dazu. Ich habe da letzte Nacht per E-Mail etwas bekommen, womit ich sie garantiert zum Reden bringen kann.« Jetzt leckte er seine ganze linke Hand ab, weil die Marmelade inzwischen überall daran klebte.

»So? Was denn? … Sag mal, muss ich mir deine Zunge mit den Bröseln und Marmeladeresten darauf eigentlich noch länger anschauen?« Sie blickte angewidert zur Decke hinauf und trommelte ungeduldig mit den Fingerspitzen auf der Tischplatte herum.

»Bin gleich fertig … Ein paar äußerst peinliche Bilder habe ich von ihnen. Ich bin schon gespannt, wie sie darauf reagieren. Ja, und dann gibt es da noch einen dubiosen Musikredakteur beim Fernsehen. Über den weiß ich zwar noch nichts Konkretes, aber er steckt in der Sache mit drin. Das rieche ich.« Unentwegt weiterkauend und schmatzend stand er auf und holte sich ein Geschirrtuch, um damit gewaltsam die letzten klebrigen Reste von seiner Hand zu reiben.

»Herrgott, Max. Wasch dir halt die Hände. Du bist doch kein Kind mehr.« Sie klang jetzt genau wie seine Mutter.

»Hast recht.« Er ging zur Spüle und drehte den Wasserhahn auf. Was regt sie sich denn schon wieder so auf? Ist doch nur Marmelade.

»Dein Riecher hat dich aber auch schon oft getäuscht«, griff Monika den Faden wieder auf. Sie zog die Brauen hoch. Seit Jahren lebte sie viele seiner Fälle regelrecht mit und oft genug hatte sie ihm mit ihrem scharfen und unbestechlichen Verstand auch schon bei deren Aufklärung geholfen. Auch gegen seine Theorien.

»Stimmt, Moni«, räumte er ein. »Aber ebenso oft hat

er das nicht. Ich würde sagen fifty-fifty.« Musste sie ihm eigentlich immer widersprechen? Konnte sie ihm nicht einfach nur ein einziges Mal recht geben? Und dann still sein? Das musste doch möglich sein. Herrschaftszeiten.

»Den Mund auch.« Mit seinem roten Erdbeermund wäre er locker in jedem Zirkus als braungebrannter, blonder Clown durchgegangen.

»Wie?«

»Du musst dir den Mund auch abwaschen.«

»Ach so. Danke. Okay.« Er tat wie ihm geheißen und trocknete sich danach mit dem Geschirrtuch ab, das er gerade für seine Hand benutzt hatte. Dabei schmierte er sich das klebrige rote Zeug darauf wieder ins Gesicht zurück.

Monika schüttelte nur noch den Kopf.

»Na, da wünsche ich dir auf jeden Fall viel Glück«, fuhr sie fort. »Wäre doch super, wenn du die Täter erwischst und dann eine Woche gratis bei Heinz ins Studio darfst. Da könntest du all die schönen Stücke aufnehmen, die du im letzten Jahr geschrieben hast. Vielleicht ist ja sogar was fürs Radio dabei.«

»Das glaube ich weniger, Moni. Meine Songs entsprechen nicht dem üblichen Massengeschmack. Das weißt du doch. Und deshalb spielt sie auch niemand im Radio.«

»Weil das Publikum so blöd ist?«

»Nein. Weil so viele Redakteure es für so blöd halten.« Er spülte die letzten Semmelbrösel in seinem Mund mit einem großen Schluck Kaffee hinunter und rief bei Heinz an. Als er ihn über den letzten Stand der Dinge informiert hatte, legte er wieder auf und verabschiedete sich mit einem pappigen Küsschen von Monika.

»Mach dir keine Sorgen um Anneliese«, rief er ihr zu, während er die Treppe hinunterstieg. »Die meldet sich bestimmt bald.«

18

Eine halbe Stunde später parkte er vor dem Studio von Holzer und Nagel. Irene warf ihm eine fröhliche Kusshand zu, als sie ihn hereinkommen sah.

»Hallo, Max. Die Herren Produzenten sitzen schon in Holzers Zimmer und warten auf dich. Ich bringe dich schnell hin.« Sie lächelte ihn verliebt an.

»Das ist aber sehr nett von Ihnen, schöne Frau.« Er lächelte verliebt zurück.

»Aber das tue ich doch sehr gerne, schöner Mann.«

Holzer und Nagel empfingen ihn mit misstrauischen Blicken. Holzer saß hinter seinem Schreibtisch, Nagel wie letztes Mal auf der Schreibtischkante. Sie standen nicht auf, um ihn zu begrüßen. Boten ihm auch nicht an, sich zu setzen. Also blieb er gut drei Meter vor ihnen stehen. Die wissen doch was, dachte er. Wahrscheinlich hat Ratgeber sie gestern angerufen und gewarnt. Oder doch nicht? Plagt sie einfach nur ihr schlechtes Gewissen? Oder ist es die Angst vor dem, was ich fragen könnte? Egal. Schauen wir mal, dann sehen wir es schon.

»Grüß Gott, die Herren«, schmetterte er forsch.

»Was können wir für Sie tun, Herr Raintaler? Hat Ihnen

unser umweltfreundliches Leitungswasser vorgestern so gut geschmeckt?« Holzer lehnte sich mit einem selbstzufriedenen Grinsen in seinem ledernen Bürosessel zurück. Max quittierte seinen albernen Sparwitz mit einem müden Lächeln.

»Nein, Herr Holzer. Ihr Wasser schmeckt genauso wie jedes andere Wasser in München. Nicht besser und nicht schlechter. Mich treibt die Neugierde noch einmal zu Ihnen.«

»So, so. Die Neugierde. Da sind wir aber gespannt«, mischte sich Nagel, nervös von einem zum anderen schauend, ein.

»Also los, Herr Schreiberling. Nur heraus damit. Was wollen Sie noch wissen?« Holzer grinste noch eine Spur breiter.

»Immer nur dasselbe, Herr Holzer. Ich will wissen, ob Burgls Lied geklaut ist oder nicht.« Max drückte sein Kreuz durch und trat einen Schritt näher an sie heran.

»Aber das haben wir Ihnen doch bereits gesagt. Es ist nicht geklaut.« Holzer hörte schlagartig auf zu grinsen und zog ärgerlich die Stirn kraus.

»Und Herrn Ratgeber kennen Sie natürlich auch nicht näher. Stimmt's?«

»Stimmt auffallend.« Holzer grinste erneut. Breit und siegessicher.

Nagel begann unruhig an seinen Nägeln zu knabbern.

»Na gut, meine Herren. Dann muss es anders gehen. Was sagen Sie hierzu?« Max zog die Ausdrucke der Fotos von Ratgebers Assistentin aus seiner hinteren Jeanstasche, faltete sie auseinander und legte sie auf Holzers Schreibtisch. »Und noch etwas«, blaffte er währenddessen mit schneidender Stimme. »Damit ab jetzt keine Missverständnisse mehr aufkommen. Ich bin Privatdetektiv und kein Musikjournalist. Und ich bin lediglich daran interessiert, die Urheberrechte für Burgls Lied und noch vier weitere Titel aus der Feder von Heinz Brummer zurück zu holen. Ihre Weibergeschichten und sonstigen, schrägen Geschäfte sind mir im Prinzip scheißegal. Die dürfen Sie getrost mit Ihrem Gewissen und dem lieben Gott ausmachen.« Im selben Moment, in dem er das sagte, betrat Irene den Raum, um den Kaffee zu bringen, den Holzer, kurz bevor Max aufgetaucht war, bei ihr bestellt hatte. Sie sah den blonden Münchner Exkommissar mit großen Augen an.

»Privatdetektiv?«, hauchte sie ungläubig. Ihr Mund blieb vor Staunen offen stehen. Dann knallte sie rasch das Tablett mit Holzers Kaffee auf den Schreibtisch und stöckelte, ohne Max eines weiteren Blickes zu würdigen, eilig hinaus.

»Ach, wirklich? Privatdetektiv? Kompliment, Herr Raintaler«, höhnte Holzer daraufhin mit einem verschwindenden Rest Selbstbewusstsein im Blick. »Da haben Sie uns aber perfekt verarscht. An Ihnen ist glatt ein Schauspieler verlorengegangen. Und Sie wollen wirklich nur von uns wissen, ob wir diese Lieder käuflich erworben haben? … Und was ist hiermit?« Er zeigte mit hochrotem Kopf auf die Fotos. Seine Hände zitterten. Genau wie die seines Partners. Beide schienen beim Anblick ihrer netten kleinen, gemeinsamen Orgie die Worte ›peinlich‹ und ›Angst‹ gerade neu für sich zu entdecken.

»Mich interessieren nur die Lieder«, erklärte Max noch einmal unmissverständlich. »Mein Auftraggeber will seine Urheberrechte zurück. Nicht mehr und nicht weniger. Kennen Sie übrigens einen Musiker namens Fritz Bär?«

»Nein, den Namen habe ich nie gehört. Du, Matthias?« Nagel blickte zu Holzer hinab, der immer noch in die Bilder auf seinem Schreibtisch vertieft war.

»Bär? Keine Ahnung, wer das sein soll. Ist das wichtig?« Holzer drehte seinen Kopf in Max' Richtung.

»Unter Umständen könnte es wichtig werden, Herr Holzer. Bär ist nämlich tot. Und es kann gut sein, dass er umgebracht wurde ... wegen gestohlener Lieder.«

»Sie meinen ... doch nicht etwa ... von uns?«, fragte Nagel. In den Gesichtern der beiden Produzenten stand blankes Entsetzen. Sie schienen nicht glauben zu können, was sie da gerade hörten. Nagel bekam, wie beim ersten Mal, als Max sie aufgesucht hatte, einen Schluckauf.

»Warum nicht?« Max sah sie unverwandt an.

»Geh, Sie spinnen doch, guter Mann. Mit Verlaub gesagt. Ja, so ein abartiger Schmarrn. Sehen wir etwa wie Mörder aus?« Holzer zeigte auf sich und seinen Kompagnon.

Max runzelte nur wortlos die Stirn.

»Also, passen Sie auf, Herr Raintaler«, fuhr Holzer fort. »Vergessen Sie das mit dem Mord. Und wegen der Lieder ... Ich bin mir ganz sicher, dass wir da eine Lösung finden. Besitzen Sie die Originale dieser Bilder?« Er zeigte auf die Aufnahmen auf dem Tisch und strich sich dann nachdenklich mit dem Zeigefinger über die zu einem schmalen Strich zusammengekniffenen Lippen.

»Natürlich«, log Max und straffte seine Schultern.

»Ach, wirklich? Wie sind Sie denn da drangekommen? Das war doch sicher nicht einfach.« Holzer blieb rein äußerlich unbeeindruckt. Man spürte jedoch deutlich, dass er innerlich zumindest genauso stark zitterte wie sein Partner.

»Das lassen Sie mal getrost meine Sache sein, Herr Holzer.« Max stützte sich mit den Händen auf Holzers Schreibtisch ab und fixierte ihn.

»Hm … Und wenn wir Ihnen nun sagen, was es mit den Liedern auf sich hat, bekommen wir diese Originale dann von Ihnen?«

»Natürlich«, log Max erneut.

»Na gut. Sieht ganz so aus, als hätten wir sowieso keine Wahl.« Der schmierige Liederdieb im blauweißen Hawaiihemd sah seinen ebenso schmierigen Kompagnon Nagel im rotweißgrünen Hawaiihemd fragend an. Der zuckte nur mit den Achseln und nickte resigniert mit dem Kopf.

»Also dann. Wir haben alle fünf Lieder von Ratgeber bekommen«, fuhr Holzer anschließend fort. »Ob der sie selbst geschrieben oder irgendwo geklaut hatte, wussten wir natürlich nicht. Das schwöre ich Ihnen.«

»Natürlich schwören Sie das«, erwiderte Max, während er sich wieder aufrichtete. »Aber eins verstehe ich dabei nicht.« Er schüttelte langsam den Kopf. »Wieso hat Ratgeber die Lieder nicht selbst herausgebracht? Er hat doch sein eigenes Studio und etliche Nachwuchskünstler unter Vertrag, wie man hört.«

»Ganz einfach, Herr Raintaler«, antwortete Holzer. »Oder stimmt Ihr Name auch nicht?«

»Die Fragen stelle ich, Herr Holzer. Oder sollen wir

die Bilder doch an die Medien schicken.« Max deutete mit ausgestrecktem Arm auf die Fotos.

»Also gut, es ist so. Ratgeber spielte immer gerne mal Titel, die er selbst geschrieben und produziert hatte, in seinen eigenen Sendungen. Wegen der GEMA-Einnahmen, die er dafür kassieren konnte. Doch das haben seine Chefs ihm dann verboten. Also umgeht er das Ganze seitdem, indem er sich Partner sucht, deren Namen dann auf seinen Titeln stehen.«

»Und weiter.«

»Tja, und da hat er eben uns gefragt, ob wir die Lieder gegen eine faire Beteiligung an den Rechten unter unserem Namen mit Burgl produzieren wollen. Und wir sagten natürlich ja. Teilen wir die Urheberrechte halt durch drei. Weil die Lieder echtes Hitpotential haben.« Holzer hatte sich wieder im Griff. Er saß da wie ein selbstgefälliger Diktator, der vor einem Ausschuss der Menschenrechtsliga erklärte, dass es in seinem Land keine Unterdrückung und kein Unrecht gäbe.

»Und je öfter er sie in seinen Sendungen einsetzen würde, umso mehr würden Sie alle daran verdienen.« Max wusste das noch aus seiner eigenen Vergangenheit als »Schallplattenstar«.

»Richtig, Herr Detektiv. Fernsehpräsenz ist wie bares Geld in unserem Geschäft.«

»Aha. Und wer Heinz Brummer die Lieder gestohlen hat, weiß natürlich nur Ratgeber. Oder?«

»Genau.« Holzer machte ein unschuldiges Gesicht.

Na, wenn das mal stimmt, dachte Max. Auf jeden Fall werde ich mir den König der Papageien, Ratgeber, noch mal etwas genauer vorknöpfen.

»Aber sagen Sie ihm bloß nicht, dass wir Ihnen alles verraten haben, Herr Raintaler. Der bringt uns glatt um.« Nagel hob beschwichtigend die Hände. Kleine Schweißperlen standen ihm auf der Stirn. Sein Schluckauf hatte mittlerweile eine Frequenz im unteren Sekundenbereich erreicht. Was war gleich wieder verabscheuungswürdiger als ein skrupelloser Gauner? Richtig. Ein skrupelloser Gauner, der vor Angst schwitzte.

»Wenn es sich vermeiden lässt, werde ich das tun. Danke, meine Herren. Geht doch. Das war's für heute.« Max drehte sich um und schritt auf die Tür zu.

»Und was ist nun mit unseren Originalfotos?«, rief ihm Holzer kleinlaut hinterher.

»Die schicke ich Ihnen zu, sobald die Rechte an den Liedern ganz offiziell wieder bei Heinz Brummer sind.«

»Und unser Artikel?«

»Jetzt enttäuschen Sie mich aber, Herr Holzer. Den können Sie sich natürlich in die Haare schmieren. Wurde nie geschrieben. Das ist doch klar.« Max ging hinaus. Im Vorzimmer wich Irene seinem Blick aus.

»Tut mir leid, Irene. Ich wollte dir eigentlich gestern schon die Wahrheit sagen. Aber dann hatte ich Angst, dass du dich vielleicht aus Versehen verplapperst, falls du Bescheid weißt.« Er stand vor ihrem Empfangstresen und trat verlegen von einem Fuß auf den anderen.

»Hau ab, Max Raintaler!«, fuhr sie ihn wütend an. »Du bist einfach nur ein mieser, gemeiner Kerl. Genau wie alle anderen. Auf Nimmerwiedersehen.« Sie beließ ihre zornig blitzenden Augen stur auf ihrem Computerbildschirm.

»Na gut. Wie du meinst, Irene. Ich wäre gerne mit dir baden gegangen. Aber nicht so. Glaube mir. Tut mir wirklich leid. Übrigens sind das zwei ausgemachte Ganoven, für die du da arbeitest. Servus.«

Draußen auf dem Parkplatz setzte er sich in seinen R4. »Herrschaftszeiten, Raintaler«, fluchte er dabei laut vor sich hin. »Das mit Irene hast du gründlich verbockt. So wie sie reagiert hat, war sie garantiert nicht auf dich angesetzt. Du und dein ewiges Misstrauen. Hättest du ihr doch bloß schon früher die Wahrheit über dich gesagt, du alter Depp.«

Nachdem er sich wieder einigermaßen beruhigt hatte, kramte er sein Handy aus der Hosentasche und rief in Ratgebers Büro an. Wenn der wirklich die Lieder an Holzer und Nagel weitergegeben hatte, hatte er sie dann vielleicht vorher auch gestohlen? Oder hatte er sie von Bär bekommen und den, aus welchen Gründen auch immer, zum Schweigen gebracht?

19

»Grüß Gott, Frau Schulze. Raintaler am Apparat.«

»Grüß Gott, Herr Raintaler. Wie geht es Ihnen?« Ratgebers Sekretärin klang freundlich wie immer.

»Danke gut. Und danke auch für die aufschlussreichen Fotos, die Sie mir geschickt haben.« Er wischte sich den Schweiß von der Stirn. Der August zeigte sich auch heute Mittag wieder in Bestform. Obwohl er alle Fenster seines alten Gefährtes geöffnet hatte, war es unerträglich heiß im Auto. Kein Lüftchen regte sich. Beunruhigt tastete er nach seiner Halsschlagader und kontrollierte kurz den Puls. Gott sei Dank. Alles im grünen Bereich.

»Oh, bitte, gerne. Hoffentlich haben Sie den Widerlingen Holzer und Nagel damit eine ordentliche Abreibung verpasst.« Ganz offensichtlich mochte sie die beiden nicht.

»Haben Sie mit denen etwa eine persönliche Rechnung zu begleichen?«

»Fast, Herr Raintaler.«

»Was heißt fast?«

»Die Mistkerle haben die Tochter meiner besten Freundin betrunken gemacht und dann verführt. Das Kind war damals gerade mal 16 Jahre alt. Man kann diese Monster gar nicht genug für ihr gewissenloses Tun bestrafen.«

Aha. Daher wehte der Wind. Max begriff, welche Rolle ihm bei der Sache zugedacht war. Die des Rächers. Na gut. Warum nicht? In diesem Fall tat er das sogar gerne.

»Aber wieso haben Sie oder Ihre Freundin die Fotos nicht längst selbst veröffentlicht?«, fragte er trotzdem.

»Weil ich bisher noch gar nichts von den Fotos wusste. Mein Chef hatte sie anscheinend immer gut versteckt. Doch gestern Abend ließ er sie wohl aus Versehen auf seinem Schreibtisch liegen. Da sah ich sie dann zum ersten Mal und konnte nicht widerstehen. Ich habe mir Kopien davon gemacht und diese daheim in meinen Computer eingescannt.«

Sie hörte sich an, als hätte sie nicht den geringsten Zweifel daran, dass sie sich moralisch und auch sonst absolut im Recht befand.

»Und dann dachten Sie sich, lass diesen Raintaler mal machen. Der bringt die Schandtaten der beiden Finsterlinge schon an die Öffentlichkeit.« Manche Leute hatten eine Chuzpe, beneidenswert. Warum war er selbst eigentlich prinzipiell immer so zurückhaltend? Weil er ein gutmütiger Depp war? Schaute ganz so aus.

»So ungefähr.«

»Ist das Mädchen auf den Bildern die Tochter Ihrer Freundin?«

»Nein. Aber was macht das für einen Unterschied?«

Da hatte sie auch wieder recht. Verbrechen war Verbrechen und blieb Verbrechen. Auch wenn weltweit noch so viele sogenannte feine Herren ihre schmutzigen Missetaten als Kavaliersdelikte betrachteten.

»Und warum hat Ihre Freundin die beiden damals nicht angezeigt?«

»Ich weiß es nicht. Sie meinte eines Tages nur, dass die Sache erledigt wäre. Ihrer Tochter wäre ausreichend Wiedergutmachung widerfahren.«

Logisch. Holzer und Nagel hatten bezahlt. Wahrscheinlich sogar mehr als üblich, weil die Mutter mit im Spiel war. Die hatte sich bestimmt nicht so billig abspeisen lassen, wie das bei den eingeschüchterten Mädchen wohl sonst der Fall gewesen war.

»Aha. Na gut, Frau Schulze, lassen wir das. Ist Herr Ratgeber im Büro?«

»Nein, Herr Raintaler. Er war nur kurz hier und ist vor fünf Minuten aus dem Haus gegangen. Er hat nicht mal hinterlassen, wo man ihn erreichen kann. Soweit ich mich erinnere, hat er so etwas noch nie gemacht. Zumindest seit ich hier arbeite.« Sie schien völlig ratlos zu sein.

»Würden Sie mir bitte seine Privatadresse geben?« Herrschaftszeiten. Hatten Holzer und Nagel ihren Kumpel also doch gerade gewarnt. Er hatte es sich doch gleich gedacht.

»Darf ich leider nicht.«

»Und wenn ich Ihnen sage, dass Ihr sauberer Chef mit Holzer und Nagel gemeinsame Sache macht und selbst auch so einige minderjährige Mädchen in seinem Studio verführt?« Eine ganze Weile lang hörte Max nur das Rauschen in der Leitung. Dann antwortete Frau Schulze.

»Das glaube ich Ihnen nicht«, hauchte sie mit zitternder Stimme.

»Dürfen Sie aber.«

»Tut mir leid, Herr Raintaler. Die Bilder von Holzer und Nagel habe ich Ihnen gerne geschickt. Aber die Adresse meines Chefs kann ich Ihnen nicht geben. Das müssen Sie verstehen.« Ihr Tonfall ließ keinen Zweifel daran aufkommen, dass sie es ernst meinte.

»Alles klar. Eine Frage habe ich aber doch noch. Woher haben Sie eigentlich meine E-Mail-Adresse?«

»Die stand auf der Karte, die Herr Ratgeber auf seinem Schreibtisch liegen hatte. Und Ihren Namen wusste ich ja.«

»Gut, Frau Schulze. Falls ich Sie noch mal brauchen sollte, rufe ich Sie an.«

»Gut, Herr Raintaler. Auf Wiederhören.«

»Auf Wiederhören.« Max legte auf. Seine Haare klebten ihm überall am Kopf fest. Fahr schon los, Raintaler, dann hast du wenigstens Fahrtwind. Aber vorher rufst du noch Franzi an. Wegen Ratgebers Adresse. Der Bursche entkommt dir nicht. Das wäre ja noch schöner.

»Max hier«, meldete er sich, als sein Exkollege dranging.

»Servus, Max. Was gibt's? Ist das nicht mörderisch heiß heute? Wenn es so weitergeht, brauche ich ein Planschbecken hier im Büro. Und einen Eisverkäufer.«

»Stimmt. Es ist die Hölle. Aber nichtsdestotrotz geht die Arbeit vor. Pass auf, Franzi. Es gibt da einen Verdächtigen im Fall Liederklau und Mord an Fritz Bär.«

»Na, schau mal an.« Franz klang freudig überrascht.

»Er heißt Gustl Ratgeber und ist Musikredakteur beim Fernsehen. Und er hat scheinbar Heinz' Lieder an Holzer und Nagel weitergegeben. Jedenfalls haben die mir das vorhin so erzählt. Und Bär könnte er auch auf dem Gewissen haben.«

»Und?«

»In seinem Büro ist er nicht aufzutreiben. Ich wollte ihn deswegen gleich mal bei sich zuhause besuchen. Dazu bräuchte ich aber seine Adresse von dir.« Max drehte den Zündschlüssel herum, bis die Kontrolllämpchen aufleuchteten und schaltete die Lüftung ein. Viel würde es nicht nützen. Aber die leichte Brise im Gesicht würde ihn wenigstens vor einem Hitzschlag bewahren.

»Die kriegst du, Max. Aber ich komme mit. Muss ich in dem Fall auch. Schließlich läuft eine offizielle Ermittlung wegen Bär.«

»Logisch. Dann können wir dem feinen Herrn mit vereinten Kräften auf den Zahn fühlen. Inoffiziell wie immer, natürlich. Vielleicht gesteht er ja gleich alles.«

»Das glaube ich zwar weniger. Aber einen Versuch ist es allemal wert.« Eine Zeitlang waren nur Tippgeräusche zu hören.

Dann meldete sich Franz wieder. »Also, pass auf, Max. Ratgeber wohnt in Schwabing, in der Hohenzollernstraße 79. Ich schlage vor, wir treffen uns in einer guten Stunde vor seiner Haustür.«

»Sagen wir doch gleich zwei Stunden. Dann bleibt mir noch genug Zeit, um irgendwo was zu essen. Was ist übrigens mit Bärs Leiche?« Max beugte seinen Kopf nach vorne, um den heißen Wind aus dem Gebläse intensiver zu spüren.

»Da haben wir noch nichts. Und Essengehen können wir danach auch zusammen. Zum Beispiel in dem schattigen kleinen Biergarten gleich bei der Uni. Du weißt schon, welchen ich meine. Was hältst du davon?«

»Passt, Franzi. Welchen Biergarten du meinst, weiß ich zwar nicht, aber du wirst ihn mir schon zeigen. Also, dann doch schon um halb zwei bei Ratgeber?«

»So machen wir es. Servus.«

Sie legten auf. Max lehnte sich in seinen Sitz zurück, schnallte sich an, startete den Motor und verließ den Parkplatz vor Holzers und Nagels Studio. Dann steuerte er stadteinwärts Richtung Hohenzollernstraße. Der Wind, der durch die geöffneten Fenster hereinströmte, ließ ihn ein wenig aufatmen. Wie immer zur Ferienzeit mitten im August war nur wenig Verkehr, und so erreichte er sein Ziel bereits nach einer Viertelstunde. Er stellte das Auto in einer kleinen Seitenstraße ab und schlenderte gemütlich in Richtung Ratgebers Haus.

Der Sommer hatte die bayrische Metropole fest im Griff. Männer in Sandalen, T-Shirt oder Hemd und kurzen Hosen kreuzten seinen Weg. Mädchen und Frauen in leichten Sommerblusen oder farbigen T-Shirts zu sehr kurzen Miniröcken schwebten auf Flip-Flops an ihm vorbei. Die Straßencafés waren gerammelt voll und vor den Eisverkaufsständen hatten sich dicke Menschentrauben gebildet. Die Luft über dem Asphalt flimmerte wie im Süden. Die meisten Leute, die ihm begegneten, trugen ein wohliges Lächeln spazieren. Der Rest stöhnte unter der erbarmungslosen Hitze.

Max saugte die träge Szenerie genussvoll in sich auf, obwohl er ebenfalls sauber schwitzte. In München ist es in diesem August zwar eindeutig zu heiß, dachte er. Aber ansonsten ist es einfach die schönste Stadt der Welt. Ich will nie wieder hier weg. Musste er, Gott sei Dank, auch nicht. In aller Ruhe trank er einen doppelten Espresso auf der Terrasse eines der vielen Straßencafés. Natürlich auf einem Schattenplatz unter einem der bunten Sonnenschirme dort. Dann begab er sich langsam zu Ratgebers Haus. Keine fünf Minuten später stand der kleine dicke Franz schweißüberströmt vor ihm.

»Servus, Max. Gehen wir rein?«

»Servus. Logisch gehen wir rein. Deswegen sind wir ja hier.« Max öffnete die schwere braune Holztür des Altbaus. In dem dunklen Treppenhaus roch es nach Bohnerwachs und es war angenehm kühl. Sie stiegen in den dritten Stock hinauf, bis sie vor Ratgebers Wohnungstür anlangten. Franz, der sich unten noch eine Zigarette angezündet hatte, hustete, japste und prustete wie eine alte Dampflok.

»Herrschaftszeiten, Franzi. Du weißt ja, dass ich unbedingt für jeden Schmarrn zu haben bin. Aber ich glaube, du solltest die Qualmerei demnächst echt lieber an den Nagel hängen«, meinte Max. »Das bisschen Spaß ist es doch nicht wert, dass du krank davon wirst.«

»Ich weiß, Max. Ich weiß. Du hast ja recht«, entgegnete ihm der kleine dicke Hauptkommissar ächzend. »Wir haben ja auch schon oft drüber geredet.«

»Stimmt. Und warum hörst du dann nicht auf? Willst du erst Blut spucken? Oder auf einem Bein daherhumpeln?«

»Natürlich nicht. Aber was soll ich machen? Mir schmecken das Essen und das Bier halt so gut. Und das macht dick. Und wenn ich mit dem Rauchen aufhöre, werde ich sofort noch dicker. Weil ich noch mehr Hunger als normalerweise bekomme. Und dann habe ich garantiert noch mehr Probleme.«

»Na ja, Franzi. So gesehen ist es natürlich besser, du rauchst weiter. Logisch.« Gott sei Dank habe ich nie geraucht. Wenn ich mir meinen alten Freund so anschaue, bin ich todfroh darüber, dachte Max. Oha! Todfroh klang fast schon makaber in dem Zusammenhang.

»Genau, Max. Außerdem bist du nicht meine Frau. Und auch nicht meine Mutter, sondern mein Exkollege und Freund. Und wenigstens Freunde und Exkollegen sollten sich möglichst nicht gegenseitig auf den Sack gehen.« Franz schellte, immer noch keuchend, bei Ratgeber. Für ihn war das leidige Thema damit beendet. »Sieht ganz so aus, als wäre niemand da«, stellte er fest, als selbst nach dem dritten Versuch niemand öffnete.

»Probier es noch mal. Natürlich bloß, wenn es dich nicht zu sehr anstrengt. Wenn er dann nicht aufmacht, gehen wir wieder. Okay?«

»Okay, Scherzkeks.« Franz läutete erneut. Sie warteten drei Minuten. Doch nicht das geringste Geräusch war aus Ratgebers Wohnung zu hören.

»Aufbrechen?« Max sah Franz fragend an.

»Eher nicht. Bisher haben wir ja nichts als deine Vermutungen und die Aussagen von Holzer und Nagel.« Franz zuckte mit den Schultern und drehte sich um. Sein Exkollege Raintaler folgte ihm. Die alten hellbraunen Stufen knarrten laut unter ihren Füßen, als sie hinunterstiegen.

»Herrschaftszeiten. So ein Mist. Wo mag der Kerl bloß stecken?«, schimpfte Max, als sie wieder auf der Straße standen.

»Was fragst du mich das? Außerdem kann ich nichts gegen ihn unternehmen, solange wir keinen hinreichenden Verdacht haben.«

Franz zündete sich nach der anstrengenden Hausbesteigung erst mal eine Zigarette an.

»Und wenn er diesen Bär nun tatsächlich umgebracht hat?«

»Und wenn nicht, Max?«

»Dann kannst du ihn ja immer noch laufen lassen.«

»Hm. Stimmt eigentlich auch wieder.«

»Also los, gib dir einen Ruck, Herr Hauptkommissar.«

»Na gut. Ich gebe eine Fahndung nach ihm raus.« Franz fummelte laut hustend sein Handy aus der Hosentasche und wählte die Nummer seines Büros. »Und seine Wohnung lasse ich von den Kollegen aufbrechen und durchsuchen«, fügte er währenddessen hinzu. »Muss nur vorher einen Durchsuchungsbefehl besorgen. Aber den kriege ich.«

Da bin ich aber gespannt, dachte Max.

»Servus, Bernd. Macht mir bitte eine Fahndung nach einem Gustl Ratgeber wegen Mordverdacht«, bat Franz seinen jüngeren Kollegen, Kommissar Bernd Müller, als der dranging. »Die Beschreibung gibt dir dein Exkollege Raintaler.« Er reichte Max das Handy.

»Servus, Bernd.«

»Ja, Servus, Max. Wieder mal im Einsatz? Wie zu alten Zeiten, was?«

»So ungefähr, Bernd. Also pass auf. Der circa vierzigjährige Mann ist mittelgroß und schlank, hat braune, engstehende Augen und dunkles, sehr kurzgeschnittenes Haar. Er hat außerdem eine auffällige Hakennase. Wahrscheinlich trägt er einen teuren dunklen Anzug mit einer bunten Krawatte. Muss aber nicht sein.«

»Alles klar, Max. Servus.«

»Servus, Bernd. Hier kommt dein Chef noch mal.« Er gab Franz das Handy zurück.

»Ja, Franzi? Sonst noch was?«

»Kannst du dir einen Durchsuchungsbefehl für seine Wohnung besorgen und gleich ein paar Kollegen damit dort hinschicken? Oder noch besser, du gehst mit?«

»Aber unser Herr Staatsanwalt und die Richter machen sicher gerade Mittagspause.«

»Stimmt, Bernd. Da kann man natürlich nichts machen. Außer, du gehst selbst in die Kantine rüber und schaust, dass du einen der Herren für die Unterschrift auftreibst. Aber nur, wenn du dabei nicht zu sehr ins Schwitzen kommst. Wäre das möglich?« Franz ließ seinen Leuten gegenüber nur ungern den Chef raushängen. Aber wenn ihm – außer bei sich selbst – Bequemlichkeit und Lahmarschigkeit in Personalunion die Stirn boten, konnte er einfach nicht anders.

»Sicher, Franzi. Hätte ich auch selbst draufkommen können. In einer Viertelstunde habe ich den Wisch.«

»Na siehst du, Bernd. So stelle ich mir unseren zukünftigen Mitarbeiter des Monats vor. Überwacht vor allem den Flughafen. Und Vorsicht. Der Gesuchte ist des Mordes verdächtig. Er könnte bewaffnet sein. Wenn irgendetwas ist, ich bin auf dem Handy zu erreichen. Jederzeit! Bis dann.«

»Alles klar, Franzi. Bis dann.« Sie legten auf.

»Hoffentlich ist es noch nicht zu spät«, meinte Max.

20

»Das ist also dein schattiger kleiner Biergarten bei der Uni? Warum hast du nicht gleich gesagt, dass wir in den Maxgarten gehen? Außerdem ist der doch gar nicht so klein.« Max runzelte die Stirn.

»Mir ist der Name nicht eingefallen«, erwiderte Franz.

»Aha. Dir fällt der Name Max nicht ein. Interessant. Alzheimer hast du also auch noch, zusätzlich zu deinen eklatanten Konditionsmängeln. Ein reines Wunder, dass sie dir bei der Kripo nicht den Stuhl unter dem Arsch wegziehen.« Max grinste breit. Der Franz war echt ein träger Sack. Zum Sport beispielsweise konnte man den nicht ums Verrecken motivieren. Da fand er immer eine andere Ausrede.

Sie hatten Glück, dass im selben Moment, in dem sie ankamen, ein junges Pärchen aufstand und ging. Ansonsten war jeder Platz in dem angenehm kühlen Hinterhof mit den großen Kastanien darin besetzt. Vor allem von einer bunten Schar junger Studenten, die hier ihre Mittags- oder Frühstückspause machten. Je nachdem wie man es betrachten wollte. Auf mehrere Biertische mit Bierbank und kleine Tische mit Stühlen verteilt, saßen sie zwischen wild wucherndem Knöterich, Blumenkästen und ein paar mannshohen Topfpflanzen unter riesigen blauen Sonnenschirmen.

»Tja, Max. Wer eine gute Aufklärungsquote hat, der wird nicht rausgeschmissen«, entgegnete ihm Franz. »Den Eingangstest würde ich heute niemals bestehen. Aber drin ist drin. Mal sehen. Vielleicht schaffe ich es im Herbst, ein bisschen weniger zu essen. Ich könnte die berühmte Ananas-Diät versuchen.«

»Und alles außer Ananas essen. Stimmt's? Gnade, Franzi. Erzähl doch bitte bloß einmal einen neuen Witz.« Max lachte kopfschüttelnd. »Einfach nicht zu retten, dieser Mensch«, fügte er hinzu. »Egal. Du wirst das schon machen mit deiner Fitness, Herr Hauptkommissar. Wir haben ja alle unsere kleinen Webfehler. Nobody is perfect.« Nicht einmal ich. Man nehme bloß meinen erhöhten Blutdruck. Egal. Keiner von uns ist für die Ewigkeit gemacht. Da hilft nur tapfer bleiben, Augen zu und durch. Bis das unvermeidliche Ende da ist.

Er winkte der Kellnerin, die ihm sogleich durch ein freundliches Kopfnicken zu verstehen gab, dass sie ihn gesehen hatte. Kurze Zeit später stand sie mit gezücktem Bleistift und aufgeschlagenem Notizblock vor ihrem Tisch.

»Grüß Gott, die Herren. Was darf ich bringen? Ein schönes kaltes Bier bei der Hitze?«, erkundigte sie sich lächelnd und wischte sich bei der Gelegenheit gleich selbst ein paar kleine, sehr charmante Schweißtropfen von der hübschen Stirn.

»Gerne«, antworteten die Angesprochenen wie aus einem Munde und lächelten dankbar zurück.

»Darfst du im Dienst überhaupt Alkohol trinken?«, fragte Max seinen Exkollegen scheinheilig, als sie wieder weg war. Natürlich wussten beide ganz genau, dass Franz das eigentlich nicht durfte.

»Bier ist doch kein Alkohol, Max. Das solltest du aber wissen. In Bayern fällt das eindeutig unter die Rubrik Nahrungsmittel. Das verbreiten doch sogar unsere Herren Politiker. Und ernähren wird man sich ja wohl noch dürfen.«

»Logisch. Vor allem an so einem heißen Tag wie heute.« Herrschaftszeiten, dieser Franzi. Wie konnte einem einzelnen Menschen bloß immer wieder so viel Schmarrn einfallen. »Wie läuft es eigentlich mit deiner Sandra? Alles in Ordnung daheim?«

»Ja mei. Du weißt doch selbst, wie das ist«, antwortete Franz, während er sich eine Zigarette anzündete. »Meine geliebte Frau und ich sind leider nicht immer meiner Meinung. Und umgekehrt verhält es sich genauso. Aber wenn wir schon dabei sind. Was sagt Moni eigentlich, wenn du mit so einem scharfen Hasen wie dieser Irene herummachst? Ist sie da nicht sauer?« Franz stieß eine dicke Rauchwolke in den sommerlich blauen Himmel.

»Wieso sollte sie? Sie ist es doch, die unbedingt will, dass jeder von uns beiden seine Freiheit genießt, wie du weißt. Von daher könnte sie mir rein theoretisch auch nichts vorwerfen.« Ein triumphierendes Lächeln breitete sich auf seinem Gesicht aus.

»Und praktisch?«

»Praktisch würde ich sie sogar heiraten, und dann wäre ein für alle Mal Schluss mit den anderen Mädels. Aber wenn sie nicht will … selber Schuld.« Das triumphierende Lächeln blieb, obwohl Max natürlich wusste, dass er die wahre Sachlage im Moment stark vereinfacht darstellte und obendrein eindeutig zu seinen Gunsten auslegte. Aber er hatte gerade auch nicht die geringste Lust, irgendwelches anstrengendes Beziehungszeugs zu diskutieren. Dazu war das Wetter einfach viel zu schön und die Studentinnen hier im Maxgarten viel zu niedlich.

»Aber ganz abgesehen davon, ist Irene sowieso stinksauer auf mich, seit sie vorhin rein zufällig erfahren hat, dass ich Privatdetektiv bin und kein Journalist«, fügte er hinzu. »Die will sicher nichts mehr von mir wissen.« Er hörte auf zu lächeln und starrte stattdessen eine Zeitlang nachdenklich auf die kleine rotweißkarierte Tischdecke zwischen ihnen. Wie man's machte, machte man's falsch. Vertrackte Sache, das mit den Frauen. Als läge ein Fluch darauf.

»Schau an, schau an. Dabei habe ich dir noch gesagt, du sollst ihr vertrauen. Ja, da schau her! Da kommt unser Bier. Hallelujah! Dank sei dem Herrn!« Franz leckte sich voller Vorfreude die Lippen, während die Gläser mit dem besten Getränk der Welt darin vor ihnen auf dem Tisch landeten. Nachdem sie bei der wirklich sehr freundlichen Kellnerin noch Schweinswürstel mit Kraut für Max und eine deftige Haxe mit Knödeln für Franz bestellt hatten, tranken sie erst einmal jeder einen großen Schluck. Gerade als sie damit fertig waren, spielte Max' Handy Ennio Morricones Mundharmonikathema aus ›Spiel mir das Lied vom Tod‹.

»Servus, Moni«, meldete er sich mit neutralem Tonfall.

Franz lachte leise. Max war klar, dass sein Exkollege den neuen Klingelton gerade zum erstenmal gehört hatte und er vermutete, dass er sich deswegen so freute. Schließlich hatten sie Sergio Leones Klassiker oft genug zusammen gesehen. Früher im Kino. Und in den letzten Jahren immer mal wieder auf DVD. Entweder bei Max zuhause oder bei Franz. Und jedes Mal waren sie wieder von neuem begeistert gewesen. Oder lachte er, weil sie gerade über Monika gesprochen hatten? Egal. Sollte er doch fröhlich sein. Das Leben da draußen außerhalb der Biergärten war schließlich hart genug.

»Servus, Max«, erwiderte sie.

»Wie geht's? Du wirst es nicht glauben, aber gerade im Moment haben Franzi und ich über dich gesprochen.« Er grinste verschwörerisch zu seinem Freund und Exkollegen hinüber.

»Hoffentlich nur Gutes.« Ihre Stimme kam angespannt aus dem kleinen Lautsprecher.

»Ja, logisch. Was denn sonst? Wir sitzen im Maxgarten und machen eine kleine Mittagspause.«

»So, so. Im Maxgarten, bei den jungen Studentinnen?«

Was sollte denn das jetzt? War sie etwa eifersüchtig? Ausgerechnet sie? Lachhaft.

»Und Studenten. Es gibt viele junge Leute hier. Was gibt's, Moni? So wie du klingst, rufst du doch sicher nicht bloß aus Spaß an? Oder?«

»Natürlich nicht, Max. Ich kann Annie immer noch nicht erreichen.«

Aha, daher wehte der Wind. Deshalb hörte sie sich auch so unlustig an.

»Da ist bestimmt was passiert«, fuhr sie fort. »Ich war auch schon bei ihr zuhause und habe Sturm geklingelt. Nichts. Niemand da. Nicht mal ihre Tochter, unsere liebe Sabine. Wahrscheinlich ist die wieder mal irgendwo im Urlaub.«

»Und Anneliese macht sicher auch bloß einen kleinen Kurzurlaub mit ihrer neuen Eroberung. Du wirst sehen, sie meldet sich bald wieder bei dir. Ich schätze mal, sie hat ihr Handy irgendwo liegen lassen und schwebt im siebten Liebeshimmel. Da denkt man nicht mehr an seine Freundin und ans Mittagessen.«

»Annie schon. Du darfst nicht immer von dir ausgehen.« Sie klang ärgerlich und ungeduldig.

Max verdrehte genervt die Augen. Warum wollte sie denn unbedingt glauben, dass Anneliese etwas passiert war? Das war ja langsam schon eine fixe Idee. Und warum quatschte sie ihn in einer Tour so saublöd an? Wohl, weil sie sich bei allen anderen nicht traute. Genau. Deswegen ließ sie immer alles Negative an ihm aus. Vertrautheit baute Schranken ab. So war das und nicht anders.

»Herrschaftszeiten, Moni. Es reicht langsam. Auch Anneliese kann dich mal vergessen«, raunzte er ärgerlich. »Also gut. Pass auf. Wir machen es so. Wenn sie sich bis heute Abend immer noch nicht gemeldet hat, soll Franzi sie als vermisst melden. Okay?«

»Na gut. Ich mache mir wirklich große Sorgen.«

»Wenn du dir bloß ein Mal wegen mir solche Sorgen machen würdest«, murmelte er mehr für sich.

»Wie bitte?«

»Ach, nichts. Ich muss aufhören. Mein Essen kommt. Ich schau gegen Abend bei dir vorbei. Bis dann, Moni.«

»Okay. Servus, Max.« Sie legten auf.

Nervensäge, dachte er. Andauernd macht sie mir Vorwürfe und will mich sogar zum Psychologen schicken, wegen meinem bisschen Angst vor Krankheiten. Ausgerechnet sie. Soll sie doch selber hingehen mit ihrer hysterischen Panik wegen Anneliese. Kurz darauf stellte die nette Kellnerin die dampfenden Teller vor ihnen ab und wünschte guten Appetit. Gerade als sie dabei waren, ihre jeweils erste Gabel in den Mund zu schieben, spielte Franz' Handy den ›Radetzky Marsch‹.

»Dein Telefon! Es könnte sich um einen Anruf handeln«, meinte Max und schüttelte verständnislos den Kopf über den grotesken Musikgeschmack seines kleinen dicken Freundes.

»Wurmdobler«, meldete sich Franz.

»Servus, Chef.« Bernd Müller oder der scharfe Bernd, wie ihn alle wegen seiner harten Verhörmethoden nannten, war dran.

»Servus, Bernd. Ich hoffe, du hast einen guten Grund für deinen Anruf. Wegen dir muss ich gerade ein prächtiges Stück Schweinshaxe auf meinem Teller zurück lassen.«

»Habe ich, Franz. Es geht um diesen Ratgeber, nach dem du suchst. Der ist uns leider durch die Lappen gegangen. Er sitzt seit halb drei im Flugzeug nach Chile.«

»Ja und? Jetzt ist es zehn nach halb. Konntet ihr den Flieger nicht mehr aufhalten?« Franz schüttelte verwundert den Kopf.

»Leider nicht. Wir haben es selbst gerade erst erfahren. Er ist schon in der Luft.«

»So ein verdammter Mist. Muss man denn alles selber machen? Und seine Wohnung?«

»Ist so gut wie leer. Wir sind noch dort. Konnten bisher aber nichts Verdächtiges finden. Genau wie bei Bär. Auch keine Noten oder Bänder, nach denen Max so dringend sucht.«

»Na gut. Danke, Bernd. Bis später.« Er legte auf und blickte mürrisch auf seinen Teller.

»Was ist los? Ist Ratgeber weg?« Max sah seinen Freund und Exkollegen neugierig an.

»Ja. Er sitzt im Flieger auf dem Weg nach Chile. Den kannst du vergessen.«

»Verdammter Mist!«

»Genau. Bei Bär und ihm haben meine Leute übrigens weder verdächtige Noten noch irgendwelche Bänder gefunden.«

»Ach echt? Super, dass ich das auch mal erfahre.«

»Ich habe es ja selbst gerade zum ersten Mal gehört, Depp.« Ärgerlich drückte Franz seine Gabel noch mal tiefer in das Stück Haxe von gerade und steckte es dann in den Mund. »Zefix. Jetzt ist meine schöne Haxe nur noch lauwarm. Bloß wegen dem Bernd, dem Oberdeppen«, maulte er, während er laut schmatzend darauf herumkaute.

»Besser lauwarm, als nix. Oder, Franzi?«

»Wie meinst du das jetzt wieder?« Franz schaute ihm angriffslustig in die Augen.

»Ich habe da neulich einen Bericht über Haiti gesehen. Da backen sie sich Schlammkuchen gegen den Hunger. Die fressen Erde! Und du meckerst hier wegen einer lauwarmen Schweinshaxe herum. Die Welt wird echt immer verrückter.« Max schüttelte fassungslos den Kopf.

»Ist ja wieder gut, Herr Pfarrer. Stimmt schon, wir jammern auf hohem Niveau. Trotzdem schmeckt die Haxe einfach besser, wenn sie heiß ist.« Franz sägte sich entschlossen das nächste riesige Stück Fleisch zurecht und stopfte es mit Todesverachtung in sich hinein.

»Wie du meinst, Franzi ... Dann ist Ratgeber also Bärs Mörder. Und jetzt hat er das Fracksausen bekommen, weil ich bei ihm nachgestochert habe und ist auf und davon. Oder?« Max legte ärgerlich sein Besteck aus der Hand. Es war zum Aus-der-Haut-Fahren. Bisher hatte er nichts als Indizien und Vermutungen. Beweise gab es keine und ein Geständnis hatte der miese Herr Musikredakteur natürlich auch nicht abgelegt.

»Na ja. Könnte gut sein, dass es Ratgeber war«, räumte Franz mit vollem Mund ein. »Obwohl wir, wie gesagt, immer noch nicht genau wissen, woran Bär gestorben ist. Das erfahre ich erst morgen Vormittag. Vorher werden die im Labor nicht mit ihren Untersuchungen fertig, und vorher sollten wir uns auch nicht mit wilden Spekulationen herumschlagen.«

»Na gut. Dann warten wir es eben ab. Wobei mein ursprünglicher Fall bereits so gut wie gelöst ist. Heinz bekommt bis auf Ratgebers 30 Prozent seine Rechte zurück. Und er wird damit zufrieden sein. Von daher ... Prost, Herr Exkollege. Ich habe, so wie es aussieht, ab sofort wieder frei.« Trotzdem hätte es Max interessiert, ob es wirklich Ratgeber war, der Fritz Bär umgebracht hatte, und ob Bär wirklich die Lieder aus Heinz' Studio entwendet hatte. War es das damit endgültig gewesen mit den Liederdiebstählen bei Heinz? Oder würde in Zukunft fröhlich von einem Unbekannten bei ihm weitergeklaut werden.

Sie bestellten jeder noch ein Bier. Franz allerdings ein alkoholfreies. Wegen der Sache mit den Dienstvorschriften.

Als Max aufgegessen hatte, lehnte er sich entspannt in seinem Stuhl zurück, verschränkte die Hände hinter dem Kopf und freute sich schon mal auf seine Woche Studio. Abgemacht war schließlich abgemacht. Da kam ihm Heinz nicht aus. Er würde seine Rechnung bezahlen müssen. Am besten, er fuhr gleich nachher noch bei ihm vorbei und legte ihm seinen Abschlussbericht vor. Franz verabschiedete sich. Er musste ins Büro zurück. Bevor er ging, versprach er Max, dass er ihn anrufen würde, sobald er morgen die Ergebnisse von Bärs Obduktion auf dem Schreibtisch liegen hätte. Max blieb noch eine Weile sitzen und beobachtete die jungen Leute um sich herum. Sein Blick blieb an einem Pärchen zwei Tische weiter hängen. Die beiden knutschten miteinander, seit sie dort Platz genommen hatten. Der schlanke Bursche mit seinen langen, schwarzen Rastalocken und dem dünnen, gezwirbelten Kinnbart sah aus wie ein indischer Guru. Sie trug absichtlich zerrissene Designerjeans und ein knallrotes hautenges T-Shirt. Ihre Haare hatte sie unter einer bunten Strickmütze versteckt. So ein Ding, wie es Bob Marley früher immer aufhatte. Nur ein paar dunkle Lockenspitzen lugten frech an den Seiten darunter hervor.

Die sind doch wirklich voll in Ordnung, dachte er. Jeder redete andauernd davon, wie angepasst und unselbstständig die heutige Jugend sein sollte. Aber wenn er beispielsweise nur mal die beiden hier betrachtete, fand er das überhaupt nicht. Sie waren auch nicht anders als die Generationen vor ihnen. Sie versuchten sich von ihren

Eltern abzugrenzen, logisch, aber sie machten doch keinen angepassten oder unselbstständigen Eindruck. Ganz im Gegenteil. Man nehme nur mal den selbstbewussten freundlichen Ton, mit dem sie vorhin bei der Kellnerin ihr Essen bestellten. Den hätte er als junger Mensch auch gerne parat gehabt. Dann wäre bestimmt einiges anders gelaufen in seinem Leben. Und trotzdem hatten sie es schwer genug heutzutage, diese Kids, gerade wenn man an die zwei allgegenwärtigen ›A‹, Aids und Arbeitslosigkeit dachte. Da musste man doch nicht auch noch andauernd mit hämischer Kritik von wegen Oberflächlichkeit und Faulheit über sie herfallen, wie das so viele unserer Mitbürger unbedingt meinten, tun zu müssen. Die Zeiten änderten sich. Und mit ihnen änderten sich die Menschen. Das war schon immer so. Und es war doch auch absolut in Ordnung. Er trank aus, bezahlte und lächelte den beiden beim Hinausgehen freundlich zu.

21

Harlaching, gleich oberhalb des Tierparks Hellabrunn. Mittwoch, Viertel vor vier. Max stellte sein Auto auf dem kleinen Studioparkplatz neben Heinz' japanischer Rostlaube ab und trat durch die offenstehende Tür. Sein Tennispartner und momentaner Noch-Auftraggeber war gerade dabei, den Bass zu einem neuen Lied einzuspielen. Direkt über ein Keyboard in ein Computerprogramm hinein.

Dort hatte er danach die Möglichkeit, die einzelnen Töne bezüglich ihrer Länge, Tonhöhe und Platzierung im Taktgefüge solange zu verändern, bis sie perfekt zum restlichen Playback passten.

»Aha. So banal wird heute also im Studio produziert«, provozierte ihn Max, als Heinz fertig war. »Mit dem Computer. Da kann ja jeder Depp Musik machen. Und teure Musiker braucht man auch keine mehr.«

»Eben nicht, Max. Weil ein Depp nämlich gar nicht weiß, wo die Töne hingehören und wie sie klingen müssen, damit ein harmonisches Ganzes entsteht«, entgegnete ihm Heinz unwirsch und schüttelte ärgerlich seinen roten Lockenkopf. »Es ist sogar genau anders herum. Jeder Depp kann einem Instrument ein paar Töne entlocken. Aber nur der Könner weiß, welche Töne im Playback gebraucht werden und wie sie eingesetzt werden müssen.«

»Ach, wirklich? Ja, da schau her, Herr Professor. Das ist mir ja ganz neu.« Max grinste breit. Natürlich war es ihm nicht neu. Er war selbst oft genug wegen Demoaufnahmen für seine eigenen Songs im Studio gewesen. Zwar nicht in einem so teuren Hightechtempel wie hier bei Heinz, aber immerhin im Studio. Und seine früheren Platten und CDs hatte er ebenfalls jedes Mal mitproduziert.

»Außerdem hole ich mir nach wie vor genügend echte Musiker für Soli oder wenn ein Playback einmal ganz natürlich und organisch klingen soll. Handgemacht, sozusagen.« Heinz klang immer noch angefressen.

»Ist ja schon wieder gut. War doch bloß ein Scherz, Heinz.«

Max wusste, dass Heinz, was seine Arbeit betraf, keinen

Spaß verstand. Und gerade deshalb schoss er den Schlagerproduzenten so gerne hoch. Kein anderer konnte sich so herrlich ereifern wie der.

»Aber jetzt mal im Ernst, Heinz. Ich habe Neuigkeiten für dich. Teils gut, teils schlecht. Welchen Teil willst du zuerst hören?«

»Den guten natürlich.« Heinz drehte sich mit seinem ganzen Stuhl zur Seite, damit er Max ins Gesicht schauen konnte.

»Holzer und Nagel haben deine Lieder definitiv gekauft«, fuhr der fort. »Von einem Herrn namens Ratgeber, einem Musikredakteur beim Fernsehen, den du sicher auch kennst.«

»Ja, so eine Ratte! Logisch kenne ich den Ratgeber. Das ist der erste Ganove, den du schmieren musst, wenn deine Lieder im privaten Fernsehen laufen sollen. Das weiß doch die ganze Stadt.« Die diesbezügliche Unwissenheit seines Freundes überraschte Heinz offenbar genauso wie dessen Neuigkeiten.

»Na gut. Ich wusste es bisher jedenfalls nicht«, erwiderte Max. »Aber egal. Fakt ist, dass er deine Lieder an Holzer und Nagel verkauft hat. Und jetzt kommt's. Die beiden geben dir deine Rechte an den Liedern zurück.«

»Hey! Das ist doch super. Wie hast du denn das geschafft?«

»Ich bin Profi. Oder nicht?«

»Gratuliere. Und was ist die schlechte Nachricht?« Heinz blickte neugierig über seinen Keyboardständer hinweg.

»Ratgebers dreißig Prozent wirst du wohl abschreiben können. Der sitzt im Flieger nach Chile und wird sicher nicht wieder zurückkommen. Und den eigentlichen Dieb habe ich auch noch nicht erwischt. Den Menschen, der deine Lieder an Ratgeber verkauft hat.«

»Mist!«

»Holzer und Nagel wissen angeblich nicht, wer es war. Und Ratgeber selbst wird es wohl nicht gewesen sein. Oder hat er dich in letzter Zeit mal hier im Studio besucht?« Max setzte sich auf die große schwarze Ledercouch seitlich des Mischpults.

»Nein. Er war noch nie hier bei mir. Es gibt Leute in der Branche, um die man als seriöser Mensch besser einen Bogen macht. Ratgeber gehört dazu, genau wie Holzer und Nagel.« Heinz grinste grimmig.

»Dann können dir deine Lieder natürlich auch in Zukunft geklaut werden.«

»Verstehe, Max. Weil Ratgeber abgehauen ist, bevor du den Namen seines Lieferanten aus ihm rauskriegen konntest. Außer der tote Bär wäre der Dieb gewesen. Dann wäre bereits heute alles vorbei, weil er tot ist. Richtig?« Heinz kratzte sich nachdenklich am Hinterkopf.

»Du hast es erfasst«, bestätigte Max. »Die Frage ist jetzt, ob ich trotzdem weiter ermitteln soll. Oder ob wir die ganze Aktion abbrechen, und du dir stattdessen vorsorglich einen großen Safe für deine wichtigsten Bänder anschaffst und überall neue Schlösser anbringst und jeden Musiker, der dein Studio verlassen will, vorher gründlich durchsuchst.«

»Ja, meinst du denn, dass du den Kerl erwischst? Also ... vorausgesetzt, dass es dieser Bär nicht war.« Heinz rieb sich ausgiebig über die Stoppeln seines rötlichen Dreitagebartes.

»Irgendwann bestimmt. Aber es kann natürlich noch ein paar Tage dauern.« Max blickte ihm offen ins Gesicht.

»Also gut, Max. Dann machen wir auf jeden Fall die Woche wie abgemacht voll. Und hoffen beide, dass du bis dahin Erfolg hast. Schließlich höre ich nicht schon morgen mit dem Komponieren auf. Da wäre es schon gut zu wissen, dass mir in Zukunft keine meiner Werke mehr geklaut werden können. Und damit du weiter motiviert bist, lege ich noch einen Studiotag extra drauf. Okay?«

»Alles klar, Heinz. Machen wir. Vielleicht geht es ja ganz schnell und wir wissen schon morgen Vormittag Bescheid. Da bekommt Franzi die Ergebnisse von Bärs Obduktion.«

»Das wäre mir natürlich das Liebste.«

»Logisch. Also abgemacht. Dann bis Morgen. Servus, Heinz.« Max stand auf und ließ Heinz weiterarbeiten. Also doch nicht endgültig Feierabend, dachte er, als er draußen auf dem Parkplatz seinen Wagen aufsperrte. Anscheinend waren seine Studiotermine billiger für Heinz als neue Schlösser. Passte ihm eigentlich ganz gut in den Kram. Er hätte sowieso gerne gewusst, wer der Dieb war. Schließlich hatte er die Sache jetzt schon mal angefangen. Aber vor Franzis Anruf morgen Vormittag brauchte er gar nicht weiterzumachen. Also war Freizeit angesagt. Vielleicht hatte Mike später Lust, für Samstag mit ihm zu üben. Wenn er schon nur noch gelegentlich auftrat, sollten die Vorstellungen wenigstens perfekt über die Bühne gehen. Flink wählte er die Nummer seines Duopartners. Der hatte Zeit und Lust zu üben, und so verabredeten sie sich für fünf Uhr bei Max. Anschließend wollten sie noch in den kleinen Biergarten in den Isarauen schauen. Auf eine Maß oder zwei.

Max startete den Motor und fuhr nach Hause. Nach einer ausgiebigen Dusche legte er sich auf seine gemütliche rote Wohnzimmercouch und schlief ein. Kurz darauf wurde er schon wieder von der langgezogenen Todesmelodie seines Handys geweckt.

»Hallo, Max, ich bin's.«

»Herrschaftszeiten, Moni. Was gibt's denn schon wieder? Ich war gerade am Wegdösen. Brauche dringend Erholung. Vorhin im Auto hat mich fast der Hitzschlag niedergestreckt.« Verschlafen rieb er sich die Augen.

»Tut mir leid. Woher soll ich denn wissen, dass du am helllichten Tag schläfst?«, kam es postwendend von ihr zurück.

Er hatte den Eindruck, dass es ihr überhaupt nicht leid tat. Sie klang eher echauffiert darüber, dass er es wagte, sich auszuruhen, wenn sie bei ihm anrief. Oder bildete er sich das bloß ein? Mist. Nicht mal ein kleines Nickerchen durfte man halten, ohne dabei gestört zu werden. Vielleicht sollte er aufs Land ziehen. Ohne Telefon. Irgendwo auf einen alten Bauernhof. In Österreich oder Niederbayern oder im Bayrischen Wald. Da waren die Höfe wenigstens noch bezahlbar. Dort hielte er sich dann seine eigenen Hühner und eine Kuh für Eier, Käse und Milch. Schweine zum Schlachten und Wurstmachen würde er sich auch besorgen. Aber wer schlachtete? Wer machte die Wurst und wer kochte dann für ihn? Monika würde sicher nicht mit ihm gehen wollen. Wegen ihrer Kneipe und wegen ihrer geliebten Freiheit, die sie ganz allein mit ihm in der

Pampa natürlich aufgeben müsste. Frau Bauer würde er bestimmt auch nicht überreden können, als Köchin mitzukommen. Obwohl ihr Name perfekt zu dem Unternehmen passen würde. Na gut. Blieb er halt hier.

»Und was gibt es so wahnsinnig Dringendes?«, erkundigte er sich ausgiebig gähnend.

»Immer dasselbe, Max. Annie ist nach wie vor weg. Ich bin mir inzwischen hundertprozentig sicher, dass ihr etwas zugestoßen ist. Und ich glaube, dass ihr neuer Freund von gestern Abend was damit zu tun hat. Bestimmt hat er sie entführt oder umgebracht.«

»Aber das haben wir doch alles schon besprochen, Moni. Es kommt oft genug vor, dass Leute einfach mal so verschwinden und dann genauso unangekündigt wieder zurück sind.«

»Die Leute tun das vielleicht. Aber Annie nicht. Das habe ich dir ja bereits gesagt.« Jetzt hatte sie wieder diesen Ton drauf, bei dem man sofort wusste, dass es überhaupt keinen Sinn hatte, ihr zu widersprechen.

Wieso war sie eigentlich so hysterisch? Das war doch sonst nicht ihre Art. Hatte sie etwa noch andere Sorgen? Ahnte sie am Ende etwas von ihm und Irene?

»Ist ja gut. Dann ruf ich halt gleich bei Franzi an und mach eine Meldung«, beschwichtigte er sie. »Der kann Anneliese auf jeden Fall auf die Vermisstenliste setzen. Obwohl ich das albern finde nach nicht mal ganz einem Tag. Ich glaube, das geht offiziell auch gar nicht so schnell, außer es liegt ein schwerer Verdacht für ein Verbrechen vor. Aber mei. Ganz, wie du willst.«

»Okay. Du willst mir nicht helfen? Dann rufe ich jetzt Franzi in seinem Büro an.« Sie klang so vorwurfsvoll und herrisch, dass er keine Lust hatte, weiter mit ihr zu reden.

»Alles klar, Moni. Servus.« Mein Gott, was für ein Theater, dachte er, als er auflegte. Eine Vermisstenmeldung, weil die beste Freundin nicht zum Mittagessen kommt. Da wird sich Franzi aber freuen. Moni war mit ihren Ahnungen bisher zwar schon oft richtig gelegen. Aber sie hatte sich natürlich auch oft genug getäuscht. Wie jeder andere Mensch auch. Und diesmal täuschte sie sich garantiert. Blöde Kuh! Jetzt war er wach wegen dem Schmarrn.

Es klingelte an der Tür. Was war denn nun schon wieder los? Das war ja schlimmer als auf dem Hauptbahnhof. Er stand auf. Mike? Um Viertel vor fünf? Der kam doch nie pünktlich. Darauf konnte man sich normalerweise immer verlassen. Er öffnete.

»Ja, Frau Bauer. Grüß Gott. Was verschafft mir die Ehre?« Neugierig und auch ein kleines bisschen vorwurfsvoll blickte er seine Nachbarin aus müden Augen an.

»Der versprochene Käsekuchen. Grüß Gott, Herr Raintaler. Ich hörte, wie sie vorhin heimkamen und dachte, ich bringe ihn gleich vorbei.« Sie hielt ihm breit lächelnd ein halbes Kuchenblech mit der süßen Köstlichkeit darauf vor die Nase.

»Was? So viel?« Mit einem Schlag war er hellwach.

»Wir schaffen es beim besten Willen nicht mehr, ihn aufzuessen, Herr Raintaler. Der Bertram hat doch seinen Zucker und bei mir ist es so, dass ich immer weniger zum Essen brauche. Ich trinke viel Saft und das genügt mir eigentlich.«

»Aber essen müssen Sie ab und zu schon auch was, Frau Bauer. Sie brauchen Kalorien zum Verbrennen.« Er hob den Zeigefinger und schüttelte ihn mahnend.

»Ich weiß, Herr Raintaler. Schimpfen Sie mich nur. Sie haben ja recht. Aber ein bisserl was esse ich schon. Ein bisserl was geht immer bei uns in München. Stimmt's?« Sie lachte herzerfrischend.

»Jetzt, wo Sie es sagen … Stimmt, Frau Bauer. Na, dann bin ich ja beruhigt.« Max grinste und nahm ihr das schwere Blech ab.

»Da kann ich meinem Freund Mike, der gleich kommt, sogar etwas Süßes zum Kaffee anbieten. Vielen Dank, Frau Bauer.« Er beugte seinen Kopf hinunter, um den verführerischen Duft, den das leckere Backwerk verströmte, noch besser riechen zu können.

»Gern geschehen, Herr Raintaler. Und vielen Dank noch mal für Ihre Hilfe beim Einkaufen. Auf Wiedersehen.« Immer noch lächelnd drehte sie sich um und strebte auf ihre offenstehende Tür zu.

»Auf Wiedersehen, Frau Bauer. Gruß an Ihren Bertram. Und danke noch mal.« Er hielt den Kuchen voller Vorfreude in die Höhe und grinste zufrieden.

»Mach ich. Und gern geschehen.«

22

Max stellte das Backblech auf seinem kleinen Küchentisch ab und trottete immer noch verschlafen zurück ins Wohnzimmer. Da er genau wusste, dass er jetzt sowieso nicht mehr weiterdösen konnte, holte er das Telefon und wählte Irenes Nummer. Er wollte die Sache mit seiner falschen Berufsangabe bei Holzer und Nagel mit ihr klären, hatte das Gefühl, ihr das schuldig zu sein. Vielleicht würde sie verstehen, dass er gar nicht anders gekonnt hatte, und dass jeder zumindest eine zweite Chance bekommen sollte. Gerade wenn es sich um eine dringende Herzensangelegenheit wie bei ihnen beiden handelte. Er würde sich auch einiges einfallen lassen, um seinen Fehler wieder gut zu machen, wenn sie ihn nur ließe. Aber für all das musste er sie erst einmal sprechen.

Sie ging nicht dran. Weder im Studio, noch bei sich zuhause, noch an ihr Handy. Super, Raintaler. Das hast du wieder mal perfekt hingekriegt. Da gefällt dir schon mal eine und du hast nichts Besseres zu tun, als sie zu vergraulen. Er legte den Hörer nachdenklich in die Basisstation zurück und stellte Kaffee auf. Mike würde gleich hier sein. Und zu Kaffee und Kuchen würde er ganz bestimmt nicht nein sagen. Um kurz vor fünf läutete es.

»Ozzy Osbourne? Du schon hier? Was ist los? Du warst doch noch nie pünktlich.« Max grinste den kurzgeschorenen, jungen Musiker in den absichtlich zerrissenen Designerbluejeans und dem schwarzen Black-Sabbath-T-Shirt vor seiner Tür freundlich an.

»Tut mir leid, Max. Aber ich hatte keine Fledermäuse mehr zuhause, die ich hätte verspeisen können. Darf ich trotzdem schon reinkommen?« Mike Huber, der selbstverständlich nicht Ozzy Osbourne hieß, grinste zurück und reichte Max die Hand zum lässigen Musiker- und Sportlergruß, bei dem man wie zum Armdrücken die Handflächen gegeneinander und die Finger über den Daumen und den Handrücken des anderen legte. Fesche Sache. Man hätte sich zwar auch ganz normal die Hand geben können, wie alle anderen Menschen das taten, doch das wäre auf jeden Fall nur halb so cool gewesen.

»Na, klar, Partner. Immer rein mit dir. Super, dass wir üben können.«

»Super, dass du trotz deiner Ermittlungen Zeit hast, Max.« Mike hob seinen schweren Gitarrenkoffer vom Treppenhausboden auf, den er vorher dort abgestellt hatte und betrat hinter Max die kleine, aber feine Altbauwohnung.

Sie ließen sich im Wohnzimmer nieder. Am Küchentisch war es zu eng für zwei Mann mit Gitarre. Kaffee und Kuchen schmeckten vorzüglich, obwohl Max den Kaffee gemacht hatte. Beide nahmen mehrmals nach.

Dann wurde es ernst. Sie stimmten den ersten Song an. Max legte einen cool gepickten Groove vor und Mike setzte sich langsam drauf. Zuerst mit ein paar wenigen Noten und unauffälligen Riffs. Dann spielte er immer mehr. Ihre Köpfe und Beine begannen synchron im Takt zu wippen. Die Töne perlten nur so von den beiden Westerngitarren aus ins Zimmer hinein und Max sang mit seinem ruhigen, leicht angerauten Bariton dazu … ›Better than just wait'n around to die‹ … Der einzeilige Refrain des melancholischen Musikstücks von Townes van Zandt traf wie ein Pfeil mitten ins Herz der beiden Vollblutmusiker. Der Alltag mit seinen täglichen Nervereien und Kriminalfällen hatte Pause.

»Schon ungerecht, dass die besten Leute alle so früh sterben müssen«, philosophierte Mike betroffen, als der letzte Akkord verklungen war.

»Immerhin ist der gute Townes 52 geworden. Genau so alt, wie ich jetzt bin«, entgegnete ihm Max, »und er ist bis zuletzt auf der Bühne gestanden. Trotz der Wagenladungen an Alkohol, Klebstoff und Drogen, die er sich im Laufe seines Lebens eingepfiffen hat. Ozzy lebt sogar noch. Trotz seiner Exzesse.«

»Na, dann schau bloß, dass du schnell 53 wirst. Nicht, dass du es dem guten Townes noch nachmachst.« Mike lachte und nahm einen Schluck Kaffee.

»Nie im Leben, Mike. Dazu trinke ich zu wenig und mache zu viel Sport. Und Drogen und Zigaretten haben mich noch nie gereizt. Ich bin topfit.« Noch während Max sprach, beschlich ihn wieder diese leise heimliche Angst, die in der letzten Zeit immer häufiger in ihm hochkam. Was, wenn er doch bald sterben musste? Wenn er doch so krank war, wie er manchmal dachte? Blutdrucktabletten musste er ja schon nehmen. Was kam als Nächstes? Das metabolische Syndrom? Burnout? Konnte doch alles sein. Wer wollte das wissen? Neuerdings hatte er auch schon diese kleinen Ringe um die Hüften, und Monika wollte ihn sogar am liebsten in die Klapsmühle stecken. Würde der Tod weh tun? Und vor allem, was kam danach? Herrschaftszeiten. Warum mussten wir eigentlich sterben? Hätte man das nicht geschickter lösen können? Mist, blöder.

»Topfit, sagst du? Und das in deinem biblischen Alter?« Mike lachte noch mehr.

Max lachte ebenfalls. Was sollte er auch sonst tun? Gut verarscht, dachte er.

»Oh Mann, Mike. Hoffen wir, dass unser Leben noch so lange dauert, wie es dauert. Was meinst du? Sollen wir zwischenrein vielleicht mal was Fröhlicheres spielen?«

»Biene Maja?« Mike hob seinen tätowierten Arm, fuhr sich mit der Hand über seine kurzen schwarzen Haare und grinste provozierend.

»Depp! Hey! Ein neues Tattoo? Ist das etwa …?« Max zeigte auf Mikes bunten Oberarm.

»Ja, es ist Heinz Erhard. Ich liebe die Filme mit diesem Kerl. Für mich war er der lustigste Mensch aller Zeiten.«

»Aha. Na gut, wie du meinst. Ich stehe mehr auf den Karl Valentin. Mein Lieblingsspruch von ihm ist ›Die Zukunft ist auch nicht mehr das, was sie mal war‹. Der stimmt immer. Übrigens fällt mir gerade ein, was wir spielen könnten. Was hältst du hiervon?« Max schlug kraftvoll die Anfangsakkorde von ›Old Time Rock'n Roll‹ an.

Mike stieg sofort begeistert ein. Der gute alte Bob Seger. Egal, wie leer der Saal war oder wie voll. Egal, wie die Zuhörer gerade vorher noch drauf waren, dieser Song riss jeden mit, schon nach den ersten paar Takten. Die Musiker riss er natürlich auch mit, selbst daheim beim Üben im Wohnzimmer. Sie spielten den Schluss noch ein paarmal extra. Max wollte vor dem endgültigen Ende ein Ritardando einbauen. Bis sie dafür genau das gleiche Tempo gefunden hatten, dauerte es eine Weile. Ganz normal. Auch für alte Profis, wie sie es waren.

Um kurz nach sechs hatten sie alle neuen Stücke zweimal durchgespielt. Sie packten ihre Gitarren in die Koffer und wischten sich mit zwei kleinen, bunten Handtüchern, die Max aus seinem Badezimmer geholt hatte, die schweißnassen Gesichter und Haare trocken.

»Wenn wir am Samstag genauso gut spielen, wird der Abend ein Riesenerfolg«, freute sich Max zufrieden.

»Vorausgesetzt, es kommen Leute, Max. Du weißt, dass wir Sommer haben. Es ist heiß draußen und die meisten unserer Mitbürger sitzen lieber im Biergarten als in einem kleinen, verrauchten Musiklokal.«

»Apropos Biergarten, Mike. Ich habe Durst. Was meinst du? Biergarten?« Max schnalzte ein paarmal laut mit der Zunge, um Mike zu verdeutlichen, wie trocken sein Mund inzwischen war.

»Spitzenidee, Chef. Das machen wir. Darf ich meine Klampfe hier lassen?« Der junge Gitarrist deutete auf seine teure Taylor Rosewood, die vor Max' kleinem, hellbraunem Couchtisch in ihrem schwarzen Gitarrenkoffer auf Tante Isoldes wertvollem Perser lag.

»Und würdest du sie mir auch noch am Samstag in die ›Kleine Rockbühne‹ mitbringen?«

»Schon. Aber bloß, wenn du ganz brav bist.« Max zog grinsend sein helles Sommersakko über. Und zog es gleich wieder aus. Viel zu warm, merkte er.

Kurz darauf stiegen sie die Treppen hinunter und sahen zu, dass sie so schnell wie möglich auf die andere Straßenseite in den Schatten kamen. Von hier aus ging es direkt durchs Grüne in den kleinen Biergarten nahe der Isar. Dort angekommen, versuchte Max erneut, Irene am Telefon zu erreichen. Ohne Erfolg. Wo mag sie nur sein? Hoffentlich ist ihr nichts zugestoßen, dachte er.

23

München-Thalkirchen, Donnerstagmorgen, neun Uhr. Der Wecker klingelte. Max schlug mit der flachen Hand auf ihn ein, bis wieder Ruhe einkehrte. Er hatte schlecht geschlafen und geträumt, dass Irene mit ihm in einem kleinen Ruderboot auf dem offenen Meer gesessen war. Sie wollten nach Jamaika. Auf einmal war ein riesiger Hai aus dem Wasser aufgetaucht und hatte sie mit sich in die Tiefe gerissen. Er war ebenfalls ins Wasser gesprungen und hatte nach ihr gesucht, konnte aber nicht weit genug sehen. Das Wasser war trüb gewesen, hatte sich immer mehr rot eingefärbt. Als er festgestellt hatte, dass es ihr Blut sein musste, war er schweißgebadet aufgewacht.

Er stand auf, holte in der Küche den restlichen Käsekuchen und eine halbleere Milchtüte aus dem Kühlschrank und setzte sich damit an seinen Couchtisch im Wohnzimmer. Sollte er noch mal bei Irene anrufen? Wozu? Sie würde sowieso wieder nicht rangehen, wenn sie seine Nummer auf ihrem Display sah. Er würde später lieber persönlich bei ihr vorbeischauen. Wenn er unten klingelte, würde sie ihm auf jeden Fall aufmachen müssen, da sie ja nicht wissen konnte, wer es war. Guter Plan. Als er das erste Stück Kuchen gegessen hatte, fiel ihm ein, dass er Monika eigentlich auch etwas davon zukommen lassen könnte. Sie liebte Frau Bauers Käsekuchen über alles. Außerdem machte es einfach mehr Spaß, zu zweit zu frühstücken als alleine. Die Gefahr, dass er vielleicht doch noch zuckerkrank würde, wäre obendrein geringer. Er rief sie an.

»Hallo, Moni. Hast du Lust auf gemeinsames Frühstück bei dir? Ich bringe Frau Bauers berühmten Käsekuchen mit.«

»Habe ich. Soll ich den Kaffee schon aufstellen?«

»Ja.« Er duschte kurz, kleidete sich an, packte den Kuchen ein und zog los. Es war schon wieder heiß draußen. Wenn es in den nächsten Tagen nicht abkühlt, fängt es hier bald zu brennen an, dachte er, während er durch die ausgetrockneten, braunen Wiesen westlich der Isar lief. Als er die Tierparkbrücke erreichte, ertönte das ›Lied vom Tod‹. Er zog sein Handy aus der Jeanstasche und hob ab.

»Raintaler.«

»Franzi hier. Pass auf, Max. Die Ergebnisse von Bärs Obduktion liegen vor.«

»Aha. Ja und?«

»Der gute Mann ist an einem ganz normalen Herzinfarkt gestorben. Kein Gift, keine sonstigen äußeren Einwirkungen. So wie es aussieht, hatte er schon seit längerer Zeit Probleme mit seinem Herzen.«

»Also doch kein Mord. Ich hätte Stein und Bein schwören können, dass Ratgeber ihn umgebracht hat. Dann war Bär wohl auch nicht der Liederdieb. Oder er war es doch und hat sich nach unserem Aufeinandertreffen im Biergarten so aufgeregt, dass es ihn umgehauen hat. Kann ja auch sein.« Oje, Herzinfarkt. Ja mei, so schnell konnte es gehen. So ein saublöder Fall. Nichts passte hier zusammen. Aber auch rein gar nichts.

»Fragen können wir ihn jedenfalls nicht mehr, Max. Und Ratgeber auch nicht.« Für Franz schien die Causa Bär damit erledigt zu sein, so wie er sich anhörte.

»So ein verdammter Mist mit diesem Fall«, fluchte Max.

»Wie soll ich den Täter denn jemals finden? Das ist doch alles total sinnlos. Ich glaube, ich gebe endgültig auf.« Er blieb stehen und zuckte mit den Schultern, während er seinen Blick über die weitläufigen, grauweißen Kiesbänke der Isar schweifen ließ. Schon schön hier in meinem München, dachte er kurz. Verdammt schön. Da mach ich doch lieber Urlaub in meiner Stadt, als weiter einem Phantom hinterher zu jagen. Ungefähr 50 Meter entfernt hatte sich eine riesige Schar Schwäne im glitzernden Wasser des Flusses versammelt. Am strahlend blauen Himmel darüber zogen laut krächzend ein paar schwarze Krähen vorbei.

»Oder auch nicht«, meinte Franz trocken. »Da ist nämlich noch was. Es gibt schon wieder einen Toten im Schlagermilieu.«

»Was? Echt? Wen?« Max glaubte, sich verhört zu haben.

»Dieser Nagel, einer deiner zwei Schlagerproduzenten wurde im Isarkanal bei Unterföhring aufgefunden. Er hat sich in einem Ast am Ufer verfangen und wurde heute Morgen von einem Spaziergänger dort entdeckt.«

»Ja, da schau her.« Auf diese überraschende Neuigkeit hin musste sich Max erst einmal setzen. Zu seinem Glück kam er gerade an einer Bank vorbei. Nagel war tot. Und er lag nur ein paar Kilometer flussabwärts von hier. Aber wieso denn das jetzt? Die Sache mit Heinz' Liedern war doch geklärt.

»Ertrunken? Selbstmord?«

»Nein, Max. So wie es aussieht, hat man ihn ein Stück weiter flussaufwärts erschlagen und dann in den Kanal geworfen. Wir haben Spuren gefunden, die eindeutig darauf hinweisen. Raubmord können wir ziemlich sicher ausschließen. Er hatte noch alles Mögliche bei sich: Geld, Papiere und einen großen Schlüsselbund mit seinem Hausschlüssel und allen Studioschlüsseln.« Ja, so ein Mist, so ein verdammter. Gerade noch endgültig raus aus den Kartoffeln und jetzt schon wieder mitten rein in die Kartoffeln. Mit einem Toten.

»Wann war das denn?«

»Unser Doc meint, gestern Mittag oder am frühen Nachmittag. Irgendwann zwischen 13:00 Uhr und 14:00 Uhr.«

»Wart ihr schon bei Holzer?«

»Ja, aber wir konnten ihn weder bei sich zuhause noch in ihrem Studio auftreiben. Er scheint sich vom Acker gemacht zu haben. Genau wie dieser Ratgeber. Nagels Haus und das Studio haben wir natürlich durchsucht. Die Schlüssel hatten wir ja. Aber wir konnten nichts Verdächtiges darin entdecken.« Franz klang ratlos.

»Und in Nagels Auto?«

»Das haben wir nicht gefunden. Auch keine Autoschlüssel. Entweder, er hatte gar keins oder man hat es ihm samt den Schlüsseln geklaut.«

»Aha. Pass auf, Franzi. Nagel und Holzer hatten Angst vor Ratgeber, als ich letztes Mal bei ihnen war«, fiel es Max ein. »Nagel offensichtlich mehr als Holzer. Der blieb relativ cool. Vielleicht ist Ratgeber ja wegen des Mordes an Nagel nach Chile abgehauen. Und nicht wegen der Lieder.«

»Du meinst, er war das? Und Holzer?«

»Hm. Der kann es natürlich genauso gut gewesen sein. Er und Nagel hatten vielleicht Streit wegen ihrer Gaunereien und da hat er zugeschlagen. Oder Ratgeber hat

Holzer ebenfalls umgebracht und der treibt längst auf Landshut zu.« Max erhob sich wieder von der verwitterten Holzbank, auf der er gerade Platz genommen hatte und schlenderte langsam weiter.

»Das werden wir auf jeden Fall überprüfen. Danke, Max. Du bist und bleibst halt doch ein alter Fuchs.« Zeitlich wäre das mit Ratgeber gerade so ausgegangen, dachte der alte Fuchs. Mord zwischen eins und zwei, dann die Leiche oder die Leichen in den Kanal werfen und wie der Wind mit Handgepäck zum Abflug um halb drei. Obwohl er schon verdammt schnell zum Flughafen gefahren sein musste. Wenn er am Computer eingecheckt hätte, wäre das gerade so zu schaffen gewesen. Aber was war mit Irene? Hatte sie etwa zu viel gewusst und war deshalb nicht mehr zu erreichen? War sie vielleicht am Ende auch tot? Herrje! Wenn nicht, war sie aber bestimmt in größter Gefahr.

»Franzi, ich muss jetzt aufhören. Ich ruf dich später noch mal an. Sucht diesen Holzer, dann wissen wir mehr. Servus.« Er legte schnell auf und wählte fieberhaft Irenes Handynummer. Wieder kein Erfolg, wie gestern. Logisch. War ja klar. Aber war sie wirklich einfach nur sauer auf ihn oder …? Er versuchte es bei ihr zuhause. Umsonst. »Wenn das noch mit rechten Dingen zugeht, fresse ich einen Besen«, murmelte er düster vor sich hin.

Er begann zu schwitzen. Allerdings mehr vor Aufregung und Angst um Irene als wegen der Hitze. Ich muss auf jeden Fall versuchen, sie zu finden, sagte er sich. Am besten schaute er sofort bei ihr zuhause vorbei. Doch vorher musste Monika noch ihren Käsekuchen bekommen. Gott sei Dank war es nicht mehr weit bis zu ihrem kleinen Haus mit der Kneipe im Erdgeschoss. Als er kurze Zeit später atemlos vor ihrer Tür stand, klingelte er Sturm. Sie öffnete ihm mit verwundertem Blick.

»Hier. Von Frau Bauer, Moni.« Er sah sie nur an und drückte ihr hektisch den kleinen Teller mit dem Kuchen darauf, den er die ganze Zeit vor sich hergetragen hatte, in die Hand.

»Äh, danke, Max. Was ist denn los? Kommst du nicht rein?«

»Tut mir leid. Ich muss sofort wieder los. Es ist wegen meinem Fall. Die Sache wird auf einmal brenzlig. Es hat einen Mord gegeben oder sogar zwei und vielleicht auch noch eine Entführung oder sogar drei Morde.«

»Zwei oder vier«, stellte sie trocken fest.

»Was ›zwei oder vier‹?«

»Es hat zwei Entführungen oder vier Morde gegeben.«

»Wie?«

»Ich habe Annie doch gestern Abend bei Franzi vermisst gemeldet. Sie ist aber nach wie vor nicht aufzutreiben.« Deutlich erkennbar mischte sich blanke Panik in ihren bis dahin nahezu unbeweglichen Gesichtsausdruck. Dass Max mindestens ebenso nervös und besorgt war wie sie, wenn auch aus anderen Gründen, bemerkte sie gar nicht.

»Ach, du Scheiße. Anneliese. Die habe ich ganz vergessen.« Max war sich auf einmal gar nicht mehr so sicher, dass Monikas beste Freundin wirklich nur mit ihrem neuen Liebhaber das Leben genoss. Unter dem Eindruck der momentanen Ereignisse räumte er durchaus ein, dass auch ihr etwas passiert sein könnte. Aber davon verriet er

Monika wohlweislich nichts. Es würde sie bestimmt nur noch mehr aufregen.

»Aha. Alles klar, Max Raintaler. Wenn du bei deinem wichtigen Fall zwischenrein mal Zeit für mich und meine unwichtigen Probleme haben solltest, kannst du dich ja wieder melden«, rief sie wütend, drehte sich ohne ein weiteres Wort beleidigt um und schlug mit einem lauten Scheppern die Tür hinter sich zu. Den Kuchen nahm sie mit.

Oha. Sie macht sich offensichtlich die größten Sorgen um Anneliese, dachte Max. Genau wie er sich um Irene. Aber Irene schwebte gerade in akuter Gefahr. Bei Anneliese wusste man das nicht so genau. Also, was war wichtiger? Irene. Logisch. Und damit basta. Nichts wie ab zu ihrer Wohnung. Monika würde er dann gleich noch mal anrufen. Aber was, wenn er Irene in ihrer Wohnung nicht fand? Das kam gar nicht in Frage. Er würde sie finden. Auf jeden Fall.

Wenig später klingelte er mit zitternden Händen, schwitzend und keuchend an ihrer Tür in Untergiesing. Ich mache ja Franzi bald Konkurrenz, wenn's so weitergeht, dachte er. Verdammte Kondition. Wäre er doch bloß nicht so schnell gerannt, vor allem nicht nach dem gestrigen Abend mit Mike im Biergarten. Schließlich war er keine dreißig mehr. Er klingelte noch einmal etwas länger. Niemand öffnete. Sollte er ihre Tür oben aufbrechen? Noch nicht. Lieber nachdenken. Wo konnte sie noch sein? Bei einer Freundin? Zuhause bei ihren Eltern auf dem Land? Aber wie hießen die und wo wohnten sie. Sie hatte mal was von Erding erwähnt. Franz musste helfen. Er brauchte doch nur in seinem allwissenden Computer nachzuschauen. Max hielt nach wie vor nichts von den Dingern, weil einem die gespeicherten Daten seiner Meinung nach sowieso bloß geklaut wurden. Aber dass Franz beruflich einen hatte, ging schon in Ordnung. Doch, doch. Auf jeden Fall. Schnell wählte er die Nummer seines alten Schulfreundes und Exkollegen.

»Servus, Franzi. Ich bin's noch mal«, rief er hastig in das Handy. »Kannst du mir bitte ganz schnell die Telefonnummer von Irenes Eltern raussuchen. Ich kann sie nirgends erreichen. Und nach dem Mord an Nagel mache ich mir ernsthafte Sorgen um sie. Ich schätze, sie heißen Meierling wie sie. Sie müssen irgendwo bei Erding wohnen.«

»Eine Sekunde, Max. Das haben wir gleich … Wenn du sie dort übrigens auch nicht auftreibst, leite ich eine offizielle Suche nach ihr ein. Wie nach Anneliese.«

»Alles klar. Danke, alter Freund.« Während er wartete, trat Max unruhig von einem Fuß auf den anderen. Seine Angst um Irene wurde immer größer.

»Du hast Glück«, meldete sich Franz nach wenigen Minuten. »Es gibt nur einen Meierling außerhalb von Erding. Hast du was zu schreiben?«

»Ja, leg los.« Max hatte längst seinen kleinen Taschenkugelschreiber und eine seiner Visitenkarten aus der Brieftasche geholt. Er schrieb die Telefonnummer, die Franz ihm diktierte, auf die Rückseite und rief dort an, sobald sie aufgelegt hatten.

»Hoch- und Tiefbau Meierling, Meierling selbst am Apparat«, meldete sich eine tiefe Männerstimme.

Ach, du Schande. Die waren das. Den Namen sah man doch überall auf allen möglichen Lastwagen, Baumaschinen und Kränen stehen. Dann war Irene also die Tochter von einem Bautycoon. Und da war sie auf ihn sauer, weil er ihr nichts von seinem Job als Privatdetektiv verraten hatte? Nicht zu fassen.

»Grüß Gott, Herr Meierling. Raintaler ist mein Name. Haben Sie eine Tochter namens Irene?«

»Wieso?«

»Ich bin ein Freund von ihr aus München.«

»Aha. Und was wollen Sie von ihr? Angenommen, ich hätte eine Tochter, die so heißt.« Er klang so misstrauisch. Wurde Irene etwa entführt, und er glaubte jetzt, dass Max der Erpresser war?

»Ich bin ehemaliger Polizeihauptkommissar. Und ich arbeite zusammen mit der Kripo an einem Fall, der Irenes Chefs Holzer und Nagel betrifft. Könnte ich sie bitte kurz sprechen? Ich kann sie nicht erreichen und mache mir große Sorgen um sie.« Max versuchte so offiziell wie möglich zu wirken.

»Moment.« So wie es sich anhörte, hielt Meierling die Muschel zu und rief etwas für Max Unverständliches. Der wartete derweil nervös an seinen Schläfenhaaren zupfend. Dann meldete sich eine Frauenstimme am anderen Ende der Leitung.

»Meierling.«

»Irene? Bist du's?«

24

»Ja?« Tatsächlich. Sie war es.

»Gott sei Dank, du lebst. Bin ich froh, Irene. Das kann ich dir gar nicht sagen. Max hier. Ich habe mir schreckliche Sorgen um dich gemacht, weil ich dich seit gestern Mittag nicht mehr erreichen konnte.«

»Woher hast du die Nummer meiner Eltern?« Sie klang verwirrt und ein wenig unsicher, so als hätte sie noch gar nicht richtig realisiert, wer da mit ihr sprach.

»Beziehungen. Ich wusste gar nicht, dass du eine Prinzessin aus so reichem Hause bist.«

»Aha.« Weiter sagte sie nichts.

Nach lustigen Sprüchen war ihr gerade anscheinend nicht zumute. Vor allem wohl nicht, wenn sie von ihm kamen.

»Na gut. Franzi hat mir deine Nummer rausgesucht«, gestand er. »Er ist bei der Polizei, was du sicher auch nicht gewusst hast. Ich war bis vor zwei Jahren ein Kollege von ihm. Verstehst du?« Statt einer Antwort hörte er sie nur leise atmen. »Gott sei Dank konnte ich mich noch daran erinnern, dass du mal was von Erding erzählt hast«, fuhr er fort. »Nagel wurde umgebracht und Holzer vielleicht auch. Und ich dachte schon, dir wäre auch etwas zugestoßen. Ich bin so froh, dass du wohlauf bist.« Sie sprach immer noch nicht. Also redete er weiter. »Es tut mir wahnsinnig leid, dass ich dir das mit meinem richtigen Beruf nicht gleich nach unserer gemeinsamen Nacht gesagt habe. Ich hätte dir vertrauen müssen. Aber andererseits hättest du mir ruhig auch ein bisserl mehr über dich erzählen können. Zum Beispiel, dass du so reiche Eltern hast. Außerdem konnte ich wirklich nicht wissen, inwieweit du mit Holzer oder Nagel oder mit beiden verbandelt bist.«

»Nagel … er ist …tot?«, kam es jetzt zögerlich vom anderen Ende der Leitung.

Gott sei Dank. Sie hatte ihre Sprache wiedergefunden.

»Ja, und Holzer vielleicht auch.«

»Was … Wie … Wer tut denn so was?«

»Keine Ahnung. Ratgeber könnte es gewesen sein. Und danach ist er gleich in den Flieger nach Chile gestiegen. Oder Holzer und Nagel hatten Streit. Und Holzer hat seinem Daniel dabei eins übergezogen und ist abgehauen. Oder Ratgeber hat sie alle beide erschlagen. Mehr weiß ich auch nicht. Ich weiß nur, dass ich froh bin, dass dir nichts passiert ist.« Max setzte sich auf die steinernen grauen Treppenstufen vor Irenes Haus. Im gleichen Maße wie sich seine Aufregung langsam wieder legte, kam sein Jagdinstinkt zum Vorschein.

»Wegen was sollten sie denn streiten?«

»Geld, Irene. Tantiemen von geklauten Liedern.«

»Echt? Die haben auch noch Lieder geklaut?« Sie klang nicht sonderlich überrascht.

»Ja. Und ich war ihnen diesbezüglich auf der Spur. Deshalb wollte ich dich auch zuerst nicht über meine wahre Identität informieren. Vielleicht hättest du mich verraten, ohne es zu wollen. Ganz zufällig. Und da dachte ich mir, dass es besser wäre, du weißt nichts. So einfach ist das alles.« Er wischte sich den Schweiß aus dem Gesicht. Eine bessere Erklärung kann man nicht abgeben, Raintaler. Jeder kommt optimal dabei weg. Dein Misstrauen und deine Angst davor, dass sie dich ausspionieren wollte, hat es ab sofort nie gegeben.

»Also, für mich klingt es eher kompliziert, Max.«

Hatte sie gerade wirklich Max gesagt? Hatte sie ihm etwa verziehen? Wenigstens ein kleines bisschen?

»Wenn du willst, erkläre ich dir alles ganz genau, Irene. Dazu müssten wir uns allerdings sehen. Meinst du, das wäre möglich?«

»Am Samstag.«

»Wie bitte?«

»Am Samstag bin ich wieder in der Stadt.«

»Super. Kommst du zu meinem Konzert?«

»Mal sehen. Bis dann, Max.« Sie legte schnell auf.

Max rief Franz an, um ihm mitzuteilen, dass mit Irene alles in Ordnung war. Dann stand er auf und spurtete zu Monikas Haus zurück. Jetzt würde er sich erst mal um Annelieses Verschwinden kümmern, und dann musste er natürlich auch herausfinden, wer Nagel und vielleicht auch Holzer umgebracht hatte. Er musste das einfach tun. Er steckte bereits viel zu tief in der Sache drin, um es nicht zu tun. Außerdem hatte er immer noch nicht seinen Liederdieb erwischt. Ratgeber war auf jeden Fall der Dealer. Soviel war klar. Aber wer war sein Zulieferer? Vorausgesetzt natürlich, dass der tote Bär es nicht gewesen war. Herrje. So eine vertrackte Geschichte. Keuchend und schwitzend erreichte er ›Monikas kleine Kneipe‹. Die Eingangstür war verschlossen. Er läutete. Nichts rührte sich.

»Ja, leck mich doch am Arsch«, fluchte er laut vor sich hin. »Jetzt ist die auch noch beleidigt. Das hat man davon, wenn man zu gutmütig ist. Irgendwann meinen alle, dass man jederzeit und immer für sie dazusein habe. Aber wehe, man ist es einmal nicht, weil irgendwas anderes gerade wichtiger ist. Dann hagelt es gleich dicke Sanktionen.« Genervt rief er oben in Monikas Wohnung an. Vielleicht hatte sie ihn nur nicht gehört. Aber es war lediglich der Anrufbeantworter dran. Er versuchte es auf ihrem Handy. Auch hier meldete sich nur die Mailbox. Er hinterließ ihr, dass er jetzt endlich Zeit für die Sache mit Anneliese habe und sie solle ihn sobald wie möglich deshalb zurückrufen. Dann brach er zu sich nach Hause auf. Er wollte sich in Holzers und Nagels Studio umsehen, und dazu brauchte er sein Auto. Am besten ruf ich vorher noch bei Franzi im Büro an, dachte er. Ich brauche ja die Schlüssel.

»Wir haben zwar alles zugesperrt, aber da es kein Tatort ist, kannst du gerne reinschauen«, meinte sein alter Freund und Exkollege. »Vielleicht fällt dir irgendwas auf, das wir übersehen haben. Ich schicke dir einen Uniformierten mit Nagels Schlüsseln vorbei.«

»Danke, Franzi. Ich gebe sie dir dann heute Abend persönlich in unserem Lieblingsbiergarten zurück. Okay?«

»Alles klar. Selbe Zeit, selber Ort?«

»Selbstverständlich, um sechs an unserem Stammtisch. Bei der Hitze sollte man den Tank unbedingt täglich mit Flüssigkeit auffüllen. Nicht, dass der Motor noch ins Stocken gerät.«

»Das darf natürlich auf keinen Fall passieren, Herr Exkollege«, stimmte Franz zu und lachte. »Da bin ich voll und ganz deiner Meinung. Bis später.« Sie legten auf.

Max passierte die Schrebergärten in den westlichen Isarauen. Jetzt musste er nur noch ein kleines Stückweit nach Nordwesten, dann war er da. Wenig später stieg er flugs zu seiner Wohnung hinauf, duschte und kleidete seinen durchtrainierten Sportlerkörper in frische Jeans und ein neues T-Shirt, diesmal mit dem Aufdruck ›Babysitter‹. Monika hatte ihm die Dinger alle vor ein paar Jahren auf einem Flohmarkt besorgt, und wenn sie schon mal da waren, konnte man sie auch tragen. Selbst wenn sie etwas albern aussahen. Aber letztlich war Hemd schließlich Hemd. Zumindest in Max' Augen. Er eilte wieder hinunter, warf seinen klapprigen R4 an und sauste los. Um kurz nach halb zwölf parkte er auf dem Firmenparkplatz von Holzer und Nagel und wartete auf den versprochenen Polizeibeamten mit den Schlüsseln. Knapp zehn Minuten später traf er ein.

»Herr Raintaler?«, erkundigte er sich freundlich bei Max, der ihm auf halbem Weg entgegenkam.

»Der bin ich. Haben Sie die Schlüssel von Herrn Wurmdobler für mich?«

»Jawohl. Habe ich. Darf ich trotzdem kurz Ihren Ausweis sehen. Die Vorschriften. Sie verstehen das sicher.« Der kleine Polizist mit dem kräftigen dunklen Schnauzbart lächelte verlegen.

»Logisch, kein Problem.« Max reichte ihm ebenfalls lächelnd das geforderte Dokument. Dann nahm er wieder seinen Personalausweis und den großen Schlüsselbund entgegen und verabschiedete sich.

»Soll ich Ihnen helfen?«, rief ihm der Beamte nach.

Max, der schon in Richtung Eingangstür unterwegs war, drehte sich noch einmal um.

»Nein, danke. Ich komme schon klar«, erwiderte er und hob noch einmal die Hand zum Abschiedsgruß.

Der Schnauzbart stieg in seinen Streifenwagen und fuhr davon. Max drehte sich um und sperrte das große Glasportal zu Holzers und Nagels Studioräumlichkeiten auf.

Damit ihn keine unliebsamen Besucher bei seinen Ermittlungen überraschen konnten, verschloss er die Tür gleich wieder von innen. Dann schaute er sich erst einmal in dem pflanzenüberwucherten Empfangsraum um. Es war brütend heiß hier drinnen. Der Schweiß brach ihm aus. Bestimmt lief die Klimaanlage nicht, weil niemand da war. Oder sie war schon wieder kaputt, wie bei seinem ersten Besuch.

Nach einer Weile bemerkte er, dass ihm etwas fehlte. Irgendetwas war anders als die letzten Male. Richtig. Kein Vogelgezwitscher vom Band. Wozu auch, wenn niemand da war? Er suchte Nagels Büro und fand es zwei Türen links neben Holzers. Es dauerte eine Weile, bis er den richtigen Schlüssel fand. Dann sperrte er auf und trat ein. Wurde Nagel hier drinnen erschlagen und dann zum Isarkanal transportiert? Schmarrn. Dann hätte die Spurensicherung irgendwo Blut gefunden. Oder Kampfspuren. Und wenn der Täter alle Spuren sorgfältig verwischt hatte? Auch Schmarrn. Die technischen Möglichkeiten der SpuSi waren heutzutage einfach zu umfassend. Die konnten so gut wie jedes verdächtige Staubkorn nachweisen, von vergleichsweise riesigen Blutspritzern ganz zu schweigen. Selbst dann noch, wenn sie gründlich mit Putzmittel entfernt wurden. Außerdem hatten Franzis Leute Spuren des Mordes beim Kanal entdeckt. Wozu zerbrach sich er also jetzt den Kopf über Sachen, die gar nicht sein konnten? Völlig überflüssig, Raintaler. Konzentrier dich lieber auf die Dinge, die du noch nicht weißt.

Er öffnete Nagels Schreibtischschublade mit dem kleinsten Schlüssel am Bund, entdeckte darin aber nichts Auffälliges. Dann verließ er das Büro des Ermordeten und betrat

Holzers Zimmer. Alles hier war peinlich sauber und aufgeräumt. Außer ein paar unwichtigen Briefen fand er nichts Interessantes auf, in und unter dem Schreibtisch. Holzers Computers schaltete er erst gar nicht ein. Genauso wie Nagels zuvor. Der Zugang zu beiden war garantiert durch ein Passwort geschützt und Max wusste genau, dass er das in 100 Jahren nicht herausfinden würde. Computer waren noch nie sein Ding gewesen. Da müsste schon ein Spezialist ran oder ein Hacker. Sollten Franzis Leute doch einfach alle Festplatten ausbauen und mit ins Büro nehmen oder gleich die ganzen Computer. Warum hatten die das eigentlich nicht längst gemacht? Schlamper! Oder hatten sie die Festplatten bereits ausgebaut? Am besten fragte er Franzi. Er schloss die Tür zu Holzers Büro und stieg die metallene Wendeltreppe ins Studio hinunter. Doch außer Bändern und Musikinstrumenten fand er dort nichts. Er war also genauso schlau wie vorher. Nichts wie raus aus der stickigen Bude. Hier kam er im Moment nicht weiter.

25

Max hatte gerade die große Glastür zu den Studios abgesperrt und war auf dem Weg zu seinem Auto, als sein Handy langgezogen losheulte.

»Hallo, Herr Raintaler. Gudrun Schulze hier.«

»Hallo, Frau Schulze. Was verschafft mir die Ehre?«

Was mochte Ratgebers Sekretärin von ihm wollen? Hatte sich ihr Chef etwa aus Südamerika gemeldet und seine Verbrechen gestanden?

»Herr Raintaler, ich habe gerade eine E-Mail von meinem Chef bekommen. Aus irgendeinem Internetcafé. Es wäre schön, wenn Sie sich die Nachricht so schnell wie möglich durchlesen könnten.« Sie klang aufgeregt und ängstlich.

»Geht das nicht am Telefon?«

»Besser nicht.«

»Okay. Ich bin gleich bei Ihnen. Befinde mich sowieso gerade ums Eck.«

»Danke, Herr Raintaler.«

»Bis gleich.« Er steckte sein Handy in die Hosentasche und brach auf.

Nur wenig später stand er voller Neugier in Ratgebers Empfangsraum. Frau Schulze bat ihn gleich, um ihren Schreibtisch herum zu ihr zu kommen. Er las Ratgebers Mail. Liebe Frau Schulze, bitte kümmern Sie sich um die Goldfische in meiner Wohnung. Ich werde für immer weg bleiben. Es ist besser für Sie, wenn Sie nicht wissen, wo ich mich aufhalte. Glauben Sie mir. Bitte sagen Sie der Polizei Bescheid, dass im Aufnahmeraum B meines Studios eine Überraschung wartet. Und bitte zeigen Sie ihnen den Weg dorthin. Nur noch so viel zu Ihrer Beruhigung. Ich habe weiter nichts Böses getan, außer ab und zu ein bisschen bei meiner Musik abzusahnen. Genau wie jeder andere in der Branche. Lassen Sie sich bloß von niemandem etwas anderes einreden. Herzliche Grüße und ein schönes weiteres Leben wünscht Ihnen Ihr ehemaliger Chef Gustl Ratgeber.‹

Die mollige Sekretärin holte ein Papiertaschentuch aus ihrer Schreibtischschublade hervor, wischte sich damit ein paar kleine Tränen aus den Augenwinkeln und putzte sich anschließend kräftig die Nase.

»Der Gute. Er mag seine Fehler gehabt haben. Aber zu mir war er immer fair und großzügig. Er war der beste Chef, den ich je hatte, Herr Raintaler. Glauben Sie mir.«

»Mag sein, Frau Schulze. Haben Sie die Polizei schon angerufen?«

»Nein.«

»Warum nicht?«

»Ich dachte, ich rufe erst mal Sie an, Herr Raintaler. Vielleicht hat diese Überraschung ja mit den Fotos oder mit Holzer und Nagel zu tun.«

»Oder mit Ihrem Chef? Wo ist denn sein Studio? Hier im Haus?« Jetzt bloß nicht lange herumtrödeln. Sie würde schon wissen, warum Sie nicht die Polizei holen wollte. Wahrscheinlich hatte sie Angst vor dem, was die entdecken könnten. Wer wusste denn schon, was das für eine Überraschung war in diesem Studio B. Hielt Ratgeber etwa Holzer da unten gefangen?

»Ja. Im Keller. Ich bringe Sie hin.« Frau Schulze putzte noch einmal ihre Nase und stand auf. Dann verließen sie das Büro und fuhren zunächst mit dem Aufzug in das zweite Untergeschoss hinunter. Dort ging es noch mal eine Treppe nach unten, wo sie zweimal nach rechts abbogen und anschließend in einen langen Gang gelangten, der sie bis zu einer massiven Metalltür führte.

»Ganz schön versteckt. Hierher verirren sich bestimmt keine ungewollten Besucher«, staunte Max.

»Herr Ratgeber hat sich vor allem der lauten Musik wegen so weit zurückgezogen, Herr Raintaler.«

Und seiner jungen Mädchen wegen wahrscheinlich, kam es Max in den Sinn. Die hat hier garantiert niemand schreien gehört. Drecksack, mieser. Frau Schulze schloss die Tür auf und bat ihn herein.

»Schön, schön«, brummte er, während er sich in dem großen, hellerleuchteten Aufnahmeraum voller Musikinstrumente umblickte. »Und wo ist der Aufnahmeraum B, in dem die Überraschung liegen soll?«

»Gleich hier drüben.« Frau Schulze öffnete eine weitere Metalltür in der Wand zur Linken und schaltete das Licht ein. Gleich darauf hörte Max sie laut schreien. »Herr Raintaler, kommen Sie schnell!«

Max lief zu ihr hin, schaute an ihr vorbei in den kleinen Raum und entdeckte den Grund für ihren Schreckensschrei. Eine rothaarige Frau lag vor ihnen auf dem dunkelgrünen Teppichboden. Auf dem Bauch. Die Hände und Füße waren ihr auf den Rücken gefesselt. Ratgeber. Wer sonst sollte das getan haben. Sie bewegte sich nicht. Herrschaftszeiten.

»Schnell, Frau Schulze. Rufen Sie sofort einen Krankenwagen und die Polizei. Und begleiten Sie die Herrschaften dann hier herunter. Das hier ist auf gar keinen Fall witzig. Hier geht es um Leben und Tod. Machen Sie schon! Auf geht's!«

Sie sah ihn für einen Moment lang mit schreckgeweiteten Augen an, drehte sich dann schlagartig um und rannte eilig hinaus. Max beugte sich über die vielleicht gerade mal Zwanzigjährige auf dem Boden und drehte sie um. Gott sei Dank. Sie lebte noch, schlief, war ohnmächtig. Mal sehen. Sie hatte einen ganz rissigen Mund. Dehydriert. Logisch. Er schnitt ihr so schnell er konnte die Fesseln durch. Sein Schweizer Taschenmesser steckte zum Glück immer in seiner Jeanstasche. Wasser! Sie hatte mindestens seit gestern Mittag nichts mehr getrunken. Wenn Ratgeber sie nicht sogar schon früher hier eingesperrt hatte.

Er stand auf und rannte in die kleine Studioküche am anderen Ende des großen Aufnahmeraumes. Dort nahm er ein großes Glas aus einem der Hängeschränke, öffnete den Wasserhahn und machte es halb voll. Dann lief er damit so schnell er konnte zu ihr zurück. Er kniete neben ihr nieder, hob ihren Kopf an und benetzte ihre Lippen. Danach stellte er das Glas auf dem Boden ab und tätschelte ihr die Wangen. Kurze Zeit später schlug sie die Augen auf. Na also. Sie war wieder da. Er träufelte mehr Wasser auf ihren Mund. Sie öffnete ihn. Dann griff sie nach dem Glas und schlug es ihm dabei aus der Hand. Taube Hände von den Fesseln, schoss es ihm durch den Kopf. Er rannte noch einmal in die Küche und holte Nachschub. Als er zurückkam, hatte sie sich bereits aufgesetzt. Trotz ihres elenden Zustands blieb ihm nicht verborgen, dass sie verflixt gut aussah.

»Bleiben Sie lieber liegen, bis der Krankenwagen da ist«, riet er ihr mit einfühlsamer Stimme.

»Geht schon«, krächzte sie. »Wasser!«

Er hielt ihr das volle Glas an den Mund. Sie begann gierig zu trinken.

»Langsam«, ermahnte er sie. »Es ist genug davon da.« Er ließ sie eine Pause machen, dann hob er das Glas mit dem wertvollen Nass erneut an ihre Lippen.

»Danke«, krächzte sie, als sie ausgetrunken hatte. Ihre Stimme klang dabei aber schon etwas fester.

»Noch eins?« Max sah sie fragend an.

»Ja, bitte.«

Er rannte noch einmal in die Küche. Als er mit dem vollen Glas zurückkehrte, konnte sie es bereits mit der Hand greifen. Gott sei Dank. Sie schien sich recht schnell zu erholen. Ja mei. Das war halt die Kraft der Jugend. Ihr Glück, dass sie noch nicht so alt war wie er zum Beispiel. In dem Fall hätte das auch ganz anders ausgehen können.

»Vielen Dank, dass Sie mich gerettet haben«, krächzte sie schwer atmend, als sie die nächste Trinkpause einlegte.

»Gern geschehen. Aber ohne Gustl Ratgeber wäre das gar nicht möglich gewesen. Er wollte anscheinend nicht, dass Sie sterben. Obwohl er es offensichtlich billigend in Kauf genommen hätte, wenn es gestern oder heute Vormittag geschehen wäre.«

»Dieses miese Schwein«, stieß sie wütend hervor. »Ein mieser Betrüger durch und durch. Und dann vernascht er auch noch andauernd irgendwelche jungen Dinger, die sich Hoffnungen darauf machen, durch ihn zum Star zu werden.«

»Sind Sie auch eine von denen gewesen?«

»Nein, ich kann kein bisschen singen. Bin definitiv total unmusikalisch. Ich war nur seine Freundin.«

»Wie heißen Sie?«

»Susanne. Susanne Süß. Und Sie?«

»Max Raintaler, Frau Süß.« Fit schaut sie nicht gerade aus. Aber unglaublich hübsch ist sie wirklich, dachte er. Richtig süß eben. Man müsste sie mal nach zwei Wochen Urlaub sehen. Wahrscheinlich der absolute Hammer.

»Sie wissen von Gustl. Und fragen mich hier aus. Sind Sie Polizist?«

»Nein. Privatdetektiv.«

»Aha.« Sie hielt ihm abermals das leere Glas hin. »Wären Sie noch mal so freundlich?«

»Logisch.« Er lief zum vierten Mal in die Küche. Diesmal füllte er gleich zwei Gläser bis zum Rand und brachte sie ihr.

»Danke«, krächzte sie jetzt schon wieder etwas stimmhafter. »Wir hatten Streit wegen seiner andauernden Weibergeschichten. Ich drohte ihm damit, ihn auffliegen zu lassen. Mit all seinen Betrügereien und so weiter. Da schlug er mich und warf mich hier rein. Und dann hat er mich gefesselt und abgesperrt. Und das Licht ausgemacht. Ist er schon in Südamerika? Er sprach nämlich die ganze Zeit davon, dass er das Flugticket schon in der Tasche hätte.«

»Meinen Informationen nach ist er dort. Ja«, bestätigte Max. »Also ist er wegen Ihnen geflohen?«

»Da dürfen Sie Gift darauf nehmen. Wenn ich ausgepackt hätte, wäre er auf der Stelle seinen Job los gewesen, und einige Anklagen wegen Verführung Minderjähriger hätten ihm auf jeden Fall auch noch geblüht. Er wäre nie wieder auf die Beine gekommen. Soviel ist sicher.«

Dann stimmte es vielleicht sogar, was er Frau Schulze in seiner Mail geschrieben hatte und er hatte Nagel gar nicht umgebracht. Aber wer war es dann? Und wo war Holzer? Scheißrätselraterei!

»Wie alt sind Sie eigentlich, Frau Süß?« Er konnte sich nicht vorstellen, dass eine Zwanzigjährige bereits so abgebrüht war, wie es bei ihr den Eindruck machte.

»Neunundzwanzig. Wieso fragen Sie?«

»Ach nichts. Nur so … Sie sehen gut zehn Jahre jünger aus.« Er lächelte schief.

»Das war auch der Grund, warum er mit mir zusammen war. Einmal entsprach ich rein äußerlich seinem Beuteschema. Aber wenn er Trost und Zuspruch brauchte, konnte ich aufgrund meines Alters gleichzeitig auch auf Augenhöhe für ihn da sein. Das hat ihm lange Zeit gefallen. Aber irgendwann wurde ich ihm wohl zu dominant. Jedenfalls hat er das in letzter Zeit immer gesagt, wenn wir Streit hatten. Er war halt doch nur ein total komplexbeladener Blödmann. Und sonst nichts. Ich hätte es besser wissen müssen. Aber wie heißt es doch so schön?«

»Liebe macht blind«, vervollständigte Max.

»Sie sagen es, Herr Privatschnüffler.« Sie stierte mit einer Mischung aus Frust, Abscheu und Sentimentalität vor sich hin.

»Übrigens, Herr Ratgeber hat da in letzter Zeit ein paar geklaute Lieder weiterverkauft. Sie gehören einem Freund von mir. Und der hätte sie gerne zurück. Haben Sie etwas von einem dubiosen Geschäft dieser Art mitbekommen?«

»Nein, Herr Raintaler. In der letzten Zeit erfuhr ich gar nichts mehr. Vor allem bei seinen Geschäften ließ er mich außen vor. Er ahnte wahrscheinlich schon, dass es gefährlich für ihn werden könnte, wenn ich zu viel weiß.« Sie hielt beide Hände an ihre Schläfen. Hatte offensichtlich Kopfschmerzen. Kein Wunder. Er ließ sie in Ruhe.

Wenig später war Frau Schulze mit dem Notarzt zurück. Max verließ den Raum, damit der in Ruhe seine Arbeit machen konnte. Kurz darauf trafen die Sanis mit einer Trage ein, zwei uniformierte Streifenpolizisten im

Schlepptau. Nachdem er bei den Uniformierten seine Aussage gemacht hatte, verabschiedete sich Max von allen und marschierte zu seinem Auto zurück. Die Polizisten würden Frau Süß' Daten aufnehmen. Und sie würden warten, bis Franzis Leute zum Tatort kämen. Das wurde ja immer verrückter mit diesen Musikdeppen. Hoffentlich gab es nicht noch mehr Tote, Herrschaftszeiten.

26

»Stell dir vor, Moni. Abendessen im Sonnenuntergang auf einer Terrasse, von der aus du die schönste Aussicht über den ganzen Markusplatz hast. Nur die besten Gerichte und nur der beste Champagner. Giuliano weiß wirklich, wie man eine Frau verwöhnt.«

Anneliese schüttelte ihr kurzes, blondes Haar ausgelassen nach hinten. Sie sah richtig gut aus. Leicht sonnengebräunt, sehr erholt und äußerst zufrieden. Völlig überraschend hatte sie vor zwei Stunden an Monikas Tür geläutet, kurz nachdem Max weg gewesen war. Und dann waren sie gleich zusammen in die Stadt gefahren.

»Ja, aber anrufen hättest du doch wenigstens können«, beschwerte sich Monika. »Ich habe mir solche Sorgen gemacht, als du nicht zu unserer Verabredung zum Mittagessen erschienen bist. Ich dachte schon, dir wäre was ganz Schreckliches passiert.« Sie bedachte ihre Freundin jetzt bestimmt zum fünften Mal seit ihrem Wiedersehen mit einem strafenden Blick. Dann trank sie einen Schluck von ihrem Capuccino.

Er schmeckte köstlich. Hier beim ›Café am Viktualienmarkt‹ brühten sie wirklich einen leckeren Capuccino mit geschäumter Milch obendrauf. Genau das Richtige nach dem ausgiebigen Mittagessen, das sie gerade beim Italiener gehabt hatten. Und günstig war er obendrein. Und der Kaffee war aus eigener Röstung. Und man konnte drinnen sitzen oder draußen vor der Tür. Ganz wie man lustig war. Sie saßen natürlich draußen bei dem herrlichen Wetter und genossen die Sonne und das unvergleichliche Flair der belebten Münchner Innenstadt.

»Aber ich habe dir doch schon dreimal erklärt, dass ich mein Handy zuhause vergessen hatte.« Anneliese schien gar nicht zu merken, wie genervt ihre Freundin immer noch war. Sie lächelte einfach nur unbefangen, so als wäre überhaupt nichts gewesen.

»Jetzt hör aber auf, Annie. Oder soll ich gleich wieder gehen? Gibt es keine anderen Telefone auf der Welt? Und dass Giulianos Handy leer war, wie du sagst, wage ich einfach mal zu bezweifeln.« Monika fand, dass sie vollkommen zu Recht stinksauer war. Wie konnte man sich nur so verantwortungslos benehmen? Annie war in ihren Augen gerade nichts anderes als eine blöde Kuh. Total egoistisch und unbesonnen.

»Also noch mal, Moni. Giulianos Akku war wirklich leer. Und ich gebe es ja zu. Ich dachte einfach nicht mehr an unsere Verabredung zum Essen, bei der ganzen Action in Venedig. Es ging alles so schnell.«

»So schnell, dass du nicht mal Zeit zum Telefonieren oder für eine kurze SMS hattest?« Monika schüttelte ungläubig den Kopf. Ich glaube einfach nicht, was mir Annie da für eine Scheiße erzählt, dachte sie. Das hat man dann davon, wenn man immerzu für andere da ist. Im Gegenzug enttäuschen sie einen bloß.

»Ja, mein Gott. Er hat mir die Stadt gezeigt, mich seinen Freunden vorgestellt, und gestern Abend waren wir dann sogar noch bei seinen Eltern zum Abendessen eingeladen. Hummer, Kaviar und die allerfeinsten Nachspeisen. Die wohnen in so was Ähnlichem wie einem kleinen Schloss.«

»Na, großartig.« Monika lachte hohl und stierte dabei finster auf das Pflaster vor ihren Füßen.

»Die haben Geld und sind nett, Moni. Da kann man ein Mittagessen in München schon mal vergessen. Nun sei doch nicht so unversöhnlich.« Anneliese berührte mit ihren Fingerspitzen Monikas Arm. Die zog ihn daraufhin ruckartig zurück.

»Wenigstens bist du wieder da«, brummte sie. Sie blickte dabei nach wie vor verschnupft zur Seite. Und wegen der dummen Pute hatte sie Max und Franz verrückt gemacht. Wie endlos peinlich. Sie musste auf jeden Fall gleich Franz anrufen. Hätte sie eigentlich schon längst machen sollen. Max konnte warten. Der wollte sich sowieso nicht um ihre Probleme kümmern. Obwohl er im Nachhinein natürlich recht hatte. Wie so oft. Mist. Sie kramte ihr Handy aus ihrer kleinen Umhängetasche und wählte Franz' Nummer.

»Servus, Franzi«, rief sie durch den Lärm der Umsitzenden, als er abhob. »Moni hier. Pass auf. Annie ist wieder da. Sie war mit ihrem neuen Freund in Venedig. Du kannst alles abblasen. Max hatte wohl recht damit, dass ich mir keine Sorgen machen solle.«

»Ja, da schau her. Der Max ist gar nicht so blöd, wie man manchmal meint. Was?«, erwiderte er süffisant.

»Ja, ja, Franzi. Trotzdem werde ich nicht vor ihm zu Kreuze kriechen. Er kann mich mal gern haben. Er hat sich keinen Strich um meine Sorgen gekümmert.« Männer! Sie warf entrüstet den Kopf nach hinten. Macht euch ruhig alle über mich lustig, brauste sie innerlich auf. Und was, wenn Annie wirklich was passiert wäre? Dann würdet ihr ganz schön dumm aus der Wäsche schauen, du und dein feiner Exkollege Raintaler. Oder etwa nicht, Herr von und zu Wurmdobler?

»Da mische ich mich nicht ein, Moni. Also, mach's gut und einen schönen Tag noch.«

»Servus, Franzi.« Sie legte auf und schüttete das dritte Päckchen Zucker in ihren Kaffee. Offensichtlich brauchte ihr Körper heute einfach mehr davon als sonst. Da war doch wohl hoffentlich keine Migräne im Anzug? Ach was. Bestimmt war nur die Aufregung daran schuld.

»Du hast Franzi und die Polizei eingeschaltet? Wegen mir?«

Anneliese machte große Augen.

»Ja. Gestern Abend«, entgegnete ihr Monika. »Ich hatte ganz einfach Angst um dich.«

»Ja, und haben die dann meine Wohnung aufgebrochen?«

»Ich glaube schon.«

»Na, das ist ja ganz toll! Da kann ich mir wegen dir jetzt ein neues Schloss anschaffen. Oder wie?« Anneliese starrte ihrer Freundin entsetzt ins Gesicht.

»Sieht ganz so aus. Aber was hätte ich denn deiner Meinung nach sonst tun sollen?« Monika zuckte trotzig die Achseln.

»Da hast du wohl recht. Ich bin echt selber schuld … Mist, blöder … Na gut. Es wird mir eine Lehre sein.« Anneliese trank nachdenklich ihren Capuccino aus.

»Hoffentlich!«, meinte Monika.

»Freundinnen?« Ein warmes Lächeln stahl sich auf Annelieses Gesicht.

»Freundinnen.« Auch Monika lächelte. Sie umarmten sich, gaben sich herzhafte Küsschen auf die Wangen und bestellten noch mal Kaffee nach.

»Und jetzt erzähl mir alles ganz genau«, forderte Monika ihre beste Freundin dann auf. »Aber nichts auslassen!« Anneliese ließ sich nicht lange bitten.

»Also, pass auf. Du wirst es mir aber nicht glauben«, legte sie aufgedreht los. »Giuliano kommt aus einer steinreichen, venezianischen Familie. Denen gehören zig Häuser da unten. Und ausgerechnet so jemand schneit in deine kleine Kneipe rein und entführt mich dorthin. Das ist doch wirklich wie im Märchen. Oder?«

»Ist es«, stimmte ihr Monika zu und bekam vor Neid ihren Mund nicht mehr zu. So eine Gemeinheit. Leute wie Annie wurden mit dem goldenen Löffel im Mund geboren und in ihrem späteren Leben ging es dann immer so weiter. Und was hatte sie? Einen Exkommissar mit einer kleinen Erbschaft, die zusammen mit seiner Rente gerade mal für ihn alleine reichte. Ganz toll. Sie seufzte innerlich auf. Lang und tief, bis auf den Grund ihres Herzens von der Ungerechtigkeit auf dieser Welt überzeugt.

»Und was für ein zärtlicher Liebhaber er ist«, fuhr Anneliese mit gedämpfter Stimme, aber nach wie vor endlos begeistert, fort. »Wahnsinn! So schön wie mit ihm war es, glaube ich, noch nie.«

»Was heißt, glaube ich? Weißt du es nicht?«

»Nein, nicht so genau. Du etwa? Du solltest mal sein Auto sehen. Ein echter Rolls-Royce. Ich dachte zuerst, er verarscht mich, als er mich bat einzusteigen.«

»Mensch. Da hast du aber voll ins Schwarze getroffen, Annie.« Monika bekam Gänsehaut. Wenigstens eine von uns hat ihr Glück gefunden, dachte sie. Obwohl. So schlimm war Max nun auch wieder nicht. Genau betrachtet, konnte sie eigentlich froh sein, dass es ihn gab. Wenn er halt bloß nicht so schwierig gewesen wäre. Dass sie selbst ganz sicher auch nicht gerade die Einfachste war, zog sie nicht weiter in Betracht.

»Ja, sieht ganz so aus, Moni. Was?« Anneliese lächelte stolz, verliebt und auch ein kleines bisschen selbstverliebt in den sonnigen Nachmittag hinein.

»Freut mich für dich.« Monika kratzte gründlich den restlichen Milchschaum aus ihrer dickwandigen Tasse.

»Mich auch.« Anneliese streckte die Arme hoch in die Luft und räkelte sich wohlig.

»Und wann siehst du ihn wieder?«

»Weiß ich noch nicht. Er wollte sich melden.«

»Aha.«

Sie bestellten jeweils den dritten Cappuccino. Er schmeckte heute einfach noch viel besser als sonst.

27

Als Max gegen drei Uhr wieder auf dem Parkplatz vor Holzers und Nagels Studio stand, fiel ihm sofort der gepflegte weiße Jaguar auf, der vorhin noch nicht hier gestanden hatte. War Holzer etwa im Studio? Lebte er noch? Max rüttelte an dem riesigen Portal. Es war nicht abgeschlossen. Er trat ein und klopfte an Holzers Bürotür.

»Herr Raintaler, Sie schon wieder«, empfing ihn der Hausherr witzelnd, als er eintrat. »Hatten wir einen Termin? Hier geht es drunter und drüber, seit Frau Meierling nach Ihrem Besuch gestern Mittag so überraschend gekündigt hat.«

»Was? Irene hat gekündigt? Interessant.« Da schau her. Warum denn das? Schon wieder eine Sache, von der sie mir nichts erzählt hat. Langsam habe ich mehr Gründe beleidigt zu sein als sie.

»Ja. Nicht wahr? Sie war wohl mit ihrer Bezahlung unzufrieden, die kleine Schlampe.« Holzer grinste arrogant.

»Nett, wie Sie über Ihre ehemaligen Angestellten reden, Herr Mädchenschänder. Nein, wir hatten keinen Termin. Ich war aber trotzdem auf der Suche nach Ihnen. Und da Ihre Eingangstür offen war, bin ich einfach reingegangen. Und siehe da …« Max deutete mit einem humorlosen Grinsen auf sein Gegenüber.

»Und was wollen Sie von mir, Herr Raintaler? Ich war der Meinung, wir hätten die leidige Geschichte mit Herren Brummers Liedern letztes Mal geklärt. Das war alles Gustl Ratgebers Schuld.« Der Produzent klang auf einmal gar nicht mehr fröhlich. Eher ängstlich und ärgerlich. Er schwitzte. Und das bestimmt nicht nur wegen der Hitze, die auch hier drinnen wie eine schwere Decke über allem und jedem lag. Offenbar hatte ihn das Wort Mädchenschänder wieder daran erinnert, wen er eigentlich vor sich hatte.

»Darum geht es im Moment auch gar nicht, Herr Holzer«, klärte ihn Max auf. »Wo waren Sie seit gestern Mittag? Man hat Sie schon überall gesucht.« Er fixierte ihn mit seinen stahlblauen Augen.

»Beim Fischen. Ich nenne da so eine kleine Hütte in Österreich mein Eigen. Wieso fragen Sie? Und wer hat mich gesucht?« Er sah Max ehrlich überrascht an. Zumindest hatte es den Anschein.

Mal schauen, wie er reagiert, wenn ich ihn mit dem Mord an Nagel konfrontiere, dachte der.

»Die Polizei hat Sie gesucht. Ihr Partner Herr Nagel ist tot.«

»Was? Der Daniel tot? … Ja, aber … das gibt es doch gar nicht.« Holzer starrte erschrocken in Max' Gesicht.

Oskarreife Vorstellung, dachte der. Respekt. Oder weiß er wirklich nichts? Warten wir's ab. Der Schlagerproduzent ließ sich sichtlich angeschlagen in seinen Bürosessel fallen und schüttelte dabei immer wieder ungläubig den Kopf. »Wie ist es passiert?«, wollte er nach einer Weile wissen.

»Genaues weiß man noch nicht«, antwortete Max, der Franz nicht vorgreifen wollte.

»Wahnsinn! Daniel tot … Aber wieso denn das? … Wollen Sie auch was trinken, Herr Raintaler? Ich brauche jetzt auf jeden Fall einen Schluck.«

»Nein, danke. Zu früh für mich. Außerdem muss ich

noch fahren.« Herrschaftszeiten. Er bleibt trotz allem höflich und cool. Lässt sich nichts anmerken. Typisch eiskalter Geschäftsmann halt. Obwohl, blass ist er schon geworden, als ich das mit Nagel gesagt habe. Aber ist er wirklich geschockt?

Holzer stand langsam wieder auf und trat vor das kleine, dunkle Eichenschränkchen seitlich von seinem Schreibtisch. Er öffnete die mit Intarsien verzierte Tür und nahm eine Flasche Cognac und einen riesigen Schwenker heraus.

»Wollen Sie nicht doch einen?«, fragte er noch einmal, während er sich selbst großzügig einschenkte.

»Nein, danke. Wirklich nicht … Hören Sie, Herr Holzer. Ich werde jetzt meinen Exkollegen, Hauptkommissar Wurmdobler bei der Kripo anrufen. Der sucht Sie. Je eher Sie mit ihm reden, umso besser für Sie.« Max holte sein Handy aus der Hosentasche und entsperrte die Tastatur.

»Ach so, bei der Kripo waren Sie? Na, da wundert mich ja gar nichts mehr. Nur zu, Herr Raintaler«, forderte Holzer ihn auf. »Tun Sie, was Sie nicht lassen können. Mehr als Ihnen kann ich denen auch nicht sagen. Ich bin gestern Mittag zum Fischen gefahren und erst vor einer halben Stunde zurückgekommen.«

»Gibt es Zeugen, die bestätigen können, dass Sie da waren? Beim Fischen, meine ich.« Max blickte kurz von seinem Telefon auf.

»Nur die Fische. Aber die sind ja bekanntlich stumm.« Holzer kippte den Inhalt seines Glases in einem Schluck hinunter und setzte sich wieder in seinen Sessel.

Max musste grinsen, ohne es zu wollen. Er wählte Franz' Nummer.

»Servus, Franz. Max hier. Herr Holzer ist gerade in sein Studio gekommen. Ich bin bei ihm. Habe mich schon ein wenig mit ihm unterhalten. Er war seit gestern Mittag beim Angeln, behauptet er. Aber du willst ihn sicher auch noch sprechen. Habe ich recht?«

»Hast du, Max«, beeilte sich Franz. »Ich komme gleich zu euch raus. Warte bitte solange dort auf mich. Nur damit der gute Mann nicht gleich wieder zum Angeln fährt. Übrigens, Anneliese ist wieder da. Moni hat vorhin angerufen und es mir gesagt.«

»Na also. Die war bestimmt mit ihrem neuen Lover unterwegs. Und da macht Moni so ein Theater. Herrschaftszeiten.«

»Ja mei. So ist das halt. Bis gleich, Max.«

»Bis gleich, Franzi.«

Sie legten auf. Max schob das Handy in seine Hosentasche zurück. Holzer stierte währenddessen nur vor sich hin. Schaut so etwa einer aus, der seinen Partner umgebracht hat, fragte sich Max. Der ist doch allem Anschein nach fertig mit der Welt. Oder?

»Tja, Herr Holzer. Tut mir leid um Herrn Nagel«, sagte er. »Aber so ist das Leben nun mal. Es endet mit dem Tod. Und wer weiß? Vielleicht haben Sie Ihren Partner ja sogar eigenhändig umgebracht.« Er setzte sich in einen der Besucherstühle und beobachtete den braungebrannten Produzenten neugierig. Natürlich wusste er, dass eine überraschende Provokation bereits manchen noch so guten Schauspieler aus dem Konzept gebracht hatte.

»Was sagen Sie da? Ich soll meinen Daniel umgebracht haben? Ja, so ein Schmarrn. Wer will denn das wissen? Sie vielleicht? Oder die Kripo?« Holzer nahm aufgebracht eine Zigarre aus dem hellbraunen Holzkästchen auf seinem Schreibtisch und zündete sie an. Dann schenkte er sich noch mal einen großen Cognac ein.

Fehlt nur noch, dass er einen Haufen Koks auf den Tisch schüttet, dachte Max. Bestimmt hat er welches. Er ist doch Musikproduzent. Die haben alle Koks. Oder? Na ja. Alle wohl nicht. Oder doch?

»Niemand weiß, ob Sie Ihren Partner tatsächlich umgebracht haben, Herr Holzer. Aber vielleicht hatten Sie ja Streit mit ihm. Ein Wort gab das andere und dann, zack. Kann doch sein.«

»Denken Sie doch, was Sie wollen. Ich war's auf jeden Fall nicht. Schauen Sie lieber mal bei Ratgeber vorbei. Mit dem wollte sich Daniel gestern noch treffen. Als ich wegfuhr, hat Daniel auf jeden Fall noch gelebt. Fragen Sie doch Frau Meierling, ob das stimmt. Die war zu dem Zeitpunkt nämlich noch hier.« Holzer machte einen tiefen Lungenzug und hustete.

Wollte er nur die Schuld auf Ratgeber schieben? Oder stimmte das, was er sagte?

»Frau Meierling wird auf jeden Fall von der Polizei befragt. Und wenn sie Ihre Aussage bestätigt, haben Sie nichts zu befürchten. Andererseits hätten Sie aber auch zuerst den Mord begehen und danach vom Tatort aus nach Österreich fahren können.«

»Ich bin aber direkt gefahren.«

»Na, dann ist doch alles bestens.«

»Schmarrn. Nichts ist bestens. Mein Partner ist tot. Jetzt kann ich den ganzen Laden alleine schmeißen.«

Sie saßen sich eine Weile lang schweigend gegenüber. Holzer stützte seine Ellenbogen auf der Schreibtischplatte auf und legte den Kopf in seine Hände. Dann lehnte er sich in seinem Stuhl zurück und unterbrach die Stille.

»Die Sache mit Herrn Brummers Liedern wird übrigens so schnell wie möglich erledigt«, versprach er mit rauer Stimme. »Das dürfen Sie ihm gerne ausrichten. Es wäre sicher auch in Daniels Sinne gewesen.«

»Aha. Ich dachte, das läuft schon.«

»Teils. Es fehlt aber noch meine Unterschrift. Ich schicke das Schreiben noch heute Nachmittag an die GEMA.«

»Das klingt sehr vielversprechend.« Max lächelte misstrauisch. Da bin ich aber mal gespannt. Wer so lange mit Betrügereien auf freiem Fuß geblieben ist, hat jede Finte drauf. Aufgepasst, Raintaler. Holzauge, bleib wachsam.

»Was soll's? Eigentlich kann ich es auch gleich machen«, meinte Holzer. »Was erledigt ist, ist erledigt, hat Daniel immer gesagt.« Er stand auf, unterschrieb einen Zettel mit dem Briefkopf des Studios, der in seiner Ablage obenauf gelegen hatte und trat damit vor sein Faxgerät. Dann wählte er.

»So. Fertig. Jetzt verfügt Herr Brummer wenigstens wieder über 70 Prozent der Rechte an seinen Liedern. Die anderen 30 muss er sich von dem Gauner und Mörder Ratgeber holen.«

»Das wird schwierig.«

»Wieso?« Holzer runzelte die Stirn.

»Ratgeber ist in Chile.«

»Wo ist der? In Chile? Das gibt es doch nicht!« Holzer lief rot an. »Verdammte Scheiße! Dieses miese Arschloch!«, brüllte er. »Erst reitet er meinen Partner und mich hier in eine völlig illegale Sache hinein und dann verschwindet er einfach so mir nichts dir nichts. Ich glaube das einfach nicht!«

Ja, ja. Immer sind es die anderen, die einen in die illegalen Sachen reinreiten, dachte Max. Logisch. Schrei nur weiter, du schmieriger Heuchler.

»Und er kommt wohl auch nicht wieder«, ergänzte er Holzers Ausbruch lapidar.

»Aber dann ist es doch völlig klar, dass er Daniel auf dem Gewissen hat, Herr Expolizist. Und danach ist er abgehauen, der feige Hund.« Holzer hatte sich derart in Rage geredet, dass er am ganzen Leib zu zittern begann.

Max hoffte nur, dass er keinen Herzinfarkt bekam. Der großmäulige Musikproduzent war der Letzte, dem er gerne eine Mund-zu-Mund-Beatmung spendiert hätte.

»Bloß gut, dass ich zum Angeln unterwegs war«, keuchte Holzer dann noch. »Ursprünglich war nämlich vorgesehen gewesen, dass ich mit Ratgeber rede. Und dann hätte es sicher mich erwischt und nicht den armen Daniel.« Er öffnete erneut die Flasche und schenkte sich einen weiteren Cognac ein.

So wie der säuft, braucht er bald eine neue Leber, dachte Max. Geld genug dafür hat er sich ja bestimmt zusammenbetrogen. Jemand klopfte an die Tür.

»Herein!«, plärrte Holzer. Er wankte zu seinem Sessel zurück und ließ sich mit einem lauten Stöhnen hineinplumpsen. Der Alkohol entfaltete nun immer mehr seine Wirkung.

Die Tür öffnete sich und Franz betrat das Zimmer.

»Servus, Franzi«, begrüßte ihn Max. »Das ist Herr Holzer. Herr Holzer, das ist Hauptkommissar Wurmdobler von der Kripo.«

»Wie schön. Die Polizei ist da. Tatütata.« Der Produzent grinste grimmig. Er leerte sein Glas abermals in einem Zug und schenkte sich den vierten Dreistöckigen ein. »Auch einen, Herr Kommissar?« Er hielt die Flasche hoch und schwenkte sie hin und her.

»Nein, danke. Folgendes, Herr Holzer. Dass Ihr Kompagnon ermordet wurde, hat Ihnen Herr Raintaler sicher schon gesagt. Ich müsste jetzt von Ihnen wissen, wo Sie gestern zwischen 13:00 Uhr und 15:00 Uhr waren.«

»Das habe ich dem neunmalklugen Exkommissar hier bereits alles erklärt. Ich war beim Fischen.«

»Wann sind Sie von hier losgefahren?«

»Gleich nachdem Herr Raintaler weg war. So um halb eins herum.«

»Kann das jemand bestätigen?« Franz, der sah, dass Holzer Zigarre rauchte, zündete sich, ohne lang um Erlaubnis zu fragen, eine Zigarette an.

»Ja. Meine Sekretärin, vielmehr Exsekretärin, Frau Meierling. Sie hat mich rausgehen sehen.«

»Nun, das heißt aber noch lange nicht, dass Sie zur Tatzeit nicht am Tatort waren. Sie hätten ja auch zum Isarkanal fahren können. Dort wurde Ihr Kompagnon nämlich erschlagen.«

»Was, erschlagen wurde der Daniel? Aber von wem denn?«

»Das wissen wir nicht, Herr Holzer. Von Ihnen vielleicht?«

»Geh, so ein Schmarrn. Welchen Grund sollte ich denn gehabt haben, den Daniel umzubringen? Er war mein Partner und mein bester Freund. Suchen Sie lieber den Gustl Ratgeber in Chile. Ich habe es Ihrem Kollegen hier schon gesagt. Daniel wollte ihn gestern Mittag treffen.«

»Exkollege. Ich bin ein Exkollege«, warf Max ein.

»Ja, ja … Wen juckt's?« Zwei kleine Tränen erschienen in Holzers Augenwinkeln.

Ist das der Suff oder Selbstmitleid oder trauert er wirklich, fragte sich Max. Zefix, ich weiß gerade ums Verrecken nicht, wo ich bei dem Kerl dran bin.

»Um den Herrn Ratgeber kümmern wir uns, Herr Holzer, versprochen«, sagte Franz. »Wir müssten aber trotzdem Ihren Wagen nach Spuren untersuchen. Haben Sie etwas dagegen?« Er blieb, wie immer, wenn der Verdächtige noch nicht überführt war, höflich und korrekt.

»Nur zu, Herr General. Ich habe nichts zu verbergen.« Holzer schenkte sich noch einen dreifachen Cognac ein und kippte ihn in Nullkommanichts in seinen weit geöffneten Schlund.

»Gut, Herr Holzer. Die Kollegen draußen nehmen ihn mit in unsere Werkstatt. Geben Sie mir bitte die Schlüssel?«

»Natürlich bekommen Sie meine Autoschlüssel, Herr General.«

»Hauptkommissar.«

»Hauptkommissar. Auch egal. Aber nicht zu weit spazieren fahren.« Holzer stand wankend auf und reichte ihm einen kleinen Schlüsselbund, an dem eine winzig kleine, nackte Barbiepuppe mit riesigen Brüsten hing.

»Wie nett«, meinte Franz ohne zu lächeln. »Das wäre es vorerst. Wir geben Ihnen Bescheid, sobald Sie den Wagen wieder abholen können.«

»Scheiß doch drauf. Kauf ich mir halt einen neuen …«

Holzer fiel krachend in seinen Stuhl zurück und grinste debil vor sich hin.

»Und wenn Sie mir, bitte, Ihr Handy überlassen könnten. Reine Routine.« Franz hielt dem Produzenten eine kleine, durchsichtige Plastiktüte hin.

»Macht doch was ihr wollt, ihr Aasgeier.« Holzer legte sein Handy in die Tüte und trank darauf gleich noch mal einen Dreifachen. Franz und Max verabschiedeten sich von ihm und ließen ihn sitzen.

»Schaut ganz so aus, als hätte Ratgeber nicht nur einige Betrügereien auf dem Kerbholz, sondern auch noch Nagel auf dem Gewissen«, spekulierte Max, während sie auf den Parkplatz hinaus traten. »Ich war übrigens gerade in Ratgebers Studio. Die Uniformierten nehmen da die Aussage seiner Exfreundin auf. Er hat sie in seinen Keller gesperrt. Sie war halbtot. Der scheint wirklich keine Skrupel zu haben.«

»Weiß ich. Hab schon einen Anruf bekommen. Weil wir nach ihm fahnden.«

»Logisch. Aber Holzer könnte es genauso gut gewesen sein, wenn er erst an den Isarkanal und dann nach Österreich gefahren wäre. Oder es war mein unbekannter Liederdieb. Von dem wissen wir bisher noch gar nichts.«

»Falls es ihn überhaupt gibt, Max.«

»Stimmt. Der tote Bär könnte es auch immer noch gewesen sein. Das mit den Liedern meine ich.«

»Keine Ahnung, Max. Kann alles sein. Kann aber auch nicht sein. Auf jeden Fall überprüfe ich erst mal Holzers Alibi und nehme mir die Fingerabdrücke von seinem Handy. Vielleicht finden wir sie auch an Nagels Sachen. Auf jeden Fall erst mal danke für deine Hilfe.«

Sie blieben vor Max' rostbraunem R4 stehen.

»Gerne, Franzi. Irene erreichst du wegen ihrer Zeugenaussage übrigens bis Samstag bei ihren Eltern.«

»Alles klar. Gut, dass ihr nichts passiert ist. Was?«

»Ja, Gott sei Dank.« Max lächelte seinen alten Freund und Exkollegen erleichtert an.

»Sie wollte vielleicht am Samstag auf mein Konzert in die ›Kleine Rockbühne‹ kommen.«

»Du und deine Weibergeschichten! Wieso hat sie eigentlich gekündigt?«

»Wer?«

»Irene.«

»Ach so. Keine Ahnung.«

»Aha. Na dann. Treffen wir uns später wie abgemacht in unserem Biergarten? Ich habe schon wieder einen unmenschlichen Durst.« Franz rieb sich das glattrasierte Kinn.

»Geht mir genauso, Franzi. Kein Wunder bei den afrikanischen Temperaturen. Lass uns aber erst die Autos in Sicherheit bringen.«

»Perfekt.«

»Aber vorher habe ich noch eine kleine Bitte. Schau doch gleich mal bei den Anrufen auf Holzers Handy nach, wann er Nagel zum letzten Mal angerufen hat.«

»Moment.« Franz drückte, um keine Fingerabdrücke zu verwischen, mit der Spitze seines Kugelschreibers ein paar der Tasten.

»Vorgestern Abend hat er ihn zum letzten Mal von diesem Handy aus angerufen.«

»Und hat Nagel danach noch mal bei ihm angerufen? Zum Beispiel gestern Mittag, nachdem er Richtung Österreich aufgebrochen war? Er hätte sich doch auf diesem Wege mit ihm am Isarkanal verabreden können.« Max blickte seinem Freund neugierig über die Schulter.

»Nein, hat er nicht. Wie es aussieht, sprachen die beiden über dieses Handy definitiv vorgestern Abend um 20:00 Uhr das letzte Mal miteinander.«

»Aha.«

»Außer, er hat die entsprechenden Einträge gelöscht. Aber das können wir auch noch genauer überprüfen. Andererseits können sich Holzer und Nagel aber auch ganz einfach bereits im Büro zu ihrem Treffen verabredet haben.« Franz zündete sich eine Zigarette an.

»Stimmt auch wieder, Franzi. Herrschaftszeiten. Manchmal sieht man den Wald vor lauter Bäumen nicht mehr. Habt ihr euch übrigens die Computer da drinnen mal genauer vorgenommen?«

»Ja. Wir haben sämtliche Festplatten ins Revier mitgenommen. Da war aber nichts drauf. Zumindest haben unsere Spezialisten bisher nichts gefunden. Wenn die beiden Dreck am Stecken haben, waren sie auf jeden Fall verdammt vorsichtig.«

»Aha. Na dann, bis nachher.« Max händigte Franz Nagels Schlüsselbund aus. Davon, dass er ihn und seine Leute kurzfristig im Verdacht gehabt hatte, die Computer außer Acht gelassen zu haben, erwähnte er nichts. Warum sollte er auch.

»Danke. Bis gleich, Max.«

28

Max blieb noch eine Weile auf dem Parkplatz stehen. Er hätte noch gar nicht fahren können, soviel ging ihm durch den Kopf. Drei Mordverdächtige, rekapitulierte er. Holzer, Ratgeber und eventuell ein noch unbekannter Liederdieb. Alle drei könnten ein überzeugendes Motiv für den Mord an Nagel gehabt haben. Der große Unbekannte könnte mehr Geld von Nagel gefordert haben, da Ratgeber hierfür nicht mehr zur Verfügung stand, und darüber war es dann zu einem tödlichen Streit gekommen. Ratgeber könnte Nagel aber auch in einem Streit um die Rechte an Heinz' Liedern erschlagen haben oder generell wegen etwaiger Differenzen bezüglich ihrer gemeinsamen Gaunereien. Und Holzer könnte genau denselben Grund gehabt haben. Na, dann streng dich mal an, würde Monika jetzt sagen.

Herrschaftszeiten, Monika. Die hatte er ganz vergessen. Warum rief sie eigentlich nicht zurück? Wahrscheinlich war sie immer noch beleidigt wegen der Sache mit Anneliese. Immer dieses Gezicke. Sollte er sie noch einmal anrufen? Warum nicht. Dann war die leidige Angelegenheit wenigstens aus der Welt. Er setzte sich in sein Auto und wählte ihre Handynummer. Zuhause war sie bei diesem Sonntagswetter sicher nicht zu erreichen. Noch dazu jetzt, wo Anneliese zurück war. Bestimmt trieben sich die beiden irgendwo in der Stadt herum. Essen, Kaffee, Shoppen. Das war hundertprozentig ihr Stundenplan für den Nachmittag. Genau in dieser Reihenfolge. Sie meldete sich nach dem zweiten Klingeln.

»Servus, Max. Was gibt's?«

Aha. Knapper, neutraler Tonfall. Sie war also immer noch sauer. Egal. Er blieb trotzdem freundlich.

»Servus, Moni. Geht's dir gut? Ich habe gehört, dass Anneliese wieder da ist.«

»Ja, ist sie. Du hast noch mal Glück gehabt.«

»Wieso ich?«

»Ganz einfach. Weil dir meine Sorgen wegen ihr egal waren. Wenn ihr wirklich etwas passiert wäre, hätte ich nie wieder mit dir geredet. Soviel ist sicher.«

Das war ja wohl der Hammer. Höchst erstaunlich, mit welcher Selbstverständlichkeit einem immer wieder die abartigsten Vorwürfe um die Ohren gehauen wurden.

»Jetzt mach aber mal halblang, Moni«, protestierte er. »Ich glaube, du verdrehst da was. Bloß weil ich noch abwarten wollte, wie man das bei solchen Vermisstensachen normalerweise macht, heißt das noch lange nicht, dass mir deine Sorgen egal waren. Wie kommst du denn bloß auf so einen Schmarrn?« Er zog ärgerlich die Brauen zusammen. Selbst wenn ihm ihre Sorgen egal gewesen wären, woher hätte sie es denn wissen wollen. Gesagt hatte er jedenfalls nichts in der Richtung. Oder doch? Nein. Ganz bestimmt nicht. Das hätte er gewusst. Also so was. Frechheit.

»Gar kein Schmarrn, Max«, tönte es in vorwurfsvollem Ton von ihr zurück. »Und eigentlich erwarte ich im Moment eine Entschuldigung von dir und nicht schon wieder deinen pampigen Expolizistenton.«

»Was? Das wird ja immer besser. Jetzt soll ich mich auch noch für deine Panikmache und Hysterie entschuldigen?« Max bekam einen roten Kopf. Wie konnte ein Mensch nur so ungerecht sein. Ja, Herrschaftszeiten. Die war wohl komplett verrückt geworden.

»Und was für einen pampigen Expolizistenton meinst du eigentlich, du blöde Kuh?«, fuhr er, immer lauter werdend, fort. »Ich rede ganz normal und sachlich mit dir. Bis jetzt jedenfalls.«

»Na gut, wenn du dich nicht entschuldigen willst, lass es halt bleiben, dämlicher Hornochse«, schnarrte sie beleidigt.

»Aber die nächsten Tage brauchst du gar nicht wieder bei mir anzurufen. Da habe ich nämlich keine Zeit für dich.«

»Sag mal, dir geht's wohl zu gut?« Es reichte. Irgendwann war Schluss. Er war ein geduldiger Mensch. Aber was zu viel war, war zu viel. »Pass auf. Ich sag dir jetzt mal was, Moni. Du kannst mich mal. Und zwar gründlich. Okay? Servus.«

Er legte stinksauer auf. Fast hätte er vor Wut sein Handy aus dem Auto geworfen. Ja, war die denn komplett wahnsinnig geworden? Pampiger Ton! Die hatte doch einen Vogel. Seit wann hatte er einen pampigen Ton drauf? Na warte. Wenn sie sich dafür nicht entschuldigte, konnte sie ihn endgültig gern haben. Er ließ sich doch nicht verarschen. Erst erzählte sie ihm jahrelang immer wieder von den Vorteilen einer freien Beziehung und dass sie nun mal tun können müsse, was sie wolle, und dabei ließ sie ihn dann auch noch wochenlang links liegen, und jetzt das hier. Die war doch echt total plemplem. Bloß weil er einmal nicht sofort Zeit hatte, sich um sie und ihre bescheuerte Freundin zu kümmern. Anneliese machte doch andauernd irgendwelche Probleme, diese reiche, durchgeknallte Schnepfe. »Ja, Herrschaftszeiten noch mal. Leckt mich doch alle am Arsch«, fluchte er laut vor sich hin. »Aufgepasst, Frau Schindler. Andere Mütter haben auch schöne Töchter. Und einige davon stehen sogar auf mich und sind auch noch reich. Siehe Irene!« Er ließ den Motor an und preschte los.

Hätte er ein schnelles Auto gehabt, wäre die Fahrt sicher nicht ungefährlich gewesen. Sowohl für ihn als auch für alle anderen, die gerade auf Münchens Straßen unterwegs waren. Immer noch wütend stellte er den Wagen auf dem Parkplatz vor seinem Haus ab und begab sich, ohne vorher noch groß zu duschen oder sich umzuziehen, direkt in den Biergarten. Franzi würde bestimmt auch bald da sein. Erst als er vor dem Eingang stand, beruhigte er sich langsam wieder. Merkwürdig. Irgendwie spitzte sich im Moment alles zu. Da half nur eins. Abwarten und Bier trinken. Er holte sich seine wohlverdiente Maß und ging damit an ihren Stammtisch unter dem Ahorn.

Eine gute Stunde später saß sein Freund und Exkollege Franz genervt neben ihm. Er berichtete Max, dass ihn seine Sandra, als er gerade bei sich zuhause gewesen war, gefragt hatte, wieso er in letzter Zeit immer so spät heimkäme. Nach Alkohol würde er auch jedes Mal stinken wie eine ganze Gebirgsjägerkompanie bei ihren Initiationsriten. Er hätte ihr daraufhin nur geantwortet, dass es zur Zeit nach Feierabend immer noch wichtige Dienstbesprechungen wegen eines grausamen Mordfalles gäbe. Natürlich hätte sie ihm das nicht geglaubt, aber um des lieben Hausfriedens willen hätte sie seine faule Ausrede dann wohl doch mit einem Achselzucken hingenommen. Wir könnten auch mal wieder etwas zusammen unternehmen, ins Theater gehen zum Beispiel, hätte sie ihm zum Abschied noch hinterher gerufen. Er hätte aber nicht geantwortet, sondern nur schnell die Tür hinter sich zugezogen.

»Und ich habe mit Moni gestritten«, bekannte Max, als sie angestoßen und getrunken hatten, nachdem sich Franz auch ein Bier geholt hatte. »Und das bei dieser Hitze. Ich bin jetzt noch froh, dass mich nicht der Schlag getroffen hat.«

»Wegen Anneliese?«

»Wegen der soll mich der Schlag treffen?«

»Nein, der Streit mit Moni, war der wegen Anneliese?«

»Ja, genau wegen der.«

»Weil du dich nicht genügend um ihr Verschwinden gekümmert hast?«

»Genau. Woher weißt du das?« Seit wann war Franz ein Hellseher?

»Sie hat so was in der Richtung erwähnt, als sie mich heute Nachmittag anrief, um mir Annelieses Rückkehr mitzuteilen.«

»Die kann mich mal, die Moni. Dabei wollte ich doch bloß noch etwas abwarten. Anneliese hat solche Sachen schließlich schon öfter gebracht. Erinnere dich bloß daran, wie sie damals, gleich nach ihrer Scheidung, einfach so mit diesem jungen Franzosen an den Gardasee gefahren ist.« Angesichts der umfassenden Ungerechtigkeit, die ihm bezüglich der ganzen Angelegenheit widerfuhr, kochte erneut die Wut in Max hoch.

»Stimmt«, bestätigte Franz.

Sie stießen erneut an und tranken.

»Oder mit dem großen Holländer an der Nordsee«,

fuhr Max danach aufgebracht fort, »mit diesem Piet. Das war doch genau das Gleiche. Eine geschlagene Woche lang hatte man nichts von ihr gehört. Hat Moni das denn alles schon wieder vergessen? Die hat sich vielleicht aufgespielt am Telefon. Wahnsinn.« Er schüttelte wieder und wieder echauffiert den Kopf.

»Ja, das ist nicht leicht mit den Frauen, Max. Gar nicht leicht.« Franz steckte sich eine Zigarette an.

»Wie wahr, wie wahr. Aber warum nur?«

»Da sind auf jeden Fall schon mal die gegensätzlichen Interessen«, wusste Franz. »Zum Beispiel ist es doch so, dass wir Männer gern miteinander Fußballspiele anschauen oder beim Bier zusammensitzen und unsere Witze reißen.«

»Richtig. Ganz normal.« Max schlug mit der flachen Hand auf den Tisch.

»Logisch. Und die Frauen sitzen auch gern zusammen. Beim Kaffee zum Beispiel.«

»Auch normal. Aber das ist doch kein Gegensatz.«

»Logisch ist das ein Gegensatz. Wir trinken Bier, sie Kaffee. Und außerdem reden sie über ganz andere Dinge als wir. Glaube ich zumindest.«

»Aber Wein trinken sie schon auch.« Trotz seines Zorns auf Monika, stach Max Gerechtigkeit anmahnend seinen rechten Zeigefinger in die heiße Abendluft.

»Meinetwegen auch Sekt oder Likör. Aber Tatsache ist doch, dass jede der zwei Gruppen am liebsten unter sich bleibt. Und das ist letztlich auch gut so. Nimm bloß mal einen einzigen Mann und eine einzige Frau. Was können die denn schon groß gemeinsam unternehmen? Da gibt es doch bloß Sex, Fernsehen und vielleicht noch gemeinsam zum Essen ausgehen. Oder ins Kino.« Franz hatte seine Aufzählung unterstützend an den Fingern abgezählt und sah Max nun, nichts anderes als pure Bestätigung erwartend, an.

»Oder wandern.« Max erinnerte sich an die vielen Bergtouren, die er bisher mit Monika gemacht hatte. Sogar auf der Wildspitze waren sie schon zusammen gewesen, dem zweithöchsten Berg Österreichs. Eigentlich war das doch immer total schön, dachte er.

»Ja, gut. Wandern geht auch noch«, fuhr Franz fort. »Aber recht viel mehr ist doch gar nicht drin. Zum Beispiel will Sandra neuerdings immerzu mit mir ins Theater. Sie versteht einfach nicht, dass das genauso unmöglich ist, wie wenn sie mit mir ins Stadion gehen sollte. Weil ich Theater einfach saulangweilig finde. Genau wie sie Fußball saulangweilig findet. Verstehst du?«

»Logisch verstehe ich. Aber ich sehe es gar nicht so eng. Moni und ich haben früher total viel zusammen unternommen. Vielleicht müssten wir bloß mal wieder einen richtig schönen Abend zu zweit machen.«

»Aber das ist doch gerade das Langweilige! Geht das nicht in deinen sturen Schädel rein?« Franz hob langsam seinen Maßkrug und fragte sich währenddessen, wieso sein Exkollege wohl gerade zu einem derart verweichlichten Frauenversteher mutierte.

»Nein, ganz und gar nicht«, beharrte Max. »Da musst du jetzt auch gar nicht pampig werden. Gemeinsam Essen gehen, dann ins Kino und anschließend irgendwo noch auf einen gemütlichen Absacker. Das kann auch Spaß machen.«

»Spaß? Ha! Da lach ich doch bloß.«

»Mach, was du willst, Franzi! Ist mir scheißegal. Im Moment kannst du das alles sowieso vergessen. Erstens hat Moni bestimmt keine Lust auf gemeinsame Unternehmungen, und zweitens habe ich erst recht keine, nachdem sie mich vorhin so saublöd angemacht hat.« Max verschränkte trotzig seine Arme vor der Brust. Prinzipiell hatte er ihr zwar bereits verziehen. Konkret aber noch lange nicht.

»Sag ich doch«, meinte Franz und tupfte sich mit einem Papiertaschentuch die schweißnasse Stirn und den Nacken trocken. »Auch wenn es vielleicht schön wäre, mit einer Frau etwas Gemeinsames zu erleben. Meistens geht es nicht. Und dabei haben wir weitere Gründe wie Migräne, verschiedene Arbeitszeiten und Fitnessstudio noch gar nicht genannt.«

»Stimmt auch wieder.« Beide hoben ihre Gläser und stießen auf Franz' letztendlich doch sehr einleuchtende Theorie an. Dann saßen sie eine Weile lang schweigend vor sich hinbrütend da.

»Hallo, Max.« Noch während er aufsah, durchfuhr den Exkriminaler ein freudiger Schreck.

»Irene! Was machst du denn hier? Ich dachte, du wolltest erst am Samstag wieder in der Stadt sein. Ja, so was! Setz dich doch. Magst du etwas trinken? Wie geht es dir?« Er stand hektisch auf und rückte ihr einen Stuhl zurecht. Das war mal eine willkommene Überraschung. Gerade jetzt, als seine Stimmung dabei war, auf den absoluten Nullpunkt zu sinken.

»Franzi hat vorhin angerufen, damit ich ihm bestätige, dass Holzer gestern gleich nach dir vom Studio weggefahren ist. Dabei hat er gemeint, dass ihr später hier wärt.

Und weil ihr beide ja nichts vertragt, dachte ich, ich schau mal vorbei.«

»Ja super!« Max lächelte sie verliebt an. Herrschaftszeiten. Ich hab ja richtig Schmetterlinge im Bauch.

»Natürlich nur für den Fall, dass einer von euch nach Hause gebracht werden muss. Zu deiner zweiten Frage, ja ich mag ein Bier, was könnte man bei dieser Hitze sonst trinken. Und Antwort Nummer drei, es ging mir schon besser.« Irene grinste flüchtig. Sie setzte sich und plauderte mit Franz, solange Max ihr ein Bier holte. Hat sie mir etwa verziehen, fragte er sich auf dem Weg zur Schenke. Es sah ganz so aus. Bestimmt hatte sie endlich gemerkt, dass er gar keine andere Wahl hatte, als sie anzuschwindeln. »Ich verstehe ja, dass ihr mir am Anfang nicht die Wahrheit über Max' Identität sagen wolltet«, räumte Irene währenddessen Franz gegenüber ein und warf dabei gekonnt ihre langen, blonden Locken zurück. »Aber nachdem er bei mir zuhause gewesen ist, hätte er doch wissen müssen, dass ich ihn niemals verraten würde.«

»Hätte er, stimmt, Irene«, erwiderte er verständnisvoll mit dem Kopf nickend. »Aber auf der anderen Seite hat er jahrelang Erfahrungen bei der Kripo gesammelt. Und glaube mir, da wird man automatisch vorsichtiger. Er hat es sicher nicht persönlich gemeint. Wollte sich wohl einfach nur professionell verhalten.«

»Na gut. Aber als ich in Holzers Büro kam und mithören musste, dass er gar kein Journalist, sondern Detektiv ist, war bei mir erst mal Schicht im Schacht, wie mein Vater immer sagt.« Sie bewegte heftig ihren Kopf hin und her, so als würde sie die Erinnerung daran am liebsten wegschütteln wollen. Das Ganze war anscheinend ein echter Tiefschlag für sie gewesen.

Max kam mit einem vollen Maßkrug für sie zurück und setzte sich zu ihnen. Gott sei Dank ist sie gekommen, dachte er. Und wie hübsch sie aussah in ihrer hellblauen Bluse und der weißen Hose. Hatte sie ihre Haare verändert? Sie schienen viel voller und heller zu sein.

»Warst du beim Friseur?«, erkundigte er sich und lächelte sie erneut verliebt an.

»Da sieht man es mal wieder«, antwortete sie geschmeichelt dreinblickend. »Einem Privatdetektiv entgeht offensichtlich nichts. Ja, ich war beim Friseur. Helle Strähnchen. Und ein paar kleine Haarteile. Gefällt es dir?«

»Sehr.« Glück gehabt. Normalerweise fiel ihm so etwas nie auf. Sie erwiderte eine Weile lang seinen verliebten Blick. Dann konnte sie wohl nicht mehr anders. Sie beugte sich vor, schlang ihre Arme um seinen Hals und küsste ihn. Lang und leidenschaftlich.

»Halbzeit, Spuckewechsel!«, rief Franz die beiden nach einer gefühlten halben Ewigkeit zur Ordnung. »Ihr seid leider nicht alleine da, Herrschaften.«

»Äh, ja … klar. Ha, ha. Na, so was!« Max schaute drein wie ein verwirrter Mathematiklehrer, der gerade in eine komplizierte Formel an die Tafel vertieft gewesen war und als er sich umdrehte, schlagartig merkte, dass keine Schüler mehr im Klassenzimmer waren. Franz und Irene konnten sich das Lachen nicht verbeißen. Max lachte mit. Endlich herrschte gute Laune am Tisch nach diesem deprimierenden Tag. Als Irene kurz darauf auf die Toilette verschwand, teilte Franz ihm mit, dass er bald nach Hause musste.

»Gut Wetter machen«, verriet er. »Und du bleibst noch da, alter Freund. Diese Frau ist Klasse. Mit der kann man Pferde stehlen. Sie erinnert mich daran, wie Moni früher war. Aber übertreib es nicht. Du weißt ja, ein schlechtes Gewissen ist kein gutes Ruhekissen.«

»Das waren jetzt drei ausgelutschte Sprüche in einem Statement, Franzi. Eindeutig zu viel für mich. Ich werde schon alles richtig machen. Lass das ruhig meine Sorge sein.«

»Unbedingt, Max. Unbedingt. Ich meine ja auch bloß.«

»Alles klar.« Max grinste. Er wusste, dass sein alter Freund und Exkollege es gut meinte, aber trotzdem musste er ihm klarmachen, wo seine Grenzen waren. Das musste man anscheinend immer wieder im Leben, anderen ihre Grenzen aufzeigen, wenn sie dabei waren, sie zu übertreten. Flüchtig kam ihm dabei sein Streit mit Monika in den Sinn.

»Sobald ich was Neues im Fall Nagelmord weiß, melde ich mich bei dir«, versprach Franz dann noch. »Dasselbe gilt umgekehrt natürlich auch für dich.«

»Logisch, Franzi. Keine Frage.«

»Übrigens, kennst du den?«

»Wen?«

»Kommt eine Frau zum Arzt.«

»Und?«

»Nix. Ist ein Witz.«

»Und was ist daran lustig.«

»Weiß ich jetzt, ehrlich gesagt, auch nicht mehr. Ich glaube, er ging doch anders.«

»Mei oh mei, Franzi.« So ein bodenloser Schmarrn. Max schüttelte nur mitleidig den Kopf.

Kurz nachdem Irene zurück war, brach Franz auf.

»Und pass mir gut auf diese Frau auf«, ermahnte er Max zum Abschied fröhlich mit den Augen blinzelnd. »Sie ist die berühmte Ausnahme von der Regel.« Dann verschwand er im Getümmel.

»Was meinte er damit?«, wollte sie wissen, als er weg war.

»Dass du schwer in Ordnung bist?« Max sah sie lange an.

»Gehen wir noch zu mir?«, fragte sie und legte geheimnisvoll lächelnd ihren Kopf schief.

29

Sie spazierten zu Fuß durch den dunklen Park westlich der Isar Richtung Norden. Irene hatte sich bei Max untergehakt und erzählte ihm gerade, dass sie in Erding geboren und aufgewachsen und erst zum Studieren nach München gezogen war.

»Ich habe meinen Magister in Kunstgeschichte gemacht, aber bisher leider keinen entsprechenden Job gefunden. Das macht mich traurig«, klagte sie. »Mir hat das Studium nämlich total Spaß gemacht.« Endlich erzählte sie mal von sich. Er wusste ja noch so gut wie gar nichts von ihr. Außer, dass ihre Eltern viel Geld hatten und sie selbst ziemlich nett war. Wenn sie nicht gerade beleidigt war.

»Dann sei doch froh, dass du bei Holzer und Nagel

gekündigt hast«, meinte er. »Da musstest du dich doch total unter Wert verkaufen.«

»Lieb von dir, dass du das sagst.« Sie schenkte ihm einen zärtlichen Blick.

Was für eine tolle Frau, dachte er. Sie sieht aus wie ein Filmstar. Sie ist intelligent wie eine Professorin. Sie trinkt Bier wie ein Fuhrknecht. Und sie nimmt dich zum zweiten Mal zu sich nach Hause mit. Das reinste Gottesgeschenk, Raintaler. Versau es bloß nicht wieder.

»Wieso hast du eigentlich gekündigt?«

»Ich habe die Fotos auf Holzers Schreibtisch und ihre roten Gesichter gesehen, als ich zu euch reinkam. Da hat es mir dann irgendwie endgültig gereicht. Diese miesen Typen!«

»Braves Mädchen.« Er umarmte sie und küsste sie innig.

»Nur Geduld. Es ist nicht mehr weit, Max.« Irene spürte, dass er sie nicht nur küssen wollte.

»Hoffentlich«, raunte er.

Sie überquerten die große Brücke, über die der Tag und Nacht von Autos überfüllte, mittlere Ring führte. Die Isar wälzte sich silbrig im Mondlicht aufflackernd darunter hinweg. An ihren Ufern leuchteten zahlreiche Feuer. Etliche Cliquen junger Leute feierten wie jeden Sommer zur Ferienzeit ihre Grillpartys. Trotz des Autolärms war die Musik aus ihren tragbaren CD-Playern, ihr lautes Lachen und ihr Geschrei bis zu Max und Irene herauf zu hören.

Max dachte daran, wie er Ende der Siebzigerjahre selbst sein Abitur gefeiert hatte. Damals hatten sie keine tragbaren Radios oder CD-Player gehabt. Er und seine Freunde hatten selbst musiziert. Der Geist von Flowerpower und

Hippiefeeling war nach wie vor in der Luft gelegen. Man hörte und sang überall Songs von Bob Dylan oder C.C.R. oder Crosby, Stills, Nash and Young. Die Burschen trugen zum Teil längere Haare als die Mädchen und jeder sprach von freier Liebe und Selbstbestimmung. ›Wer zweimal mit derselben pennt, gehört schon zum Establishment‹ hieß es in den Kommunenkreisen.

Sie hatten endlos Zeit damals. Ihr ganzes Leben lag noch vor ihnen. Kein Aids, keine Angst davor, keinen Job zu bekommen. Stattdessen jeden Tag neue Ideen und neue Drogen, die den Kopf vom spießigen Mief der Vorväter befreien sollten. Freiheit und Liebe. Doch auch der Tod gehörte dazu. Viele seiner Freunde waren viel zu jung gestorben. Meist wegen zu viel Drogen. Ihre Idole hatten es ihnen vorgemacht. Jimi Hendrix, Janis Joplin, Jim Morrison und all die anderen. Neil Young sang damals ›Its's better to burn out, than to fade away‹. Was dachten die Kids eigentlich heute? Safety first? Wie viel Arbeitslosengeld werde ich bekommen? Und für wie lange? Es ist sowieso alles sinnlos? Herrschaftszeiten. Was hatte er alles in allem doch für ein Glück mit seiner Jugend gehabt. Arm in Arm verließen sie die Brücke und bogen nach links ab.

Bald darauf kamen sie an dem Fußballplatz vorbei, auf dem damals schon der junge Obergiesinger Franz Beckenbauer gegen die Untergiesinger gespielt hatte. Heiliger Rasen! Dann folgten die Bahnunterführung und das Schwimmbad, in dem Irene sich so gerne abkühlte. Sie bogen rechts ab und marschierten zurück in Richtung der Gleise zur nächsten Bahnunterführung. Irene wollte Max unbedingt ein kleines griechisches Lokal ganz in der Nähe zeigen. Mit einem schnuckeligen überwucherten

Biergarten, wie sie meinte. Ein neuer Biergarten! Dafür nahm er den kleinen Umweg gern in Kauf. Schon von weitem hörten sie fröhliches Geplauder und Gelächter. Dann standen sie davor. Man hatte ein paar einfache Plastiktische vor der Tür, und seitlich vom Haus Biergartenbänke und -tische in einer Art Garageneinfahrt aufgestellt. Fast alle Plätze waren belegt.

»Hier trinken wir noch eins. Der Laden gefällt mir«, stieß Max erfreut hervor. »Komisch, dass ich noch nie hier war. Es liegt doch sozusagen gleich ums Eck.«

»Manche Preziosen entdeckt man eben erst spät im Leben«, wusste Irene und lächelte ihn vielsagend an.

»Da magst du wohl recht haben«, erwiderte er und küsste sie.

Sie setzten sich zu zwei Paaren im mittleren Alter, an deren Tisch gerade zwei Plätze frei geworden waren. Die Frauen waren ausnehmend hübsch und blond und, so wie es aussah, genauso angetrunken und fröhlich wie ihre ebenfalls blonden Begleiter.

»Hallo. Was darf ich Ihnen bringen?« Eine weitere, ausnehmend gutaussehende Blondine war am Tisch aufgetaucht und hielt freundlich lächelnd ihren Quittungsblock und einen Kuli parat, um die Bestellungen entgegenzunehmen.

Was war denn das hier? Eine Auffangstation für arbeitslose Topmodels? Max staunte nicht schlecht. Vier scharfe Blondinen, eine hübscher als die andere, und jeder am Tisch hatte gute Laune. Herrschaftszeiten. Da schmeckte es doch gleich doppelt so gut. Er bestellte ein Bier, Irene eine Weißweinschorle.

Als sie kurz darauf mit den beiden Paaren am Tisch ins

Gespräch kamen, kam heraus, dass die zwei Frauen früher tatsächlich als Models gearbeitet hatten. Max und Irene stellten sich den anderen vor. Anschließend trank und scherzte man miteinander, bis es 23:00 Uhr war und der Wirt den kleinen Biergarten wegen der Nachbarn schließen musste. Max bezahlte ihre Rechnung. Dann verabschiedeten sie sich von den anderen und verließen das Lokal in nördlicher Richtung. Kurz bevor sie die zweite Querstraße kreuzten, hörten sie Musik und Gelächter von rechts.

»Das sind die Jungs von der kleinsten Brauerei Münchens«, klärte Irene ihn auf. »Die feiern wohl noch. Magst du noch ein Bier bei denen trinken? Schmeckt echt gut.«

»Ich kenne das Bier. Naturtrüb. Schmeckt wirklich super. Aber eigentlich würde ich jetzt lieber zu dir …« Max drehte sich zu ihr und gab ihr ein Küsschen. Er kannte nicht nur das Bier, sondern auch die Betreiber der winzigen Untergiesinger Garagenbrauerei, weil sie ›Monikas kleine Kneipe‹ mit ihrem leckeren Bier belieferten. Und wenn er ihnen jetzt mit Irene im Arm begegnete, wäre das saublöd. Wegen Monika und wegen Irene. Und wegen ihm selbst natürlich auch. Logisch.

»Alles klar. Verstehe. Da muss das Bier halt mal warten. Auch wenn es noch so lecker ist.« Sie lächelte geschmeichelt und gab ihm ein Küsschen zurück.

»Genau.«

Wenig später standen sie vor Irenes Altbau. Sie sperrte auf und sie gingen hinein. Das Licht im Treppenhaus funktionierte nicht. Lachend und sich gegenseitig stützend tasteten sie sich zu ihrer Wohnung hinauf. Nicht ohne dabei ein paar mal lautstark mit ihren glatten Sohlen von den frisch gebohnerten Stufen abzurutschen. Als sie etwas später trotzdem heil und unversehrt in ihrem Wohnzimmer standen, zogen sie sich in blindem Einverständnis aus, eilten nach nebenan ins Bett und liebten sich. Innig und zärtlich zugleich. Bis sie beide nicht mehr konnten. Dann holte Irene eine Flasche Wein und zwei Gläser, legte sich wieder zu ihm und sie redeten.

»Ich war wirklich sauer auf dich«, gestand sie. »Wie kann er mir nur so wenig vertrauen, habe ich mich wieder und wieder gefragt.«

»Glaube mir, Irene. Ich wollte dich bestimmt nicht verletzen. Aber die alten Kripogewohnheiten legt man anscheinend nie ganz ab.«

»Franz hat das auch gesagt. Na gut. Dann ist es halt so. Einmal Bulle, immer Bulle. Richtig?«

»Richtig. Außerdem hast du mir auch einiges verschwiegen. Zum Beispiel, dass du bei Holzer und Nagel gekündigt hast oder das mit deinen reichen Eltern. Stimmt's?«

»Stimmt, Max. Aber ich habe schon ein paarmal schlechte Erfahrungen mit Männern gemacht, die nur mein Geld wollten.«

»Waren die blind?« Sie bekam einen roten Kopf und küsste ihn.

»Du bist süß. Danke«, meinte sie dann. »Das mit der Kündigung hätte ich dir übrigens schon noch gesagt. Aber bis du angerufen hattest, herrschte ja Funkstille zwischen uns.«

Sie öffnete sich jetzt immer mehr und erzählte, wie schon auf dem Heimweg, weiter von sich. Von ihrem ersten Freund vor zehn Jahren, der sie mit seiner Laschheit wahnsinnig gemacht hätte. Aber sie wäre so verliebt in ihn gewesen, dass sie sich zuerst einfach nicht von ihm trennen konnte. Bis sie es dann schließlich doch tat. Unter großen seelischen Schmerzen.

»Er war Musiker wie du«, sagte sie. »Hatte eine echt vielversprechende Karriere vor sich. Ein Majorlabel hatte ihm einen Plattenvertrag angeboten. Und was hat der Blödel gemacht? Er hat ihnen gesagt, dass er grundsätzlich keine Knebelverträge unterschreibe, und dass sie sich ihr Angebot sonstwohin stecken könnten. Heute jobbt er, soviel ich weiß, als Taxifahrer und ist wahrscheinlich todunglücklich.«

»Ja mei, so geht's. Hat er denn danach nie wieder nach einer Plattenfirma gesucht?« Max strich ihr behutsam ein paar Locken aus dem Gesicht.

»Ein Jahr später hat er noch einmal ein ähnliches Angebot bekommen, es aber wieder nicht angenommen. Schon schlimm, wie sich manche Leute selbst im Weg stehen.« Sie seufzte tief.

»Oder sie haben eben Prinzipien. Was an sich auch nichts Verwerfliches ist.«

»Prinzipien muss man sich leisten können, Max«, entgegnete sie ihm und sah ihn lange an.

»Und heute fährt er Taxi? Sonst tut er nichts?«

»Soweit ich das weiß, nein. Stell dir das nur mal vor. Dabei könnte er ein Star sein. Stattdessen kutschiert er jede Nacht Betrunkene durch die Gegend und streitet mit ihnen um den Fahrpreis.« Sie stand auf und eilte nackt wie sie war in ihr Wohnzimmer hinüber. Nach ein paar Minuten kam sie mit einem Foto zurück. »Da, schau. Das ist er.«

Max erkannte einen jungen, sehr ernsthaft dreinblickenden Mann darauf. Er hatte eine Sicherheitsnadel in der Backe und trug schwarze, nietenverzierte Punkerklamotten. Sein Haupt wurde von einem knallrot gefärbten Irokesenschnitt gekrönt. Das aggressive Äußere passte überhaupt nicht zu dem nachdenklichen Blick aus seinen sanften dunkelbraunen Augen. Er hatte eine E-Gitarre mit einem Totenkopf darauf umgehängt und seine feingliedrigen Finger lagen auf dem Griffbrett. So, als würde er gerade spielen.

»Er sieht irgendwie verloren aus.«

»Sage ich doch«, bestätigte Irene. »Ein intelligenter und sensibler Mensch, der sich mit seinem albernen Stolz um die besten Chancen in seinem Leben gebracht hat. Das war mein Charly. Was soll's? … Vielleicht hat er eines Tages doch noch mal mit irgendwas Glück. Es heißt, dass er nebenher mit dem Malen angefangen haben soll. Und das gar nicht schlecht.«

»Warst du eigentlich auch schon mal mit einem Nichtkünstler zusammen?« Er grinste nur.

»Niemals.« Auch Irene verzog ihren Mund zu einem breiten Grinsen.

»Aber das hat natürlich nichts mit irgendwelchen Prinzipien zu tun, an denen du festhältst?«

»Natürlich nicht. Wie kommst du bloß auf so was?«

Beide lachten laut los.

»Willst du mal ein frühes Bild von mir sehen?« Er wartete ihre Antwort gar nicht erst ab und lief ebenfalls ins Wohnzimmer. Dort kramte er seine Brieftasche aus den Jeans und kam damit zurück ins Bett. Als er wieder neben ihr lag, zog er seinen uralten grauen Führerschein daraus hervor, den er seit Jahren als Zeitdokument aufbewahrte, faltete ihn auseinander und reichte ihn ihr.

»Wahnsinn! Ich glaube es nicht!«, rief sie entsetzt, als sie den langhaarigen Waldschrat mit Vollbart auf dem kleinen Passfoto erblickte. »Das ist ja schrecklich, Max. Nur gut, dass wir uns erst jetzt kennengelernt haben. Sonst wäre das mit uns beiden nie was geworden.« Sie lachte frech.

Moni hat das Bild eigentlich immer gut gefallen, dachte Max, der einen Moment lang von ihrer heftigen Reaktion irritiert war. Hatte Irene vielleicht etwas gegen Langhaarige mit Bart? Ein bisschen spießig kam sie ihm ja schon die ganze Zeit vor. Ach was. Schmarrn. Schließlich war sie mal mit einem Punker zusammen gewesen.

»Ja mei, die Zeiten ändern sich«, philosophierte er versonnen.

»In deinem Fall würde ich sagen, Gott sei Dank. Wie kann sich ein so schöner Mann nur hinter so einem wilden Vollbart und so langen, ungepflegten Haaren verstecken.«

Sah er auf der Aufnahme etwa aus wie dieser Fritz Bär? Niemals. Oder doch? Egal. Wen interessierte schon die Vergangenheit. Das Jetzt und das Hier zählten. Und vielleicht noch morgen früh. Sonst nichts. Irene gab ihm immer noch lachend seine zerknitterte alte Pappe zurück und küsste ihn zärtlich.

30

Max wollte seine Augen öffnen, schloss sie aber gleich wieder. Die Sonne schien ihm genau ins Gesicht und blendete ihn dabei wie ein Scheinwerfer aus zwei Zentimetern Entfernung. Er drehte sich zur Seite in den Schatten und versuchte es erneut. Und sah Irenes blonde Locken direkt vor sich. Behutsam legte er seinen freien Arm über sie und streichelte zärtlich ihren Bauch.

»So früh schon wach?«, fragte sie verschlafen. Sie drehte sich zu ihm herum und gab ihm ein Küsschen auf die Wange.

»Die Sonne hat mich geweckt«, antwortete er flüsternd.

»Noch zehn Minuten, dann mach ich uns Frühstück. Okay?« Sie reckte sich und gähnte ausgiebig, bevor ihr Kopf gleich darauf wieder in ihr Kissen zurück fiel.

»Ich gehe schon mal Semmeln holen. Ruh du dich noch aus.« Er konnte nicht mehr schlafen. Wenn der Raintaler wach war, war er wach und musste aufstehen. Das war schon immer so, und es würde auch immer so bleiben. Er wühlte sich aus dem Bett, nahm seine Blutdrucktablette, duschte, zog sich an, steckte Irenes Schlüssel ein, damit sie nicht aufstehen musste, wenn er zurückkäme und eilte die Treppen hinunter. Mit einer großen Papiertüte voller Semmeln und Brezn beladen wieder vor Irenes Wohnungstür angelangt, sperrte er leise auf und schlich in die Küche. Wo war wohl die Kaffeemaschine? Und wo waren die Teller? Herrje. Hier fand man ja überhaupt nichts. Er begab sich zum Schlafzimmer hinüber, um zu sehen, ob sie schon wach war.

»Irene?«, flüsterte er von der Tür aus.

»Hm?«, kam es unwillig aus ihrem Kissen zurück.

»Bist du schon wach?«

»Natürlich. Sonst könnte ich ja nicht mit dir reden.« Sie drehte sich zu ihm herum und schaute ihn halb freundlich, halb ärgerlich an.

»Ich finde deine Kaffeemaschine nicht.«

»Ich hab auch keine.«

»Aber wie kochst du dann deinen Kaffee?«, fragte er und machte große Augen.

»Ich brühe ihn mit heißem Wasser aus einem Topf auf.«

»Geht das denn?«

»Junggesellen!«, schnaubte sie und stand auf. »Natürlich geht das. Warum soll es nicht gehen? Es ging jahrhundertelang.«

»Ich weiß nicht. Ich kann nur mit einer Kaffeemaschine Kaffee kochen.« Er lächelte verlegen.

»Du verarschst mich doch, oder?«, brummte sie unwillig, während sie im Bad verschwand.

»Nein. Ehrlich nicht.« Er hob mit einem absolut glaubhaften Unschuldslammblick die Arme.

»Echt nicht? Wahnsinn. Na gut. Wart auf mich. Ich bin gleich wieder da. Dann mach ich uns Kaffee und Eier. Wie man die kocht, weißt du ja sicher auch nicht.«

»Stimmt. Woher weißt du das?«

»Keine Ahnung. War wohl so eine Art göttlicher Eingebung.« Sie patschte nackt wie sie war ins Bad und drehte die Dusche auf.

Max setzte sich derweil in die Küche und blätterte in der Zeitung, die er sich aus dem Verkaufskasten unten vor der

Tür mitgenommen hatte. Nichts als Mist, dachte er wie schon so oft zuvor. Nur Mord und Bestechung und Totschlag und Betrug und Sexskandale. Und Katastrophen natürlich. War unsere Welt wirklich so krank, wie es hier täglich geschrieben stand? Oder geschah auch mal etwas Positives? Bestimmt. Aber warum schrieben sie nicht darüber? Zum Beispiel ›Hurra, Mutter bekommt hübsches Kind‹ oder ›Toll, neues Auto für Lehrling‹ oder ›Gratulation, Frau Meier aus Sendling hat endlich den Mann fürs Leben gefunden‹. Das wären doch Nachrichten gewesen, die dem Tag einen guten Anfang beschert hätten. Aber was las man stattdessen? ›Frau erschlägt Säugling‹, ›Betrüger gefasst‹, ›Politiker brechen wieder mal ihre Versprechen‹, ›Priester zwingen junge Buben zum Sex‹, ›Heuschrecken übernehmen endgültig die Weltmacht‹. Immerzu dieselbe frustrierende Leier. Eigentlich sollte man den ganzen Schmarrn nur noch zum Verpacken von Fisch und Gemüse verwenden. Nichts wie weg damit. Eilig legte er die Zeitung wieder aus der Hand. Er hatte heute einfach keine Lust, schlecht drauf zu sein.

»Wie ich sehe, warst du bei unserer kleinen Bäckerei schräg gegenüber«, stellte Irene mit einem kurzen Blick auf die Tüte mit den Semmeln darin fest, als sie nur mit einem winzigen Höschen bekleidet aus dem Bad zurückkam.

»Ja. Eine schräge Verkäuferin. Hat gemeint, sie verkaufen nur Winterstiefel, als ich reinkam.«

»Sie ist echt lustig. Spinnt aber auch ein bisschen. Manchmal knöpft sie ihren Kittel auf und zeigt der männlichen Kundschaft ihre Hupen.«

»Ohne Schmarrn?«

»Ja. Tatsächlich.«

»Aha. Na, dann weiß ich ja jetzt, wo ich in Zukunft immer meine Semmeln hole.«

»Untersteh dich!«

»War bloß ein Witz. So was würde ich doch nie tun.« Max grinste breit. Natürlich würde er. Logisch.

»Rühreier?« Irene drehte sich zu ihrer kleinen Küchenzeile um.

»Gerne! Vier Stück!«

»Nach dem Frühstück muss ich unbedingt Holzer anrufen«, fuhr sie fort. »Er wollte meine Papiere bis heute fertig machen. Ich befürchte bloß, dass er das nicht tut, weil er sauer auf mich ist.«

»Ruf ihn ruhig an. Ich bleib solang hier und unterstütz dich notfalls. Ich kann mir vorstellen, dass es dann sehr schnell geht.«

»Super, Max. Gleich gibt's Essen. Ich zieh mich nur kurz an.«

Als sie in weißer Bluse, flachen weißen Turnschuhen und kurzem, buntem Rock aus dem Schlafzimmer zurück war, briet sie die Eier, tat ihnen auf und setzte sich fröhlich dreinblickend auf den zweiten Stuhl vor ihrem kleinen Küchentisch. Nachdem sie fertig waren, räumte Max ab, während sie ihr Telefon holte und die Nummer des Studios wählte.

»Keiner da«, erklärte sie, als sie wieder auflegte. »Dann werde ich es eben bei ihm zuhause in Grünwald versuchen.« Sie wählte erneut.

»Holzer«, meldete sich ihr Exchef nach dem dritten Läuten. Er klang völlig außer Atem.

»Grüß Gott, Herr Holzer. Irene Meierling hier.«

»Frau Meierling«, blökte er genervt. »Was wollen Sie denn noch?«

»Ich will meine Papiere, Herr Holzer. Ich brauche meine Lohnsteuerkarte.«

»Da werden Sie schon bis nach dem nächsten Ersten warten müssen. Ihr Restgehalt von diesem Monat ist ja noch gar nicht verbucht.«

»Aber Sie haben doch gesagt …«

»Ich weiß«, unterbrach er sie schroff. Er schien es sehr eilig zu haben.

»Ich sagte, Sie könnten sich Ihre Papiere gleich heute abholen. Aber mein Steuerberater ist da anderer Meinung. Und schließlich macht der Ihre Lohnabrechnung.«

»Na gut, dann warte ich noch. Und wann kann ich meine privaten Sachen abholen.«

»Was für private Sachen?«

»Ich habe noch jede Menge Zeug wie Stifte, Fotos und so weiter im Studio. Unter anderem auch meine Kamera.«

»Nun, das ist heute ganz schlecht, Frau Meierling. Ich muss für ein paar Tage verreisen«, blaffte er. »Und ehrlich gesagt habe ich jetzt auch gar keine Zeit mehr, mich weiter mit Ihnen zu unterhalten. Melden Sie sich Ende nächster Woche wieder. Dann bekommen Sie alles.« Er legte auf, noch bevor Irene etwas erwidern konnte.

»Arroganter Depp!«, wandte sie sich an Max. »Er muss anscheinend für ein paar Tage verreisen. Darf er das überhaupt, wenn er unter Mordverdacht steht, wie Franzi gemeint hat?«

»Natürlich nicht«, erwiderte er. »Aber ich befürchte, dass ihm das egal ist. Ich rufe Franzi gleich mal an.«

31

Franz kam mit Blaulicht angerast. Er bremste neben dem auf dem Gehsteig wartenden Max scharf ab und stieß die Beifahrertür auf.

»Auf geht's, Herr Privatdetektiv«, rief er ihm vom Fahrersitz aus zu. Max sprang zu ihm hinein. Er hatte Irene versprochen, sich so bald wie möglich bei ihr zu melden. Sie hatte ihn zum Abschied lang geküsst und ihn gebeten, gut auf sich aufzupassen. Kein Problem, hatte er ihr geantwortet. Unkraut vergeht nicht. Dann war er mit verliebtem Herzen und voller Vorfreude auf die Jagd nach Holzer hinuntergegangen. Franz raste wie der Teufel. Er schaltete seine Sirene ein und überfuhr jede rote Ampel auf dem Weg. Zuerst ging es die langgestreckte Kurve unter dem mittleren Ring zum alten 60er-Stadion hinauf, in dem seit dem Bau der Arena im Norden Münchens keine 60er mehr spielten. An der Ampel bogen sie rechts ab und fuhren von da an immer geradeaus durch Harlaching hindurch. Dann sausten sie am Harlachinger Krankenhaus und an den Bavaria Filmstudios vorbei nach Grünwald hinein.

Keine zehn Minuten nach ihrer Abfahrt bei Irenes Haus standen sie vor Holzers Villa in einer kleinen Seitenstraße nahe dem Isarhochufer. Sie stiegen schnell aus und rannten zu seinem Gartentor hinüber. Während Franz Sturm läutete, bemerkte Max aus den Augenwinkeln, wie ein Mercedes mit dem Nummernschild einer Leasingfirma aus der Garageneinfahrt nebenan kam. Er sah genauer hin und meinte Holzer darin zu erkennen. Und tatsächlich. Als der Wagen an ihnen vorbeikam, gab es keinen Zweifel mehr. Was tat er denn da drüben? Er wohnte doch hier? Wahrscheinlich eine gemeinsame Tiefgarage.

»Da sitzt er! In dem blauen Mercedes!«, rief er Franz zu. Sie spurteten zu Franz' klimagekühltem BMW zurück und sprangen hinein. Als sie wieder in die Nähe der Hauptstraße kamen, sahen sie gerade noch, wie Holzer nach rechts abbog.

»Wo fährt der denn hin?«, wunderte sich Franz. »Zum Flughafen geht es doch in die andere Richtung, nach Norden. Oder will er etwa zum Golfspielen nach Straßlach?«

»Keine Ahnung. Du bist der Hauptkommissar. Vielleicht will er nur Einkaufen gehen oder ein paar Besinnungstage im Kloster Schäftlarn verbringen.«

»Im Ernst, Max. Der muss uns doch gesehen haben. Also flieht er vor uns. Was meinst du?«

»Denke ich auch. Und damit macht er sich selbst zum Hauptverdächtigen in Sachen Nagelmord.« Max hielt sich fest.

Holzer fuhr wie ein Henker. Und Franzi stand ihm, was das betraf, in nichts nach. Hoffentlich bekam Max keinen Herzinfarkt bei der lebensgefährlichen Raserei. Oder noch schlimmer, Franzi wurde vom Herzkasper ereilt. Dann wären sie wohl alle beide auf der Stelle tot. Herrschaftszeiten.

»Haut der ab, dieser Volldepp. Dabei konnten wir ihm ohne Geständnis nicht das Geringste nachweisen.« Franz schüttelte den Kopf, während er mit über 100 Sachen einen Kleintransporter überholte. »Sein Jaguar war sauber und auch an Nagel waren keine Fingerabdrücke von ihm zu entdecken gewesen«, fuhr er fort. »Nicht mal ein zusätzliches Alibi zu dem von Irene hätte er wahrscheinlich gebraucht.«

»Schön blöd.«

»Du sagst es, Max. Das kommt davon, weil diese Amateure so leicht ihre Nerven verlieren. Einem Profikiller wäre das unter Garantie nicht passiert.« Franz setzte ein hochprofessionelles Hauptkommissar-auf-der-Verfolgungsjagd-Gesicht auf.

»Ja, Gott sei Dank verlieren die ihre Nerven, Franzi. Stell dir doch bloß mal vor, alle Mörder wären Profis. Da hättest du bald eine Aufklärungsrate von null Prozent und niemand wäre mehr seines Lebens sicher.«

»Stimmt. Ich meine es auch bloß rein statistisch gesehen. Als Beispiel sozusagen. Und auch wegen der amerikanischen Krimis im Fernsehen ... Also, wenn man sich die jetzt zum Beispiel mal so anschaut ... Da läuft es ja immer so ab ... Also, dass die Burschen total cool bleiben. Aber echt total.«

»Ach so. Ja, dann. Klar ...« Max klammerte sich krampfhaft mit beiden Händen an seinen Türgriff.

Franz fuhr wirklich kriminell. Aber effektiv. Nur zwei Autos waren noch zwischen ihnen und Holzer. Sie passierten das Polizeirevier in Richtung Straßlach. Holzer gab Gas und raste erneut davon.

»Wo will der bloß hin, der Depp? Zur Autobahn Richtung Flughafen oder nach Kufstein oder Salzburg hätte er doch längst vorhin in Grünwald links abbiegen müssen. Will er etwa in dem Tempo über die Landstraße zum Innsbrucker Flughafen weiterdüsen? Das gibt garantiert Tote, Zefix.« Franz trat das Gaspedal voll durch. Kickdown. Sein dunkelgrauer Dienstwagen schoss mit einem kräftigen Satz wie ein Panther nach vorne. Die Beschleunigungskräfte drückten die beiden Freunde in die Lehnen ihrer Ledersitze. Dennoch kamen sie Holzer nur langsam näher.

»Herrschaftszeiten. Hoffentlich überleben wir das«, unkte Max.

»Logisch. Den kriegen wir schon. Wart's ab, Max. Jetzt leg ich den Turbo ein.« Franz passierte mit einem Affenzahn die nächsten zwei Wagen, die rechts ran gefahren waren.

Max schloss einen Moment lang die Augen. Die aberwitzige Geschwindigkeit des rennwagenähnlichen Polizeiflitzers war ihm nicht geheuer. Seit seiner Pensionierung kannte er nur noch das moderate Tempo seines klapprigen R4. Mit fast 200 Stundenkilometern näherten sie sich dem Flüchtenden. Der musste sie im Rückspiegel kommen gesehen haben und drückte noch mehr auf die Tube.

»Wenn er so schnell weiter fährt, schiebt es ihn in der nächsten Kurve garantiert von der Straße.« Franz trat das Gaspedal erneut bis zum Fahrzeugboden durch.

Die Automatik reagierte sofort, indem sie einen Gang herunterschaltete. Sie beschleunigten und fuhren kurz darauf dicht hinter Holzer. Max konnte dessen Gesicht bereits im Rückspiegel des Mercedes erkennen. Dann stieg der Erfolgsproduzent scharf auf die Bremse. Franz bremste ebenfalls. Gott sei Dank.

»Nicht mit mir, Bursche«, knurrte er, als Holzer wieder Gas gab. »Hast du das gesehen, Max? Der Kamikaze wollte, dass wir ihm hinten reinfahren. Selbst auf die Gefahr hin, dass wir ihn dabei von der Straße abgedrängt hätten. Dem ist anscheinend alles egal.«

»Oder er ist seit gestern besoffen.«

Sie rasten auf die scharfe Kurve kurz hinter Deining zu. Wenn Holzer wirklich über Bad Tölz nach Innsbruck will, muss er hier der Hauptstraße nach links folgen, dachte Max. Prompt bremste der Musikproduzenten vor ihnen ab und lenkte nach links. Zu spät. Sein Wagen war viel zu schnell. Er rutschte erst ein Stück weit gerade aus weiter, stand dann auf einmal quer und überschlug sich ein paarmal in dem Weizenfeld vor ihnen. Franz hielt seinen Dienstwagen am Straßenrand an. Max und er stiegen aus und rannten zu dem verunglückten Fahrzeug, das inzwischen völlig verbeult wieder auf allen vier Rädern stand. Nur quer zur Fahrtrichtung.

»Holzer!«, rief Franz, als sie bei ihm ankamen. »Sind Sie verletzt?«

Der Produzent staunte sie durch das zersplitterte Seitenfenster an, als kämen sie von einem anderen Stern.

»Ich … glaube … nicht«, erwiderte er langsam, so als hätte er erst kürzlich zu sprechen gelernt.

»Gott sei Dank.« Max atmete auf. Ein toter Verdächtiger hätte ihnen sicher den ganzen Tag verdorben.

»Kommen Sie. Wir holen Sie hier raus«, fuhr Franz eilig fort. »Sie müssen von dem kaputten Wagen weg, falls er Feuer fängt. Max, rufst du den Notarzt?«

»Mach du das lieber, Franzi. Ich trag den Holzer weg. Denk an deine Bandscheiben.«

Franz nickte dankbar und wählte unverzüglich die Nummer des Notrufs. Max half Holzer währenddessen beim Aussteigen. Wie durch ein Wunder hatte der nicht einmal eine Schramme abbekommen. Er bewegte sich zwar etwas wackelig, weil er nach wie vor unter Schock stand, aber außer einer deftigen Alkoholfahne konnte Max rein äußerlich keine Auffälligkeiten an ihm feststellen. Wenigstens würde er gesund und unversehrt hinter Gitter wandern. Sie eilten alle drei zu Franz' Dienstwagen zurück. Kurz bevor sie dort ankamen, begann das Autowrack zu brennen. Ganz so, als hätte Franz es vorausgesehen. Schnell machte er sich daran, seinen Feuerlöscher aus dem Kofferraum holen.

»Lass die Karre doch brennen«, meinte Max, dem nach der ganzen Anspannung das Adrenalin immer noch mit Höchstgeschwindigkeit durch sämtliche Adern jagte. »Nicht, dass dir noch was um die Ohren fliegt. Die Rettung und die Feuerwehr sind sowieso schon im Anmarsch. Hörst du nicht die Sirenen?«

»Hast recht, Max. Überlassen wir das denen. Tja, und unser guter Herr Holzer hier wird wohl zur Untersuchung ins Krankenhaus müssen.«

»Sieht ganz so aus.«

»Ich will nicht ins Krankenhaus. Ich bin nicht krank.« Der Musikproduzent, der schon die ganze Zeit über wackelig zwischen ihnen stand, setzte ein trotziges Gesicht auf. »Ich will nach Innsbruck zum Flughafen.« Er blickte die beiden abwechselnd geistesabwesend an.

»Daraus wird nichts, guter Mann«, klärte Franz ihn auf. »Bevor Sie nach Innsbruck fahren, werden wir uns erst mal ausgiebig unterhalten. Und zwar über Ihren Partner. Sie haben ihn umgebracht. Stimmt's?«

»Schmarrn.«

»Geben Sie es ruhig zu« beharrte Franz. »Sonst hätten Sie doch nicht versucht, uns zu entwischen.«

»Ich hatte es bloß eilig.«

»Ach so. Und da brettern Sie mal eben mit Tempo 200 besoffen durch die Vorstädte? Weil Sie es bloß eilig haben? Ja, so ein Schmarrn.«

»Kein Schmarrn.«

»Doch Schmarrn, Herr Holzer. Riesenschmarrn. Kaiserschmarrn, sozusagen.« Franz beugte sich ganz nah zu seinem Gesicht hinüber.

»Sie haben Ihren Partner umgebracht. Das ist klar wie Kloßbrühe. Außerdem haben wir Beweise. Wir haben Ihre Fingerabdrücke an ihm gefunden.« Das stimmte natürlich nicht. Aber man konnte ja mal einen Versuchsballon starten und schauen, wie er reagierte.

»Das wundert mich nicht. Wir haben schließlich jeden Tag zusammengearbeitet.«

»Und Sie haben ihn bei Ihrer Zusammenarbeit unter den Achseln berührt? So wie man es macht, wenn man jemanden ein Stück weit schleppen will? Erzählen Sie doch keine Scheiße, Mann.« Manchmal musste man nur konsequent genug lügen, um die Wahrheit zu erfahren. Franz sah ihn durchdringend an. Er wusste instinktiv, dass er ihn am Haken hatte.

»Na gut … stimmt«, gestand Holzer zähneknirschend. »Ich habe dem Daniel eins auf den Kopf gegeben. Aber er war selber schuld daran.«

Und das erzählt er jetzt einfach so, wunderte sich Max. Nach dem bisserl Druck? Der Franzi hat vielleicht einen Dusel. Muss nicht einmal groß nachfragen. Auf dem Revier wird er bestimmt wieder sauber angeben mit seinem Erfolg. Dabei hätte er den Holzer ohne meine Geistesgegenwart gar nicht erwischt. Wer hat ihn denn verständigt, und wer hat Holzer in seinem Mercedes entdeckt?

Doch wohl ich. Oder? Egal. Ich gönne es dem Franzi. Hauptsache, der Holzer kommt hinter Gitter. Verdient hat er es allemal. So, so. Auf einmal war es der Holzer also doch? Na, das gab bestimmt einen sauberen Kater, wenn er morgen früh wieder durchblickte.

»Wir trafen uns an der Isar, weil er unter vier Augen mit mir reden wollte«, fuhr Holzer fort. »Ohne Zeugen. Der Depp wollte uns in aller Öffentlichkeit hinhängen. Wir hätten zu viele Menschen betrogen, meinte er auf einmal.«

»Womit er ja nicht ganz unrecht hatte«, warf Max ein.

»Ja, ja. Schon recht, Herr Klugscheißer Raintaler ... Da kommst du aber früh drauf, sagte ich also zu Daniel. Da fing er an, mir Vorwürfe zu machen. Ich hätte ihn sowieso in alles reingeritten. Und wenn er aussagen würde, dann würde er mich als einzig Schuldigen hinhängen.«

»Und dann haben Sie ihn umgebracht.« Franz zündete sich auf die stressige Verfolgungsjagd und die neuen Erkenntnisse erst mal eine Zigarette an.

»Ja.«

»Und wie haben Sie das gemacht?«

»Ich tat so, als würde ich etwas aus meinem Kofferraum holen, schnappte mir meinen Wagenheber und habe ihm ein paar drauf gegeben. Solange, bis er nicht mehr geredet hat. Dann war Ruhe.«

Wahnsinn. Der singt ja auf einmal wie ein Vögelchen, dachte Max bass erstaunt. Hat Franzi ihn etwa hypnotisiert?

»Aber wir haben Ihren Wagenheber untersucht«, wandte Franz ein. »Da waren keine Blutspuren daran zu finden.«

»Das ist seiner.«

»Wie bitte?«

»Ich zog mir die Plastikhandschuhe aus dem Verbandskasten an und legte Daniels Wagenheber in meinen Kofferraum. Meinen eigenen nahm ich in seinem Auto nach Österreich mit.« Holzer fasste sich mit schmerzverzerrtem Gesicht an den Kopf. Anscheinend hatte er bei den Überschlägen des Mercedes doch mehr abbekommen, als es zunächst den Anschein hatte. »Ich bin nämlich mit Daniels Wagen nach Österreich gefahren und habe den dort in einem versteckten, kleinen See versenkt.«

»Und wie sind Sie zurückgekommen?«

»Mit dem Zug.«

»Und Ihr Auto?«

»Das holte ich nach meiner Ankunft wieder in der Parkgarage von ›Tophits-TV‹ ab, wo ich es nach unserem Streit auf Ratgebers Platz abgestellt hatte. Und dann bin ich damit ins Studio gefahren.«

Das muss der Schock sein, dachte Max. Und der Suff. Wieso sollte er sonst auf einmal so schnell geständig ein. Und so umfassend. Kleine Anstandsreste von Gewissen? Bei seiner ausgiebigen kriminellen Vergangenheit? Kaum vorzustellen.

»Wie sind Sie denn zu Nagels Wagen zurückgekommen, bevor Sie nach Österreich fuhren?«, fragte Franz weiter.

»Ganz einfach. Mit dem Taxi.«

»Und wie haben Sie Ihren Kompagnon in den Kanal bekommen?«

»Bis dahin waren es bloß ein paar Meter. Ich zerrte ihn hin und dann gab ich ihm bloß noch einen kleinen Schubs. Schon ist er geschwommen. Oder besser gesagt, getaucht. Aber Moment mal. Da hatte ich ja immer noch die Plastikhandschuhe an. Sie können meine Fingerabdrücke gar nicht gefunden haben …« Holzer kratzte sich verwirrt am Kopf.

»Welche Fingerabdrücke meinen Sie?« Franz lächelte kalt.

»Sie … Sie … Schwein. Sie haben mich reingelegt.« Holzers blaue Augen blitzten wütend, aber gleichzeitig auch anerkennend auf. Der bis ins Knochenmark verlogene Betrüger und Abzocker hatte seinen Meister gefunden. Und er schien diese Tatsache irgendwo tief in seinem Inneren auch zu akzeptieren.

»Tja, wie heißt es so schön, Herr Holzer. Manchmal heiligt der Zweck die Mittel. Sie müssten das doch am besten wissen.« Franz stieß eine riesige Rauchwolke in den oberbayrischen Himmel.

»Der fast perfekte Mord«, murmelte Max.

»Wenn ich nicht so blöd gewesen wäre, abzuhauen. Damit habe ich mich wohl erst so richtig verdächtig gemacht. Stimmt's?« Holzer schielte schwankend von einem zum anderen. Trotz seines angeschlagenen Zustandes bekam er offenbar noch alles mit.

Herrschaftszeiten, hat der einen Rausch, dachte Max. Wie kann er dabei nur so klar denken und daherreden? Jahrelange Übung wahrscheinlich. Anders war das gar nicht zu erklären.

»Stimmt auffallend«, bestätigte ihm Franz. »Irgendeinen Fehler machen die meisten Verbrecher. Nur die Profis machen meistens keinen.« Er sah kurz zu den Feuerwehrmännern hinüber, die gerade damit begonnen hatten, die hochaufschlagenden Flammen des brennenden Unfallwagens zu löschen. »Gut, Herr Holzer«, fuhr er dann mit entschlossener Miene fort. »Dann werde ich Sie jetzt ins Krankenhaus begleiten. Die werden Sie dort sicher ein, zwei Tage beobachten wollen. Danach werden Sie bei uns auf dem Revier eine ausführliche Aussage machen und unterschreiben und dann werden Sie wohl den Rest Ihres lustigen Musikantenlebens hinter Gittern verbringen. Max, bringst du meinen Wagen zurück?«

»Dieses lebensgefährliche Geschoss? Niemals!« Max blickte ihn entsetzt an.

»Du musst ja nicht so schnell fahren wie ich.«

»Na gut, Franzi. Auf deine Verantwortung.« Er nahm zögernd den Schlüssel in Empfang und wandte sich noch mal an Holzer. »Eins würde mich aber noch interessieren, Herr Musikdieb. Nur der Vollständigkeit halber. Wann haben Sie Herrn Nagel angerufen, um sich mit ihm zu verabreden? Oder hat er Sie angerufen?«

»Schmarrn. Niemand hat irgendwen angerufen. Daniel kam, bevor ich loswollte, in mein Büro und meinte, dass er in einer Stunde beim Isarkanal unten mit mir reden wolle. Ich sagte Frau Meierling kurz darauf, dass ich nach Österreich aufbrechen würde, fuhr aber erst mal zum Mittagessen in ein kleines Lokal in der Nähe und gleich anschließend runter zum Kanal, um ihn dort zu treffen. Er hat schon auf mich gewartet.«

»Aha. Klingt logisch. Danke. Und wer hat Ratgeber Heinz Brummers Lieder verkauft? Jetzt können Sie es mir doch sagen.«

»Ich habe keine Ahnung, wie Sie ja wissen. Fliegen Sie nach Chile und fragen Sie ihn.«

Als die Sanis bei ihnen ankamen, legten sie den überführten Erfolgsproduzenten auf eine Trage. Dann trugen sie ihn zu ihrem Rettungswagen, den sie ein paar Meter weiter am Straßenrand geparkt hatten. Franz trottete hinterher.

32

Mit einem Drittel der Geschwindigkeit, die sie beim Herweg draufgehabt hatten, steuerte Max Franz' dunkelgrauen BMW die Grünwalderstraße stadteinwärts. Holzer hatte also Nagel auf dem Gewissen, rekapitulierte er. Ergo war Ratgeber unschuldig, was den Mord betraf, und der große Unbekannte auch. Falls es ihn überhaupt gab. Es war ja immer noch nicht klar, ob es nicht doch Bär gewesen war, der Ratgeber Heinz' Lieder verkauft hatte.

Herrschaftszeiten. Er drehte sich andauernd nur im Kreis mit dieser Liederklauscheiße. Da musste jetzt endlich mal Klarheit her. Auch, damit Heinz in Zukunft ruhig schlafen konnte. Aber wie? Er musste wohl ganz von vorne anfangen. Ratgeber konnte er schlecht fragen. Der war weg. Am besten versuchte er es noch mal bei seiner Exfreundin, dieser Frau Süß. Die musste doch irgendwas mitbekommen haben, selbst wenn es nur eine Kleinigkeit war, die ihm weiterhelfen konnte.

Aber zunächst fuhr er zu Heinz. Konnte gut sein, dass dem inzwischen doch noch eingefallen war, wer die Bänder gestohlen haben könnte. Zeit genug zum Überlegen hatte er gehabt. Er bog in Harlaching links Richtung Tierpark ab. Kurz darauf parkte er neben Heinz' alter Kiste auf dem kleinen Studioparkplatz vor dem Haus.

»Hallo, Max. Neues Auto? Vielleicht sollte ich ja doch Geld für die Aufnahmen mit dir verlangen.« Heinz saß mit einer Tasse Espresso an einem kleinen Tisch neben der Eingangstür in der Sonne. Er grinste schelmisch unter seinem weißen Sonnenhut hervor.

»Keine Chance, Heinz. Der gehört Franzi.«

»Weiß ich doch. Was führt dich zu mir?«

»Ein Espresso.« Max zeigte auf die Tasse in Heinz' Hand.

»Hol ich dir sofort. Aber du kommst doch sicher nicht bloß zum Kaffeetrinken vorbei. Oder?«

»Natürlich nicht.« Max setzte sich auf den freien Stuhl neben ihm.

»Es geht um deine Lieder«, fuhr er fort. »Holzer hat Nagel umgebracht. Franzi und ich haben ihn gerade erwischt. Er hat gestanden. Aber er weiß wohl wirklich nicht, wer Ratgeber die Bänder verkauft hat. Und den kann ich nicht mehr fragen, außer du bezahlst mir ein halbes Jahr Nachforschungen in Südamerika.«

»Das ist die Sache nicht wert«, kam es wie aus der Pistole geschossen von Heinz' Lippen. Sein sommersprossiges Gesicht wurde angesichts solch sinnloser Ausgaben noch blasser, als es ohnehin immer war, und von seinem feuchtlippigen Mund war nur noch ein schmaler Strich zu sehen.

»Ist schon klar«, fuhr Max grinsend fort. »Ich hatte das auch gar nicht vor. Ich werde nachher eher mal seine Freundin Susanne Süß besuchen und fragen, ob ihr nicht doch noch etwas dazu eingefallen ist. Ansonsten kann mir im Moment nur einer weiterhelfen. Und das bist du.«

»Aha. Gut. Ich hole dir erst mal deinen Espresso.« Heinz verschwand im Inneren des flachen Baus, in dem so wertvolle Schätze wie Noten, Bänder und teuerste technische Anlagen untergebracht waren. Kurz darauf kehrte er mit einer winzigen dampfenden Tasse für Max zurück.

»Zwei gehäufte Löffel Zucker. Richtig?«

»Richtig. Danke.« Max schlürfte genüsslich den ersten Schluck des köstlichen Gebräus.

»Und wie kann ich dir nun helfen?«, fragte Heinz.

»Indem du noch mal ganz gründlich überlegst, wer in deinem Umfeld ein Motiv und die Gelegenheit gehabt haben könnte, dir deine Lieder zu klauen.«

»Im Prinzip jeder, der hier rein- und rausgeht. Das hab ich dir doch schon gesagt.«

»Geht es nicht ein bisschen konkreter? Da gibt es doch sicher Leute, denen du einen Diebstahl eher zutraust als anderen.«

»Logisch gibt es die, Max. Aber du weißt ja selbst, dass man sich da genauso gut auch täuschen kann.« Heinz schob seinen Sonnenhut ins Gesicht und kratzte sich ausgiebig am Hinterkopf.

»Gibt es vielleicht jemanden, von dem du glaubst, dass er dir eins auswischen will? Irgendwen, dem du auf die Füße getreten bist? Überleg doch noch mal ganz genau.«

»Ich trete täglich irgendwelchen Leuten auf die Füße. Das gehört zum Geschäft, Max. Jemanden dabei besonders herausheben könnte ich gar nicht. Ich schätze, dass Bär der Täter war.« Heinz hörte wieder auf, sich zu kratzen und rückte seine Kopfbedeckung zurecht.

»Aber wissen können wir es nicht, Heinz. Bleibt also immer noch ein Restrisiko für deine zukünftigen Lieder. Na gut. Dann werde ich jetzt mal unsere letzte Hoffnung anrufen. Frau Süß. Hast du ein Telefonbuch da?«

»Nein.«

»Nein?«

»Doch. Natürlich habe ich ein Telefonbuch da. Wer hat das nicht? Wieso fragst du so blöd?«

»Gibst du es mir auch?«

»Was?«

»Dein Telefonbuch.«

»Sicher. Sag's doch gleich.«

»Hab ich doch.«

»Okay, ich hol's.«

Manchmal ist er ein bisserl schwierig, der gute Heinz, dachte Max. Oder hat gerade ausnahmsweise er mich verarscht. Auf jeden Fall ist er aber ein guter Kumpel und Tennispartner. Und ein hervorragender Produzent und Tonmeister obendrein. Da darf ich mich jetzt schon auf die Aufnahmen mit ihm freuen. Die werden bestimmt super.

»Hier.« Heinz warf das Telefonbuch auf den kleinen, wackeligen Tisch.

»Das ist das falsche«, meckerte Max.

»Wieso? Du wolltest doch ein Telefonbuch.«

»Ja, schon. Aber das ist A-K. Ich brauche L-Z. Susanne Süß. Süß fängt mit S an. Und S kommt nach L. Also brauche ich L-Z und nicht A-K.«

»Ach so. Sag das doch gleich.«

»Hab ich doch.«

»Eben nicht.« Heinz lief erneut ins Studio und kam gleich darauf mit dem richtigen Telefonbuch zurück.

Max blätterte es auf.

»Na also, da haben wir es ja schon«, frohlockte er. »Sie wohnt in der Truderinger Straße. Sonst gibt es keine Susanne Süß.« Er wählte ihre Nummer.

»Hallo, Frau Süß. Hier spricht Ihr wasserspendender Engel aus dem Studio.«

»Hallo, Herr Raintaler. Wie geht es Ihnen?«

Da schau her. Sie hatte ihn gleich wiedererkannt. Na ja, war auch weiter kein Wunder. Gutaussehende Männer merkte man sich halt einfach als Frau mit Geschmack.

»Danke, gut. Ich habe eine Bitte, Frau Süß. Ich würde gerne kurz bei Ihnen vorbei schauen und Ihnen noch ein paar Fragen zu Herrn Ratgebers dubiosen Geschäften stellen. Wäre das möglich?«

»Aber ich habe denen von der Polizei doch schon alles gesagt, was ich weiß.« Sie klang weniger genervt als unwillig.

»Trotzdem. Es gibt da ein paar neue Erkenntnisse. Es wäre super, wenn Sie ein paar Minuten für mich erübrigen könnten. In einer halben Stunde?« Max war die personifizierte Höflichkeit.

»Na gut, kommen Sie vorbei. Aber nur, weil Sie mein wasserspendender Engel sind. Ich wohne in der Truderinger Straße. Das Haus gegenüber dem S-Bahnhof. Im zweiten Stock.« Sie legte auf.

Max trank seinen Espresso aus und verabschiedete sich von Heinz. Dann stieg er in Franzis Polizeiflitzer und fuhr los. Er rief Irene über die Freisprechanlage an. Sie würde sich bestimmt schon Sorgen machen, vermutete er.

»Hallo, Max«, meldete sie sich verschlafen. »Und? Alles okay?«

»Wir haben Holzer erwischt. Er hat tatsächlich deinen anderen Exchef umgebracht.«

»Ja, Wahnsinn. Dann habe ich ja für zwei regelrechte Gangster gearbeitet.« Sie gähnte. Hatte sie sich etwa noch mal ins Bett gelegt, während er auf gefährlicher Verfolgungsjagd war? Die hatte vielleicht Nerven. Sauber.

»Kann man so sagen. Aber jetzt ist alles vorbei.«

»Und wie komme ich an meine Papiere?« Bloß gut, dass sie sonst keine Sorgen hatte. Zum Beispiel, ob er alles gut überstanden hatte.

»Über die Polizei, schätze ich.«

»Na gut. Sehen wir uns später noch?«

»Ich ruf dich heute Abend an. Okay?«

»Okay, Max. Bis dann. Tschau.« Sie legte, ohne seinen Abschiedsgruß abzuwarten, auf.

Was war denn nun schon wieder los? Hatte er sie irgendwie beleidigt? Hätte er gleich etwas für später mit ihr abmachen müssen oder hatte sie etwas anderes vor und wollte sich vergewissern, dass er keine Zeit hätte? Oder hätte er gleich zu ihr fahren sollen? Aber sie wusste doch, dass er einen Fall zu bearbeiten hatte. Na gut. Egal. Er würde die Frauen sowieso nie verstehen. Zumindest nicht in diesem Leben.

Er bog in die Truderinger Straße ein. Ein paar Minuten später parkte er vor einem kleinen Neubau gegenüber dem S-Bahnhof und klingelte bei Susanne Süß. Erst eine gute Minute später summte der Türöffner. Er fuhr mit dem Aufzug in den zweiten Stock hinauf. Warum wohnen eigentlich fast alle Leute, mit denen ich in diesem Fall zu tun habe, im zweiten Stock?, fragte er sich. Weil ich selbst im zweiten Stock wohne? Ihre Tür stand offen. Er ging hinein und zog sie hinter sich zu.

»Hallo, Frau Süß?«

»Hier bin ich!« Ihre Stimme kam aus dem Zimmer rechts von ihm.

Als er hineinlugte, bemerkte er die weit geöffnete Balkontür. Aha, sie sonnte sich wohl. Sobald er auf den Balkon hinaustrat, war ihm klar, dass er richtig vermutet hatte. Die süße Frau Süß lag auf einem Liegestuhl und genoss die heiße Mittagssonne. So wie Gott sie geschaffen hatte. Und wunderschön obendrein. Wenigstens einen Bikini hätte sie sich ja anziehen können, wenn Besuch kommt, dachte er. Egal. Wie sie meinte. Es war schließlich ihre Wohnung. Er sah ihr geradewegs in die großen, tiefgrünen Augen und gab sich alle Mühe, seinen Fokus auch dort zu belassen.

»Hallo, Herr Raintaler«, begrüßte sie ihn freundlich. »Ich hoffe, es stört Sie nicht, wenn ich mein Sonnenbad während unseres Gesprächs fortsetze. Aber nach all dem Stress ist das im Moment die beste Therapie für mich.«

»Es stört mich gar nicht, Frau Süß. Wenn es Sie nicht stört, dass ich meine Sachen solange anbehalte.« Max grinste.

»Aber natürlich nicht.« Sie lachte herzlich und schüttelte dabei ihren flammendroten Lockenkopf. »Was kann ich für Sie tun?«, fragte sie dann. »Möchten Sie einen Drink?«

»Nein. Vielen Dank. Ich will auch gar nicht lange stören. Es geht um diesen Fall mit den gestohlenen Liedern, die Herr Ratgeber an die Herren Holzer und Nagel weiterverkauft hat. Ich hatte Sie schon im Studio deswegen befragt.«

»Und was gibt es da jetzt noch?« Sie fixierte ihn neugierig und immer noch belustigt.

»Nun, mir wäre es wichtig zu wissen, wer Herrn Ratgeber die Lieder verkauft hat. Und da wollte ich einfach mal bei Ihnen nachfragen, ob Ihnen inzwischen vielleicht irgendetwas dazu eingefallen ist.«

»Eine Kleinigkeit wüsste ich da schon noch«, sagte sie. »Aber bitte, stehen Sie doch nicht so ungemütlich herum. Setzen Sie sich, Herr Raintaler.« Sie deutete auf den Liegestuhl neben ihrem. Max nahm darauf Platz.

»Es könnte sich um eine Frau gehandelt haben, die Gustl die Noten und Bänder angeboten hatte«, fuhr sie dann fort. »Ich habe da nämlich vor ein paar Wochen einmal rein zufällig eine weibliche Stimme auf seinem Anrufbeantworter gehört. Sie hat von irgendeiner Ware gesprochen. Und wann sie die denn nun liefern solle. So in der Art. Wie in einem Krimi.«

»Nun, das kann alles Mögliche gewesen sein. Hat sie dabei auch noch rein zufällig ihren Namen auf dem Band hinterlassen?«

»Nein. Leider nicht. Das war alles.«

»Aha. Na, dann bedanke ich mich ganz herzlich für die Information, Frau Süß. Da hat es sich ja auf jeden Fall gelohnt, dass ich vorbeigekommen bin.«

»Auf jeden Fall, Herr Raintaler«, erwiderte sie und schenkte ihm ein verführerisches Lächeln. »Wollen Sie jetzt vielleicht nicht doch einen kleinen Drink?«

»Nein, vielen Dank. Zu früh für mich. Außerdem habe ich noch jede Menge zu tun. Also, dann auf Wiedersehen. Und fröhliches Sonnenbaden noch.« Er schüttelte ihr die Hand zum Abschied und stand auf.

»Danke, Herr Raintaler. Schauen Sie doch mal wieder vorbei. Wäre nett. Sie wissen ja jetzt, wo Sie mich finden.« Sie lächelte noch eine Spur verführerischer als gerade eben.

»Gerne. Sobald ich beruflich wieder etwas mehr Luft habe.« Er hielt ihrem mehr als einladenden Blick eine Weile lang lächelnd stand. Dann drehte er sich um und verließ den Balkon.

»Ich würde mich wirklich sehr freuen!«, rief sie ihm nach, als er bereits im Wohnzimmer war.

»Alles klar!«, rief er zurück. »Jetzt aber nichts wie raus hier«, murmelte er dann leise vor sich hin. »Sonst vergesse ich mich noch. Und Irene und Moni dazu. Und meine gute Erziehung.«

Sobald er ihre Tür hinter sich geschlossen hatte, blieb er erst einmal stehen und atmete tief durch. Herrschaftszeiten. Was für ein heißer Satansbraten. Und wie sie das ›R‹ bei Herr Raintaler gerollt hatte. Wie eine rassige Spanierin. Und die Figur. Und die Haare. Und die Augen. Der reine Wahnsinn. Halleluja. Den Namen Susanne Süß sollte er auf jeden Fall im Hinterkopf behalten. Wer wusste schon, was die Zukunft noch so bringen würde.

33

Max hatte Franz den BMW zum Polizeirevier zurückgebracht. Der hatte ihm bei der Gelegenheit gleich noch erzählt, dass Holzer im Krankenhaus als hundertprozentig hafttauglich eingestuft worden war und bereits hinter Gittern saß. Natürlich müsste er sein Geständnis noch einmal nüchtern wiederholen und unterschreiben. Aber das würde schon klargehen. Vor allem, da Max und Franz alles gemeinsam gehört hatten. Dann war Max zu Fuß nach Hause gegangen.

Jetzt sperrte er seine Wohnungstür auf und wollte nur noch eins: So schnell wie möglich unter die kalte Dusche. Es war heute nicht nur ebenso mörderisch heiß wie in den Tagen zuvor. Es war obendrein auch noch schwül. Ein Wetter wie in den Tropen. Wenn das bis morgen Abend so bliebe, würde sein Konzert in der ›Kleinen Rockbühne‹ sicher nicht gut besucht sein.

So, so. Eine Frauenstimme auf dem Anrufbeantworter, überlegte er, während das Wasser erfrischend auf ihn niederprasselte. Und rein zufällig hatte die schöne Frau Süß sie gehört. Bestimmt konnte Ratgeber keinen Schritt machen, ohne dass sie genau darüber Bescheid wusste. Kein Wunder, dass er sich verdünnisiert hatte. Und was nützte ihm das Ganze für seinen Fall? Nichts. Das konnte doch jede x-beliebige Sekretärin jedes x-beliebigen Lieferanten von sonst was gewesen sein. Oder sollte es eine von Heinz' Künstlerinnen gewesen sein? Aber wer? Heinz wollte sich ja auf niemanden festlegen. Und alle zu verhören dauerte wahrscheinlich Wochen. Das waren sicher Hunderte. Na gut. Wahrscheinlich hatte wohl doch Bär die Lieder an Ratgeber verkauft. Oder auch nicht. Wie auch immer. Die Wahrheit war in diesem Fall nicht herauszufinden. Max würde Heinz am Sonntag auf jeden Fall raten, dass er sich sicherheitshalber neue Schlösser und einen Safe anschaffte, und dass er in Zukunft besser darauf achten sollte, wer sich an seinen Regalen zu schaffen machte. Nachdem er sich abgetrocknet und wie jeden Freitag rasiert hatte, legte er sich nackt auf sein Bett und schlief keine zwei Minuten später ein.

Kurz vor 17:00 Uhr wachte er wieder auf. Er patschte barfuß ins Wohnzimmer hinüber und rief Monika an. Die Sache mit Anneliese musste endlich auf vernünftige Weise geklärt werden. Außerdem konnte er Monika nie lange böse oder beleidigt sein.

»Max hier. Bist du zur Zeit in deiner Kneipe?«, fragte er, als sie sich meldete.

»Ja«, kam es ohne große Begeisterung vom anderen Ende.

»Okay, dann schau ich gleich mal vorbei.«

»Okay.« Ihre Stimme klang nichts als neutral.

»Servus.«

»Servus.«

Na, das konnte ja heiter werden. Egal. Es gab Dinge, die mussten erledigt werden. Und einen Streit mit Freunden oder Freundinnen beizulegen, gehörte unbedingt dazu. Auch wenn's schwer fiel. Sonst gammelte andauernd irgendetwas in der Seele herum, was da nicht hingehörte.

Er zog sich an und marschierte los. Wie immer führte ihn der Weg an Antons Bude vorbei und natürlich konnte er seiner allgegenwärtigen Wurstlust wieder einmal nicht widerstehen. Voller Vorfreude nahm er den Leckerbissen breit grinsend entgegen, bezahlte und ging vergnüglich vor sich hinkauend und schmatzend weiter.

Monika und Anneliese saßen an einem der runden Gartentische vor dem Lokal im Schatten der Bäume. Er erkannte sie schon von weitem und winkte ihnen zu. Sie winkten beide zurück. Na also, dachte er. Wer dir zuwinkt, der versöhnt sich auch mit dir.

»Grüß Gott, die hochverehrten Damen«, scherzte er, als er vor ihnen stand.

»Servus, Max,«, erwiderte Monika. »Frisch rasiert? Ist denn schon wieder Freitag? Tatsächlich. Stimmt ja.«

»Hallo, Max. Schön dich mal wieder zu sehen«, begrüßte ihn Anneliese mit einem freundlichen Lächeln.

Er setzte sich zu ihnen.

»Kaffee?« Monika sah ihn fragend an.

»Ja, gerne. Einen Espresso.« Während sie sich anschickte, ihm sein liebstes italienisches Heißgetränk zu holen, warf ihm Anneliese vielsagende Blicke zu.

»Ich habe ihr schon gesagt, dass sie Schmarrn gebaut hat«, raunte sie halblaut.

»Wie bitte?«

»Moni. Du weißt schon. Wegen der Vermisstenanzeige und so. Sie weiß, dass sie da überreagiert hat.«

»Das freut mich, Anneliese. Mit ein bisschen Glück sagt sie es mir ja vielleicht auch selbst, wenn sie wieder rauskommt. Was meinst du?« Er rieb sich mit der Hand über sein babypopoglattes Kinn.

»Natürlich tut sie das. Sei bitte nicht mehr sauer auf sie.«

»Ich? Sie war doch sauer.« Jetzt schlug es aber endgültig dreizehn. Was hatte Moni ihr denn bloß erzählt. Er hatte doch gar nichts gemacht.

»Ich weiß. Stimmt ja auch. Aber trotzdem. Vertragt euch wieder. Okay?«

»Okay, Anneliese. Du hast recht. Im Grunde ein saublöder überflüssiger Streit. Schließlich bist du wieder da. Vorbei und vergessen.«

»Das würde ich auch sagen«, stimmte Monika ihm zu, die auf einmal neben ihm stand. »Tut mir wirklich leid, Max. Ich war anscheinend ein bisserl überbesorgt. Verzeihst du mir noch mal?«

»Ein bisserl überbesorgt ist gut.«

»Okay. Viel zu überbesorgt und hysterisch. Verzeihst du mir?«

»Logisch. Was denn sonst? Wenn du mir auch verzeihst.«

»Gern.«

»Komm her.« Er stand auf, nahm sie in den Arm und drückte sie fest.

»Jetzt ist mir wohler«, flüsterte sie und wischte sich ein paar kleine Tränen aus den Augen.

»Mir auch, Moni … Gibt es auch Kuchen?«

»Natürlich«, krähte Anneliese. »Einen ganz hervorragenden Erdbeerkuchen sogar. Aus meiner liebsten Lieblingskonditorei in meinem schönen Harlaching oben. Und Sahne haben wir auch.«

»Na, dann nichts wie her damit«, freute sich Max. Sie setzten sich wieder und Anneliese erzählte noch einmal in allen Einzelheiten von ihren Erlebnissen in Venedig. »Und wann siehst du ihn wieder?«, erkundigte er sich, nachdem sie fertig war.

»Heute Abend wollte er hierher kommen. Wenn du willst, kannst du ihn dann kennenlernen.«

»Heute Abend? Mal sehen. Kann sein, dass ich noch mal wegen eines Zeugen kurz weg muss. Aber das dauert sicher nicht lange.«

Max wollte sich die Option offen halten, etwas mit Irene zu unternehmen, nachdem er mit ihr telefoniert hätte. Irgendwie war das Ganze aber schon komisch. Hier mit der einen zu sitzen und dort die andere sitzen zu haben, die auf einen Anruf wartete. Wie hielten das diese Jungs bloß durch, die in festen Händen waren und ihre Frauen jahrelang am Stück betrogen? Das hätte er nicht gekonnt. Wäre ihm viel zu stressig gewesen.

»Wie läuft es eigentlich mit deinen Ermittlungen?«, holte ihn Monika aus seinen Gedanken. »Hast du den Dieb von Heinz' Liedern schon gefasst?«

»Leider nicht. Wir haben bis jetzt zwar einen Mord. Und den Mörder haben wir dank meiner Geistesgegenwart auch, nämlich Holzer. Aber keinen Dieb.«

»Was? Wen hat Holzer denn umgebracht?«, fragte Moni erstaunt.

»Seinen Partner Nagel.«

»Ja, da schau her. Gratuliere, Max.« Sie schüttelte ungläubig den Kopf.

»Danke. Ich habe ihn vorhin mit Franzi vor den Toren der Stadt gestellt. Nach einer wilden Autoverfolgungsjagd. Bin jetzt noch ganz fertig.« Er legte eine Kunstpause ein und wischte sich demonstrativ den Schweiß von der Stirn. »Aber ich weiß immer noch nicht zuverlässig, wer Heinz die Lieder gestohlen und an diesen Redakteur vom Fernsehen weiterverkauft hat. Es kann der tote Bär gewesen sein. Aber auch sonst wer.«

»Ein toter Bär?« Anneliese zog erstaunt die Stirn kraus.

»Der Mann heißt so.«

»Ach so.«

»Wahrscheinlich wird Heinz neue Schlösser brauchen

und in Zukunft einfach besser auf sein Zeug aufpassen müssen.«

»Genau wie ich«, krähte Anneliese. »Ich brauche auch neue Schlösser, weil mich jemand so arg vermisst hat, dass er die Polizei angerufen hat.« Sie lächelte in Monikas Richtung.

»Ja, ja. Mach mich nur fertig«, entgegnete ihr die. »Aber ich sag es noch mal. Was, wenn dir was passiert wäre, Annie? Dann wärst du doch sicher froh gewesen, wenn jemand nach dir gesucht hätte. Oder?«

»Natürlich, Moni«, beschwichtigte sie Anneliese. »Ich zieh dich doch bloß auf. Ist längst alles vergessen.«

»Es hätte natürlich auch ganz anders laufen können«, wusste Max. »Da hat Moni schon recht. Das muss man auch sagen.« Monika lächelte ihn dankbar an.

Um kurz vor sechs gingen die zwei Frauen hinein, um die Kneipe für den Publikumsverkehr herzurichten. Max blieb noch eine Weile lang draußen sitzen und genoss seinen Kaffee, während die ersten Gäste eintrudelten und um ihn herum im Schatten Platz nahmen. Dann fiel ihm ein, dass er Irene anrufen könnte. Er trat auf die Straße hinaus und wählte ihre Nummer.

»Meierling.«

»Hallo, Irene. Max hier. Wie geht's?«

»Hallo, Max. Danke, gut. Immer noch ein bisschen müde. Aber die letzten Wochen in der Arbeit waren auch verdammt stressig. Ich glaube, ich komme erst jetzt langsam wieder runter.«

»Wollen wir uns später noch treffen?«

»Das ist heute leider schlecht. Ich bin auf eine Vernissage eingeladen. Ich habe dir doch von Charly erzählt. Er hat seine erste große Ausstellung mit seinen eigenen Bildern und er hat mich vorhin dazu eingeladen. Da muss ich natürlich hin.«

»Natürlich.« Na, wunderbar, dachte Max, sobald er den kurzen Stich, den die Eifersucht in seinem Inneren verursacht hatte, nur noch am Rande wahrnahm. Dann kann ich in aller Ruhe hier bleiben, noch ein paar Bierchen trinken und mir Annelieses neuen Schwarm anschauen. Und mich später vielleicht auch noch richtig mit Moni versöhnen. Ist mir nur recht.

»Du bist deswegen doch nicht sauer. Oder?«

Was hatten denn heute bloß alle?

»Nein, ich bin nicht sauer. Kein bisschen. Wieso sollte ich denn sauer sein, wenn du auf die Vernissage von einem alten Freund gehst? Oder muss ich mir etwa Sorgen machen?« Er grinste mit der gottgegebenen Selbstsicherheit des unangreifbaren Alphatieres in die späte Abendsonne. Sie würde ihn doch nach der letzten Nacht nicht betrügen. Da wäre sie ja schön blöd. Aber wirklich.

»Natürlich nicht, Max. Ich schaue dort hin, bleibe eine Weile und gehe dann gleich wieder nach Hause. Heute gehe ich, glaube ich, einfach mal früher ins Bett.«

»Schön, Irene. Kommst du morgen zu meinem Konzert? Oder hast du schon vergessen, dass ich mit Mike in der ›Kleinen Rockbühne‹ spiele?«

»Wie könnte ich das vergessen. Natürlich komme ich. Ich freue mich auch schon drauf. Also, mach's gut. Bis dann.« Sie legte auf.

Merkwürdig. Sie hatte sich fast irgendwie erleichtert darüber angehört, dass sie sich heute nicht mehr trafen. Hatte er vielleicht irgendetwas verpasst? Nachdenklich nahm er seine leere Kaffeetasse in die Hand und strebte dem Eingang von ›Monikas kleiner Kneipe‹ entgegen. Ach, Schmarrn. Sie wollte nur auf eine Vernissage. Was sollte denn sonst schon sein? Etwa Sex mit dem Ex? Kaum zu glauben. Obwohl. Wissen konnte man es nicht. Und wenn sie nun doch etwas mit ihm anstellte? Rein matratzentechnisch? Gut, das wäre zwar verdammt ärgerlich gewesen, aber ändern könnte er es sowieso nicht. Außerdem war er auch nicht ganz allein.

Der kleine Schankraum platzte inzwischen aus allen Nähten. Überall wurde munter geratscht und getrunken. Wie jeden Freitagabend musste das Ende der Arbeitswoche gebührend gefeiert werden. Max begab sich zu Monika und Anneliese hinter den Tresen und zapfte das Bier für die Gäste, wie er das schon so oft getan hatte. Die Arbeit ging ihm gewohnt leicht von der Hand. Viele Bekannte kamen herein, begrüßten ihn mit lautem Hallo und erzählten die letzten Neuigkeiten. Trotzdem konnte er nicht damit aufhören, immer wieder an Irene zu denken. Und wer Heinz schlussendlich die Lieder geklaut hatte, das hätte er auch liebend gerne gewusst.

34

»Meierling. Ich stehe auf der Gästeliste«, ließ Irene die zwei langbeinigen, brünetten Hostessen im schwarzen Minikleid wissen, die sich vor dem Eingang der exklusiven Galerie in der Münchner Innenstadt postiert hatten.

»Frau Meierling. Einen Moment, bitte.« Die kleinere von beiden fuhr mit der Spitze ihres silbrig glänzenden Kugelschreibers über die Reihe der Namen auf dem Blatt Papier, das auf dem kleinen weißen Stehpult vor ihr lag. »Aha, hier. Meierling. Da haben wir Sie ja.« Sie strich Irenes Namen sorgfältig durch und befestigte ein gelbes Plastikbändchen an ihrem rechten Handgelenk. Ihre überlangen, weiß und schwarz bemalten Fingernägel schienen ihr dabei nicht einmal besonders im Weg zu sein. »Damit Sie jederzeit ungehindert raus und rein gehen können«, meinte sie lächelnd dazu. »Einen wunderschönen Abend noch.«

»Danke schön«, erwiderte Irene und nahm sich ein Glas Sekt mit Orangensaft vom Tablett des Obers, das er ihr keine zwei Meter weiter unter die Nase hielt. Dann stakste sie in ihren roten Highheels, die sie zu ihrem engen schwarzen Minirock angezogen hatte, auf den Eingang zu. Schau mal an. Soweit hat er es gebracht, mein Charly. Fesche Hostessen, distinguierte Ober im Frack und teures Prickelwasser. Sollte sie sich am Ende doch in ihm getäuscht haben? Neugierig betrat sie die hell beleuchteten Ausstellungsräume.

»Irene! Ja, hallo. Schön, dass du gekommen bist!« Charly stand vor ihr. Im schwarzen Anzug, mit auffallend gut geschnittenen, kurzen Haaren und braungebrannt wie ein Ölscheich. Von Sicherheitsnadeln oder Piercings war keine Spur an ihm zu entdecken. Auch keine Löcher oder Narben. Offenbar waren sie alle zugewachsen.

»Charly. Bist du das wirklich? Oder spreche ich mit seinem reichen Zwillingsbruder? Mein lieber Herr Gesangsverein. Du bist ja gar nicht mehr wiederzuerkennen.« Ihr Mund blieb vor Staunen offen stehen. So wurden also aus trotzigen Kindern erfolgreiche Leute. Alles hätte sie heute Abend erwartet. Nur nicht diese zweihundertprozentige Verwandlung ihres Exfreundes. Nicht zu fassen. Er erinnerte sie glatt an einen dieser weltberühmten amerikanischen Schauspieler bei der letzten Oskarverleihung. Wie hieß der doch noch gleich? Johnny Depp? Brad Pitt? Oder war es doch dieser Australier, der schon gestorben ist? Heath Ledger? Egal. Auf jeden Fall sah ihr Ex heute total hammermäßig aus. Wahnsinn. Das schien ja gut zu laufen mit den Bildern. Bestimmt hatte er sogar schon ein paar Tausender damit verdient.

»Die Menschen ändern sich, Irene. Überrascht?«

»Und wie. Du siehst wirklich toll aus, Charly. Wie ein Star. Sind all die Bilder von dir?« Sie zeigte mit der Hand auf die Wände der Galerie.

»Ja, klar.«

»Die sind ja richtig klasse. Ich wusste gar nicht, wie toll du malen kannst.«

»Du hast dich ja auch nie für meine brotlosen Künste interessiert. Stimmt's, Frau von und zu Meierling?« Er lächelte sie freundlich an. Keine Spur von Feindseligkeit in den Augen.

Sie spürte sofort, dass er ihr nicht böse war, obwohl sie damals oft ganz schön hart mit ihm umgesprungen war. Vor allem, als sie vor acht Jahren mit ihm Schluss gemacht hatte.

»Stimmt, Charly. So sind wir Meierlings halt«, gab sie zu. »Erst kommt die Sicherheit und dann die Fantasie. Da kann man nichts machen.«

»Und im Prinzip ist es auch gut so, Irene. Nur manchmal muss man seine Prinzipien eben aufgeben.«

»Das sagst ausgerechnet du?«

»Natürlich. Wer sonst? Schau dich doch nur mal um.« Er zeigte ins Rund und grinste wieder.

»Ach, Charly. Das freut mich aber wirklich für dich, dass es bei dir so gut läuft. Diese vielen Leute, die alle nur wegen dir da sind! Hast du denn schon ein paar Bilder verkauft?«

»So einige.« Er hob vielsagend die Augenbrauen.

»Und verdient man auch was dabei?« Sie versuchte, die Frage so beiläufig wie möglich klingen zu lassen.

»Bisher läuft es zufriedenstellend. Inzwischen dürften sich schon ein paar Millionen auf meinem Konto tummeln.«

»Ein paar … Millionen? Echt?« Irene starrte ihn ungläubig an.

»Ja. Sechs oder sieben. Irgendwas um den Dreh rum. Tendenz steigend.«

»Ich … ich … Kann ich mich hier irgendwo kurz setzen?« Ja, so ein Wahnsinn. Ihr spielte er jahrelang den erfolglosen Punker vor und jetzt das hier. Hätte er nicht schon ein paar Jahre früher damit anfangen können. Als sie noch zusammen waren. Dann hätte sie sich doch gar nicht erst von ihm trennen müssen.

»Kein Problem. Komm mit«, forderte er sie auf, nahm sie an der Hand und führte sie in Richtung der hellen Metalltür am Ende des großen Ausstellungsraumes. Auf halbem Weg dorthin stellte sich ihnen ein Fotograf in den Weg.

»Nur ein Foto für die Morgenausgabe, Charly«, bat er und drückte gleich darauf den Auslöser. »Und jetzt noch eins mit Küsschen. Okay?«

»Okay, Jackie. Aber das druckt ihr dann auch.« Noch ehe Irene wusste, wie ihr geschah, küsste er sie. Sie wehrte sich nicht. Im Gegenteil. Nach einer kurzen Sekunde des Zögerns schlang sie ihre Arme um seinen Hals und erwiderte seinen Kuss heiß und leidenschaftlich.

»Danke, Charly«, rief Jackie, als er seine Bilder im Kasten hatte. »Ihr könnt wieder aufhören.« Sie hörten ihn nicht. Küssten sich weiter. »Danke Charly!«, rief der Fotograf noch einmal lauter.

»Ja, was? Wie? Wo?« Charly löste sich langsam von seiner bildhübschen Exfreundin mit der auffälligen Hochsteckfrisur und blickte verwirrt um sich. »Ach so. Ja, natürlich …«, haspelte er, als ihm wieder klar wurde, wo er war. Er räusperte sich verlegen.

»Na, so was. Was war denn das, Charly?« Irene sah ihn mit verklärten Augen an.

»Keine Ahnung. Ein Rückfall in alte Zeiten?«

»Sieht ganz so aus.« Sie rückte seinen Schlips zurecht, wie das normalerweise gute Ehefrauen taten. »Magst du mir jetzt deine Bilder zeigen?«

»Gerne, komm.«

Sie hakte sich bei ihm unter und folgte ihm. Ein schönes Paar. Ganz besonders schön, dachte Jackie. Das Foto würde sich morgen bestimmt hervorragend im Kulturteil machen.

35

Max schenkte die letzte Runde an Bertold und Ferdl aus, zwei angetrunkene Stammgäste, die wie gewöhnlich noch nicht genug hatten. Monika kassierte sie gleich darauf sicherheitshalber schon einmal ab. Es war kurz vor eins. Sie wollte heute pünktlich Schluss machen, um vor dem Schlafengehen noch etwas Zeit mit Max verbringen zu können.

Annelieses Giuliano war nicht erschienen. Sie saß mit hängenden Schultern auf einem Barhocker gleich beim Eingang des kleinen Lokals und kippte sich, immer wieder trübsinnig auf den Boden starrend, ihren fünften Grünen Veltliner hinter die Binde.

»Männer! Alles nur Verbrecher«, schimpfte sie. »Auf keinen dieser Primaten ist Verlass. Sie nützen dich nur aus. Sonst nichts.«

»Nicht alle, Anneliese. Schau dir zum Beispiel nur mal den Franzi an«, rief ihr Max von der Zapfanlage aus zu. »Der trägt seine Sandra seit der Hochzeit auf Händen.«

»Blödsinn«, protestierte sie. »Der war noch nicht einmal mit ihr im Theater. Das hat sie mir neulich selbst gesagt. Außerdem kann er das gar nicht mit seinem riesigen Bierbauch.«

»Was?«

»Sie auf Händen tragen.«

»Das war auch mehr bildlich gemeint, Anneliese.«

»Ist mir egal. Ich mag auf jeden Fall keine Männer mehr. Das sind nämlich alles Verbrecher.« Sie hatte zunehmend Schwierigkeiten, ihren Kopf gerade zu halten. Immer wieder kippte er in Richtung Tischplatte nach vorne. Doch kurz vor dem Auftreffen auf derselben wurde er jedes Mal wie von Geisterhand abrupt abgebremst.

Jetzt schau dir doch bloß unser Unterbewusstsein an, dachte Max. Einfach faszinierend, wie es uns sogar noch beschützt, nachdem uns der letzte Rest von Verstand längst verlassen hat.

»Du wiederholst dich, meine Liebe«, mischte sich Monika ins Gespräch. »Ich glaube, es wird langsam Zeit für dich. Soll ich dir ein Taxi rufen?«

»Aber nur, wenn eine Frau fährt.«

»Na gut. Ich werde sehen, was sich machen lässt.« Monika schüttelte amüsiert den Kopf und grinste Max verschwörerisch zu. Dann rief sie bei der Taxizentrale an und bestellte ausdrücklich ein Taxi mit Fahrerin.

»Kommt gleich, Annie. Mit Fahrerin«, rief sie ihrer Freundin danach zu.

»Wunderbar. Dann kann ich ja in mein unabgesperrtes Haus gehen und auf Einbrecher warten. Und wenn einer kommt, schnappe ich ihn mir. Vielleicht sieht er ja gut aus, der Verbrecher.« Sie grinste grimmig, so, als wollte sie der ganzen Welt zeigen, dass ihr jetzt sowieso schon alles egal wäre.

»Natürlich, Annie. Das machst du.« Monika nahm lachend einen nassen Lappen zur Hand und wischte die klebrige Theke sauber.

»Müssen wir wirklich schon gehen?«, fragte Bertold, der größere, dickere und betrunkenere der beiden Stammgäste vom hinteren Ende des Tresens aus.

»Ja, Bertold«, antwortete Monika. »Wirklich. Heute möchte ich wenigstens einmal pünktlich Schluss machen.« Haben die denn kein Bett zuhause, dachte sie. Jeden Abend war es dasselbe. Wenn die Burschen ihr Quantum intus hatten, bekamen sie ihren Hintern nicht mehr vom Barhocker runter. Vor allem dieser Bertold. Wenn man den ließe, wie er wollte, wäre er am nächsten Morgen noch hier. Manchmal ging ihr die ganze Gaudi mit ihrer Kneipe hier schon gewaltig auf die Nerven.

»Einverstanden«, lenkte Bertold ein. »Aber eins können wir doch wenigstens noch bekommen. Wir trinken es auch ganz schnell.«

»Nein, Bertold. Nichts geht mehr. Ich habe doch eh schon bei euch kassiert. Ihr könnt noch in Ruhe austrinken und dann ab nach Hause. Eure Frauen warten bestimmt schon auf euch.«

»Meine nicht«, sagte Bertold. »Die ist mit einer Freundin in den Urlaub gefahren.«

»Sturmfreie Bude. Super!«, rief ihm Max zu, der gerade dabei war, den Kühlschrank mit Flaschen aufzufüllen. »Dann nehmt halt noch ein paar Bier mit und geht zu dir. Soll ich euch ein heißes Video leihen?«

»Nein, danke, Max. Ist schon in Ordnung. Wir gehen. Wir brauchen nämlich unseren Schönheitsschlaf. Stimmt's Ferdl?« Bertolds Begleiter hob den Kopf, schielte mit flatternden Augenlidern in die Runde und nickte zustimmend.

Wenn ihr wüsstet, wie dringend ihr den braucht, würdet ihr Tag und Nacht im Bett liegen, dachte Monika unduldsam. Sie wollte jetzt nur noch ihre Ruhe und mit Max reden. Wieder gut sein mit ihm.

Wenig später kam Annelieses Taxifahrerin zur Tür herein. Die freundliche, junge Studentin half der sturzbetrunkenen Blondine dabei ihr Sakko anzuziehen und stützte sie anschließend beim Hinausgehen. Monika steckte der Chauffeurin zehn Euro in die Brusttasche ihrer bunten Baumwollbluse.

»Das reicht locker. Ohne Uhr schon dreimal. Sie wohnt gleich ums Eck. Nur den Berg nach Harlaching rauf und dann gleich rechts«, raunte sie ihr währenddessen zu.

»Alles klar. Vielen Dank.«

»Servus, Anneliese!«, rief Max, der gerade die Gläser aus der Spülmaschine räumte.

»Männer!«, blaffte sie, ohne sich umzudrehen. »Alles nur Verbrecher.« Sprach's und war durch die Tür verschwunden.

»Na gut. Max … Monika …«, meldete sich Bertold wieder zu Wort. »Die letzten Verbrecher von Thalkirchen verabschieden sich ebenfalls. Einen schönen Abend noch. Komm, Ferdl. Wir packen's.« Er kletterte von seinem Barhocker.

Zu seinem Pech ereilte ihn dabei aber noch während der Abstiegsbewegung auf einmal ein unwiderstehlicher Rechtsdrall, in dessen Folge es ihn zwei Meter weiter erbarmungslos von den Füßen holte. Als er sich daraufhin wie ein Käfer auf dem Rücken liegend unter einem der kleinen Bistrotische wiederfand, regte er sich zunächst eine Weile lang gar nicht mehr. Dann kam doch langsam wieder Leben in ihn. Erst in seinen Gesichtsausdruck. Kurze Zeit darauf in den Rest.

»Ja, so ein blöder Mist. Jetzt ist mir doch glatt mein Bein eingeschlafen«, beschwerte er sich lallend. »Geh weiter, Ferdl. Komm her und gib mir kurz deine Hand.«

Ferdl und Max, der ebenfalls zur Hilfe eilte, stellten den betrunkenen Koloss mit vereinten Kräften wieder auf die

Beine. Dann übernahm Bertolds nicht minder beduselter Freund alleine die Abstützarbeiten. Arm in Arm wackelten die beiden zur Tür hinaus. Monika sperrte schnell die Tür hinter ihnen zu.

»Gott sei Dank!«, rief sie erleichtert. »Noch eine Minute länger und ich hätte laut zu schreien angefangen.«

»Aber wer wird denn so intolerant sein, Frau Wirtin. Die Kundschaft bringt schließlich das Geld ins Haus«, scherzte Max, der sich immer noch königlich über die skurrile Szenerie zuvor amüsierte.

»Ich weiß, ich weiß. Aber heute hatte ich echt keine Lust auf das Ganze hier. Ich wollte mich eigentlich nur wieder mit dir versöhnen und sonst nichts.« Sie schenkte ihm einen langen verschleierten Blick.

»Und wie hast du dir das vorgestellt?«, fragte er, obwohl er die Antwort natürlich bereits wusste.

»Das kannst du dir doch denken. Oder?« Sie schaute ihm noch etwas tiefer in die Augen.

»Ach, du meinst …?« Er hob vielsagend die Brauen.

»Genau das meine ich, Herr Raintaler.« Sie hatte noch nicht fertiggesprochen, da läutete das Telefon.

»Ja, Herrschaftszeiten!«, fluchte sie unwillig. »Wer ruft denn um diese Zeit noch an?« Rot vor Ärger im Gesicht drehte sie sich um und hob ab.

»Monika? Monika?«

»Ja, Annie. Was gibt es denn noch? Hast du irgendwas vergessen?« Sie verdrehte genervt die Augen.

»Stell dir vor, Moni«, schnatterte Anneliese aufgeregt. »Giuliano hat hier vor meinem Haus auf mich gewartet. Er war den ganzen Tag beruflich unterwegs und ist erst vor zehn Minuten zurückgekommen. Und da dachte er, dass er mich am ehesten hier bei mir zuhause findet. Ist das nicht süß?« Das letzte Wort bohrte sich in den höchsten Tönen durch die Leitung.

»Total süß, Annie. Dann wünsche ich euch eine gute Nacht und recht viel Spaß. Servus!« Noch bevor Monika auflegen konnte, sprach Anneliese weiter.

»Ja, danke, Moni. Ich wollte auch bloß Bescheid geben, damit du dir keine Sorgen wegen mir machst.«

»Mach ich mir ganz bestimmt nicht, Annie. Nie wieder! Großes Ehrenwort. Also dann. Servus.« Sie legte auf ohne Annelieses Abschiedsgruß abzuwarten. Dann zog sie energisch am Stecker des Telefons.

»Jetzt stört uns bestimmt niemand mehr«, meinte sie, nachdem er aus der Buchse gerutscht war.

»Ist dein Handy denn auch aus?«

»Logisch.«

»Na dann. Auf geht's.« Er folgte ihr die knarrenden Holzstufen zu ihrer Wohnung hinauf.

36

»Liebe Freunde, ich bin stolz, euch heute an diesem verregneten Samstagabend hier in der ›Kleinen Rockbühne‹ zwei herausragende Musiker aus unserer Münchner Szene präsentieren zu dürfen. Max Raintaler und Mike Huber. Viel Spaß dabei. Und nun einen kräftigen Applaus für die beiden.«

Holger verließ die Bühne und Max spielte unter dem lauten Jubel der ungefähr 120 anwesenden Gäste das erste Stück des Abends an. ›Old Time Rock'n Roll‹ von Bob Seger. Mike nahm den Groove auf und nur ein paar Sekunden später begannen die Zuschauer mitzuklatschen. Normalerweise dauerte es immer eine Weile, bis das Publikum warm wurde. Aber heute sprang der Funke gleich von Anfang an über. Und spätestens während Mikes virtuosem Solo hatte auch der Letzte im Saal begriffen, dass er hier Zeuge einer einzigartigen Vorstellung wurde. Es hielt niemanden mehr auf seinem Sitz. Das erste Set dauerte eine gute Dreiviertelstunde, dann war Pause.

»Vielen Dank, Leute«, rief Max in sein Mikrofon. »Wir sind in zwanzig Minuten zurück.«

Mike und er stellten ihre Gitarren in die Gitarrenständer zurück und mischten sich unter die Besucher. Max begrüßte zuerst Monika und Anneliese. Sie waren vor zwanzig Minuten herein gekommen und hatten seitdem von ihrem Platz am Stammtisch aus gemeinsam mit Mikes Freundin Jane kräftig für Stimmung gesorgt. Heinz hatte kurz vor dem Konzert bei Max angerufen und angekündigt, dass er und Agathe wegen der Geburtstagsfeier von Agathes Mutter nicht kommen würden. Stattdessen hatte er Max und Monika für morgen Mittag zum Frühschoppen in einen kleinen Promibiergarten im Münchner Norden eingeladen. Max hatte natürlich zugesagt. Schließlich war noch die Sache mit dem Liederdieb zu klären.

Jetzt fragte er Monika, ob sie Lust hätte mitzukommen.

»Klar, Max. Warum denn nicht? Wenn der Herr Brummer einen ausgibt, sollte man das unbedingt mitnehmen.

Stimmt's? Nur nach Hause tragen möchte ich ihn diesmal nicht so gerne«, erwiderte sie. Ihr kleines, hämisches Grinsen dabei konnte sie sich einfach nicht verbeißen.

»Stimmt, Moni. Das eine Mal am letzten Sonntag hat für diesen Sommer gereicht«, stimmte er lachend zu und küsste sie flüchtig auf die Wange. Dabei entdeckte er Irene in der Nähe des Eingangs. So wie es ausschaute, war sie nicht alleine gekommen. Ein kurzgeschorener, junger Mann in einem lässigen schwarzen Anzug stand neben ihr. Als Max genauer hinsah, fiel ihm auf, dass ihr außerordentlich fescher Begleiter seinen Arm um sie gelegt hatte. Er kannte sein Gesicht von irgendwoher. Aber natürlich! Das war doch dieser Charly von dem Foto, kam es ihm. Der hatte sich aber verändert. Wirkte gar nicht wie ein armer Taxifahrer. Eher wie ein Filmstar. Hatte sie etwa wieder was mit dem? Oder immer noch? So vertraut, wie sie mit ihm herumtat, hätte es Max nicht gewundert.

Er holte sich bei Holger an der Bar ein Bier. Dann kreuzte er damit durch den Saal und begrüßte Freunde und Bekannte. Lenny und Josef waren gekommen. Und Franz und Sandra natürlich auch. Als er bei Irene vorbeikam, gab er ihr und Charly freundlich die Hand.

»Freut mich, dass ihr gekommen seid«, sagte er, als Irene sie einander vorgestellt hatte. »Hat euch das erste Set gefallen?«

»Gefallen?« Charly blickte ihn entsetzt an. »Das war das Beste, was ich seit langem gehört habe. Ich bin vom Herzen her zwar eigentlich ein eingeschworener Punker. Aber was ihr zwei da oben abzieht, das ist mehr als genial, Max. Ich bin froh, dass mich Irene mitgenommen hat. Vielen Dank für diese absolut geile Musik!«

Er hält zwar meine Irene im Arm, dachte Max. Aber so einem freundlichen Menschen kann man doch nicht böse sein. Oder? Sieht ganz so aus, als ginge es Irene genauso. Sie himmelt ihn ja geradezu an.

»Ich hole uns noch etwas zu trinken«, fuhr Charly fort. »Darf ich dir auch was mitbringen, Max?«

»Nein. Vielen Dank. Ich bin glücklich mit meinem Bier.« Max hob sein halbvolles Glas in die Höhe.

»Okay. Ich bin gleich wieder da.«

»Wer ist eigentlich die gutaussehende Schwarzhaarige, die du vorhin geküsst hast?«, wollte Irene wissen, sobald ihr fescher Begleiter weg war.

»Eine Freundin. Wieso fragst du?« Max trank sein Bier in einem Zug aus.

»Sie ist hübsch.«

»Zweifellos.« Er sah sie abwartend an.

»Schau bitte nicht so, Max. Ich kann wirklich nichts dafür. Es ist einfach so passiert mit Charly und mir. Ich war gestern auf seiner Vernissage und dann sind wir noch zu mir gegangen. Nur so, um über alte Zeiten zu reden. Ja, und dann ist es eben passiert. Ich glaube, ich habe nie aufgehört, ihn zu lieben.« Sie legte sanft ihre Hand auf seinen Arm.

»Schade, Irene«, erwiderte er mit rauer Stimme. »Ich dachte, es gäbe mehr zwischen uns, als das bisschen Turnerei im Bett. Aber da habe ich mich wohl getäuscht.«

»Tut mir leid, Max. Ehrlich. Aber es war trotzdem sehr schön mit uns beiden.« Sie strich mit der Hand über seinen Arm.

Er merkte an ihrem Blick, dass sie sich innerlich bereits von ihm verabschiedet hatte. Vergiss sie, Raintaler. Da lohnt es sich nicht einmal mehr, dass du wütend wirst. Es war schön mit ihr, aber sie liebt den Kerl wirklich. Und wenn du ehrlich bist, bleibst du auch lieber bei Moni. Außerdem war ihm Irene sowieso eine Spur zu ehrgeizig und zu spießig. Allein schon, wie sie auf sein Führerscheinbild mit den langen Haaren und dem Bart reagiert hatte. Gelogen hatte sie obendrein. Wegen ihrer Familie und wegen ihrem Job und jetzt auch noch am Telefon wegen ihrem Charly. So einer konnte man doch sowieso nicht vertrauen.

»Was hat Charly denn jetzt, was er als Punker nicht hatte?«, fragte er. »Ich meine, außer den akkurat geschnittenen Haaren und seinem schwarzen Anzug. Viel Geld?«

Die Frage war ja wohl noch erlaubt, nachdem sie bei sich zuhause derart vehement über ihren Exfreund hergezogen war.

»Jetzt werde aber nicht unfair, Max. Natürlich hat er Geld. Sehr viel sogar. Er ist schließlich der neue Stern am Kunsthimmel. Aber das ist nicht der Grund für meine neu erwachte Liebe zu ihm.«

So? Was denn dann? Eine göttliche Eingebung? Scheiß doch drauf. Sie war sowieso schon viel zu weit weg.

»Aha. Alles klar, Irene. Ich wünsch dir viel Glück. Mach's gut.« Er gab ihr ein Küsschen auf die Wange und ließ sie stehen, ohne sich noch einmal nach ihr umzudrehen.

Nachdem er sich bei Holger das nächste Bier geholt hatte, setzte er sich an den Stammtisch, wo Monika, Anneliese, Mike und seine Freundin Jane, Lenny, Franz, Sandra und Josef inzwischen gemeinsam für beste Stimmung sorgten.

»Wer ist denn die hübsche Blonde, mit der du gerade gesprochen hast?«, erkundigte sich Monika, neben der er Platz genommen hatte, lächelnd.

»Niemand.« Er lächelte zurück.

»Ach, tatsächlich?«

»Nur ein reiches Provinzprinzesschen. Sie ist mit einem berühmten jungen Maler da. Das ist alles.« Sie ließ seine Antwort gelten und fragte nicht weiter nach.

Wenig später stiegen Max und Mike unter tosendem Beifall erneut auf die Bühne. Sie spielten ›Ring Of Fire‹ von Johnny Cash und ›Tougher Than The Rest‹ von Bruce Springsteen. Das Publikum tobte vor Begeisterung. Als Max dann bei ›Always On My Mind‹ zu Irenes und Charlys Platz hinübersah, konnte er die beiden nicht mehr entdecken. Egal, dachte er. Und wer weiß? Vielleicht würde Moni ja eines Tages doch noch gescheit und heiratete ihn. Man sollte niemals nie sagen.

Nach sechs Zugaben kletterten sie total erschöpft aber glücklich von der Bühne herunter und feierten ihren Erfolg mit ihren Freunden am Stammtisch. Holger hielt sie alle bis um vier Uhr morgens frei. Und eine schöne Gage für die beiden Stars des Abends gab es auch noch.

»400 Euro? Da kann ich es nächste Woche bei meiner Geburtstagsfeier ja richtig krachen lassen«, freute sich Mike, als ihm Max seine Hälfte überreichte. »Super, Max. So viel habe ich in einer Münchner Kneipe noch nie verdient.«

»Es gibt immer ein erstes Mal, Mike«, sagte Max. »Genauso, wie es immer ein letztes Mal gibt.« Er stieß ein wenig nachdenklich mit allen an und trank. Irene würde er sicher bald endgültig vergessen haben. Obwohl es schon ein wenig an seiner Eitelkeit kratzte, dass er vorhin diese überraschende Abfuhr von ihr bekommen hatte. Letztlich war er steif und fest davon überzeugt gewesen, dass sie total verrückt nach ihm war.

37

Max kramte sein Handy aus der Hosentasche und rief bei Holger an. Er klopfte bereits seit einer Viertelstunde im gleißenden Sonnenlicht an die Hintertür der ›Kleinen Rockbühne‹. Und natürlich war der Chef des Hauses nicht da, obwohl er es letzte Nacht noch so großspurig versprochen hatte.

»Holger, du alte Schlafmütze«, schimpfte er, als sich der Kneipenbesitzer meldete. »Wo bist du denn? Es ist halb elf und ein herrlicher Sonntagvormittag. Ich warte seit einer geschlagenen Viertelstunde auf dich.«

»Wo wartest du auf mich, Max?«

»Vor der Hintertür deines erfolgreichen Musiklokals. Wie heute Nacht mit dir abgemacht.«

»Was? Echt? Ach, du Scheiße. Stimmt, ja. Ich bin gleich da. Okay?«

»Alles klar. Bis dann.« Er legte auf. Monika und er hatten letzte Nacht ein Taxi zu ihr nach Hause genommen. Er hatte bei ihr geschlafen. Als er vorhin gegangen war, hatte sie gemeint, dass sie mit der U-Bahn und dem Bus in den Biergarten nachkommen würde. Im Moment könne sie vor Kopfschmerzen nicht einmal die Zeiger ihres Weckers erkennen. Er war aufgestanden, hatte seine Blutdrucktablette und ein kurze Dusche genommen. Dann hatte er sich angezogen und war losgezogen. Natürlich brummte sein Kopf ebenfalls. Aber das half nichts. Job war Job und abgemacht war abgemacht.

Zehn Minuten nach seinem Anruf sah er Holger, von Kopf bis Fuß in schwarzes Nappaleder gehüllt, schon von weitem winken. Bloß gut, dass er gleich um die Ecke wohnt, dachte Max.

»Sorry, Max«, entschuldigte sich der langhaarige Wirt, als er vor ihm stand. »Ich hab voll verpennt. Waren auch so einige Bierchen und Schnäpse gestern. Na, Gott sei Dank ist das Wetter wieder schön. Da hab ich dich wenigstens nicht im Regen stehen lassen.« Er lachte dröhnend über den in seinen Augen perfekt gelungenen Scherz, fasste sich aber gleich darauf mit schmerverzerrtem Gesicht an den Kopf. Dann sperrte er auf. Im Lokal roch es nach Bier und Ausdünstungen aller Art. Holger riss die Fenster auf. Wenig später brachte er Max ein große dampfende Tasse Kaffee an die Bühne, und keine halbe Stunde darauf war die gesamte Musikanlage abgebaut und im Auto verstaut.

»Das können wir gerne wiederholen, Alter«, meinte er, als sie sich vor Max' altem Auto verabschiedeten. »Der Abend war eine echte Schau. Großartig. Was machst du jetzt noch?«

»Ich treffe Heinz und Agathe im angeblich vornehmsten Biergarten Münchens. Er hat mich eingeladen. Und wegen der Liederklausache, von der ich dir Anfang der Woche erzählt habe, muss ich auch mit ihm reden. Moni wollte später auch noch dazu kommen. Und Franz und

Sandra auch. Hast du Lust mitzufahren?« Max stieg schon mal ein.

»Ich glaube, ich brauche heute eine Pause, Max. Meine Leber quietscht schon. Dieses Nachtleben ist nicht ohne. Vielleicht sperre ich den Laden hier auch bald endgültig zu.«

»Du? Niemals! Eher trocknet die Isar aus, bevor du nicht mehr hinter deinem geliebten Tresen stehst.«

»Wahrscheinlich hast du recht.« Holger versuchte so leise wie möglich zu lachen, damit er nicht wieder Kopfschmerzen davon bekam.

Max ließ den Motor an und winkte ihm zum Abschied noch einmal zu. Hoffentlich muss Holger seinen Laden nicht wirklich bald zusperren, dachte er. Scheint echt nicht so gut zu laufen. Generell. Wenn wir gerade mal nicht spielen. Dann fuhr er los.

Keine zwanzig Minuten später betrat er den gut besuchten kleinen Promibiergarten im Münchner Norden.

»Hier Max! Hier sind wir!« Heinz winkte ihm von einem gemütlichen Ecktisch, mit weißer Tischdecke, Brotkorb und Kerze darauf, zu. Franz und Sandra waren auch schon da.

»Servus, Heinz. Servus, Agathe. Ja, und Servus, Franzi und Sandra. Dass ihr zwei schon wach seid. Respekt.« Max schüttelte jedem die Hand. »Danke für die Einladung, Heinz. Obwohl es unser kleiner Biergarten in den Isarauen wegen mir auch getan hätte«, fuhr er mit einem kritischen Seitenblick auf die durchwegs protzig sonnenbebrillten, teuer angezogenen Schickimickigäste rundherum fort. »Schließlich sind wir doch alle irgendwie Rock'n Roller. Stimmt's?«

»Du schon, Max«, entgegnete ihm Heinz lächelnd. »Und Franzi und Sandra vielleicht auch. Aber Agathe und ich sind da eher von einer anderen Baustelle, glaube ich.«

»Ich weiß schon, Heinz. ›Ich find Schlager toll‹. Moni wollte übrigens nachkommen, sobald sie wieder transportfähig ist. Und ich würde unser allwöchentliches Tennisspiel heute Nachmittag gerne wegen nichtvorhandener Kondition auf nächsten Sonntag verschieben.«

»Logisch. Dann spielen wir unseren fünften und entscheidenden Satz halt nächste Woche. Und freie Fahrt beim Bier haben wir auch noch. Eurem gigantischen Kater nach war der Auftritt gestern also ein Erfolg?«

Freie Fahrt beim Bier? Na gut. Aber heimfahren musste Heinz heute alleine. Max würde ihn nicht wieder in sein Haus schleppen. Da durfte er sich schon einen anderen Dummen suchen. Vielleicht ließ Max seinen R4 sogar hier stehen. Dann hatte der noch mal eine schöne Abwechslung. Heute hier, morgen da. Das hatte der Hannes Wader damals schon gewusst, was das für einen Spaß machen konnte. Denn eins war klar: Es war ja nicht so, dass so ein Auto keine Gefühle kannte.

»Es war der Hammer, Heinz. Hat Franzi noch gar nichts erzählt? Die Leute sind ausgeflippt, und Holger hat gar nicht mehr damit aufgehört, Freigetränke an unseren Tisch zu karren.« Max setzte sich zufrieden grinsend zu ihnen.

»Das muss ein tolles Gefühl sein, wenn man den verdienten Lohn für seine Arbeit bekommt«, murmelte Agathe leise und blickte dabei verschämt auf die blütenweiße Tischdecke.

»Ist es, Agathe. Aber das kennst du doch sicher auch, oder?«

»Nicht, dass ich wüsste, Max«, erwiderte sie. »Bei uns daheim kassiert immer nur einer das Lob.« Sie nickte mit dem Kopf in Heinz' Richtung, der gerade lautstark Bier für alle bei der arroganten Kellnerin bestellte.

»Ach, so. Logisch. Hätte ich mir auch denken können.« Max verzog den Mund zu einem schiefen Grinsen.

»Wie?« Heinz, der die ganze Zeit über nur mit einem Ohr zugehört hatte, wollte jetzt genau wissen, was seine Frau über ihn zu sagen hatte.

»Nichts, Heinz. Es ging bloß um die verdiente Anerkennung, von der deine Agathe zu wenig abbekommt«, stellte Max fest.

»Aber das stimmt doch gar nicht, Agathe. Ich lobe dich doch immerzu.« Heinz schüttelte empört den Kopf. »Übrigens, Max«, fuhr er fort, ohne weiter auf seine Frau einzugehen. »Stell dir vor. Gustl Ratgeber hat der GEMA und mir ein Fax geschickt. Darin heißt es, dass er seine 30 Prozent der Rechte an den geklauten Liedern wieder mir überträgt. Ist das nicht wunderbar? Seine Freundin Frau Süß hätte ihm dazu geraten, als er sie am Telefon darüber informiert hatte, dass er ihr eine schöne Summe für ihre erlittenen Qualen überwiesen habe.«

»Was? Echt? Hat ihn doch noch das schlechte Gewissen gepackt«, staunte Max. »Kaum zu glauben. Aber vielleicht will er auch eines Tages zurückkommen und dann keinen Ärger haben. Wer weiß? Gratuliere. Und alles ohne Gerichtskosten. Und wem verdankst du das?«

»Dir natürlich, Max. Superarbeit. Und stell dir vor. Die Burgl Schäfer nehme ich auch unter Vertrag. Sie steht ja jetzt sozusagen ohne Produzenten da, und das sollte einem so talentierten Mädchen wie ihr wirklich nicht passieren.« Heinz grinste selbstzufrieden. »Wirklich gut gemacht, Max. Deine Woche Studio ist dir sicher. Und heute seid ihr natürlich alle meine Gäste.«

»Hört, hört. Der Brummer gibt zum zweitenmal in acht Tagen einen aus. Lasst uns diesen denkwürdigen Tag alle zusammen rot im Kalender ankreuzen.« Max lachte.

Franz und Sandra lachten lauthals mit. Agathe schwieg mit zusammengekniffenen Lippen.

»Ja, ja. Macht euch nur über mich lustig«, meinte Heinz. »Aber am Ende lach ich euch aus mit meinen Tantiemen. Und, Max? Hast du jetzt herausgefunden, wer die Bänder aus meinem Studio entwendet hat? Oder muss ich mir doch ein paar neue Schlösser anschaffen? Türschlösser meine ich natürlich.«

»Muss er nicht herausfinden, Heinz«, verkündete Agathe mit fester Stimme.

»Davon verstehst du nichts, Agathe.« Heinz tätschelte achtlos die Hand seiner Frau und schaute Max weiterhin erwartungsvoll an.

»Ich verstehe davon mindestens soviel, wie vom Komponieren und vom Texten«, widersprach sie. »Vielleicht möchtest du deinen Freunden ja mal erzählen, wer in Wahrheit für die erfolgreichsten Lieder aus dem Hause Brummer verantwortlich ist.«

»Hast du etwa auch geklaut, Heinz?«, fragte Franz im Scherz.

»Schmarrn. Natürlich nicht.« Heinz bekam einen roten Kopf. »Hör doch mit dem Unsinn auf, Agathe«, wandte er sich an seine Frau. »Was soll denn das, wo sich doch gerade alles zum Besten wendet?«

»Für dich vielleicht.« Agathe richtete sich auf und starrte ihrem sommersprossigen Mann herausfordernd ins Gesicht.

»Aber was soll das denn heißen? Für uns beide wird alles gut. Was mir gehört, gehört auch dir. Das weißt du doch.«

»Theoretisch vielleicht, Heinz. Aber praktisch gesehen bist du der größte Geizhals, der auf dieser schönen Welt herumläuft. Schau doch bloß mal meine alten Klamotten an. Jedes Mal, wenn ich dich um Geld bitte, heißt es, wir hätten nichts übrig. Es müsste alles ins Studio investiert werden.«

»Hört, hört«, rief Franz lachend, dem der beginnende Ernst der Lage noch nicht so recht bewusst wurde.

»Bitte, Agathe. Das gehört jetzt wirklich nicht hierher.« Heinz fuhr mit dem Zeigefinger in seinen Hemdkragen um ihn zu lockern.

»Doch, das tut es«, plärrte sie. »Mein Leben lang habe ich zum großen Teil deine Lieder getextet und komponiert. Und du hast immer nur so getan, als stamme alles aus deiner Feder. Das ist verbrecherisch, Heinz. Kein Wunder, dass ich mich da an dir rächen wollte.«

Die feschen Leute im Lokal drehten die Köpfe in Richtung ihres Tisches. Sandra blickte peinlich berührt zur Seite. Max und Franz spitzten dagegen, höchst neugierig auf das, was gleich noch käme, ihre Ohren.

»Was soll das denn heißen? Hast du mich etwa mit einem anderen Mann betrogen?«, brüllte Heinz zurück und öffnete jetzt den obersten Knopf seines weißen Trachtenhemdes.

»Wenn du es so nennen willst. Ja! Ich habe dich mit

einem anderen Mann betrogen. Weil du ein ignorantes und egoistisches Arschloch sondergleichen bist!«

»Mit wem?« Er presste die Frage zwischen zusammengepressten Lippen hervor. Sein Kopf leuchtete jetzt nicht mehr rot. Der ungesunde Farbton, der sein rundes Haupt schmückte, tendierte eher in Richtung tiefdunkles Lila. Seine Hände begannen zu zittern.

»Mit Gustl Ratgeber.«

»Was?« Heinz staunte sie fassungslos an.

»Ich habe ihm die Bänder verkauft. Die Lieder waren ja sowieso von mir. Und er hat mir 10.000 Euro dafür gegeben. So. Da hast du es.«

Auch Max und Franz saßen mit offenstehendem Mund da. Ja, da schau her, dachte Max. So eine Überraschung. Obwohl es irgendwo auch wieder logisch war. Schließlich war Agathe die einzige Frau, die an alles im Studio rankam. Und Frau Süß' Gerede über die Frauenstimme auf Ratgebers Anrufbeantworter passte auch dazu. Herrschaftszeiten. Da wäre er ja in hundert Jahren nicht drauf gekommen. Unglaublich.

»Genau genommen habt ihr dann jetzt die vollen Rechte an den Liedern plus Ratgebers 10.000 Euro, Heinz«, mischte er sich ein und grinste. »Also, wenn das kein gutes Geschäft ist, was dann?«

»Du warst das also ... Ja, aber wieso hast du denn nie gesagt, dass du deinen Anteil willst?« Heinz starrte beschämt auf den Tisch.

»Habe ich doch, Heinz. Bestimmt hundertmal. Aber du hast es in deinem Egowahn gar nicht wahrgenommen.« Sie bebte immer noch vor Wut und Empörung.

»Ja, ... äh ... Das tut mir ... wirklich leid, Agathe«,

stammelte er. »Dann lass uns doch einfach einmal genau notieren, welche Lieder hauptsächlich von dir waren. Und dann melden wir sie auf dich um. Okay?«

»Das … würdest du tun?« Jetzt war es an ihr, fassungslos zu staunen.

»Aber klar, Schatz. Warum denn nicht? Entschuldige bitte, dass ich so blind und ungerecht war.« Er nahm ihre vor Aufregung kalten Hände in seine und schaute ihr verliebt wie am ersten Tag in die Augen. »Da habe ich wohl eine Menge gut zu machen«, flüsterte er.

»Servus, Leute«, hörten sie alle im selben Moment eine Stimme über sich. »Habt ihr auch so einen dicken Kopf auf?« Monika stand im feschen kurzen Dirndl vor dem Tisch und grinste gequält in die Runde.

»Es wird von Minute zu Minute besser, Moni«, erwiderte Max. »Genau betrachtet wird sogar alles gut.«

»Aha. Na dann. Was gibt's zu trinken?«

»Alles, was ihr wollt, Moni«, versprach Heinz, ohne seinen Blick von Agathes Gesicht abzuwenden. »Alles was ihr wollt.«

»Übrigens Heinz. Auf dem Herweg hab ich im Autoradio dein Lied von dieser Burgl gehört. Gar nicht mal so schlecht.« Max schürzte die Lippen und nickte beifällig mit dem Kopf.

»Ohne Schmarrn?« Heinz sah ihn erstaunt an.

»Ohne Schmarrn.«

»Wir bekommen ein Lob von einem Rock'n Roller, Agathe. Nicht zu fassen. Es geschehen tatsächlich noch Zeichen und Wunder.«

ENDE

Michael Gerwien
Isarbrodeln
978-3-8392-1234-9

»Exkommissar Max Raintaler ermittelt in der der Münchner Gastronomieszene – spannend, humorvoll, authentisch.«

Der Münchner Exkommissar Max Raintaler und seine Freundin Monika feiern Geburtstag im »Da Giovanni«, ihrem gemeinsamen Lieblingsitaliener und Stammlokal. Beide sind seit Jahren eng mit Giovanni befreundet, Max spielt zudem mit ihm Fußball. Der gemütliche Abend wird gestört, als der Italiener mit zwei jungen Männern in Streit gerät, die Max jedoch kurzerhand hinauswirft. Am nächsten Tag liegt Giovanni erschlagen in seinem Restaurant. Sofort macht sich Max auf die Suche nach dem Täter …

GMEINER

Wir machen's spannend

Marco Sonnleitner
Blutzeugen
978-3-8392-1399-5

»München in Angst vor einem Serienmörder.«

Ein bizarrer Mord an einem Finanzbeamten stellt die Münchener Kriminalpolizei vor ein Rätsel. Vielleicht weiß Bartholomäus Kammerlander eine Antwort? Aber der ehemalige Hauptkommissar hat vor Jahren den Dienst quittiert. Doch dann schlägt der Mörder erneut zu – genauso brutal, genauso rätselhaft. Jetzt kann Bartholomäus nicht mehr anders, er muss den Täter finden. Wird er ihn stellen, bevor ein weiterer Mord begangen wird?

GMEINER

Wir machen's spannend

DIETER WÖLM
Blutstern
Ein Aschaffenburg-Krimi
Original
GMEINER